खुशवन्त सिंह

जन्म : 15 अगस्त, 1915, हडाली (अब पाकिस्तान में)।

शिक्षा : लाहौर से स्नातक तथा किंग्स कॉलेज, लंदन से एल.एल.बी.।

उपलब्धियाँ : 1939 से 1947 तक लाहौर हाईकोर्ट में वकालत की। विभाजन के बाद भारत की 'राजनयिक सेवा' के अन्तर्गत कनाडा में 'इन्फ़ॉर्मेशन अफ़सर' तथा इंग्लैंड में भारतीय उच्चायुक्त के 'प्रेस अटैची' रहे। कुछ वर्षों तक प्रिंस्टन तथा स्वार्थमोर विश्वविद्यालयों में अध्यापन भी किया।

भारत लौटकर नौ वर्षों तक इलस्ट्रेटेड वीकली तथा तीन वर्षों तक हिन्दुस्तान टाइम्स का कुशल सम्पादन किया। 1980 में राज्यसभा के सदस्य मनोनीत हुए। 1974 में पद्मभूषण की उपाधि मिली, जिसे 'ऑपरेशन ब्लू स्टार' के खिलाफ गुस्सा जताते हुए लौटा दिया।

तीस से अधिक पुस्तकें लिख चुके हैं, जिनमें प्रमुख हैं : ट्रेन टु पाकिस्तान, हिस्ट्री ऑफ सिख्स के दो खंड तथा रंजीत सिंह। एक और उपन्यास, चार कहानी-संग्रहों तथा अनेक लेखमालाओं के अतिरिक्त उर्दू और पंजाबी में कई अनुवाद भी किए।

हिन्दुस्तान टाइम्स तथा संडे के लिए नियमित रूप से क्रमश : 'विद मैलिस टुवर्ड्स वन एंड ऑल' एवं 'गॉसिप, स्वीट एंड सॉर' लिखते रहे तथा 'पेंगुइन बुक्स कंपनी इंडिया' में सलाहकार सम्पादक के पद पर भी कार्यरत रहे।

निधन : 20 मार्च, 2014

मेरा लहूलुहान पंजाब

खुशवंत सिंह

अनुवाद

उषा महाजन

राजकमल पेपरबैक्स

पहला पुस्तकालय संस्करण
राजकमल प्रकाशन प्राइवेट लिमिटेड द्वारा
1993 में प्रकाशित

राजकमल पेपरबैक्स में
पहला संस्करण : 2007
पाँचवाँ संस्करण : 2020

राजकमल पेपरबैक्स : उत्कृष्ट साहित्य के जनसुलभ संस्करण

राजकमल प्रकाशन प्रा.लि.
1-बी, नेताजी सुभाष मार्ग, दरियागंज
नई दिल्ली-110 002
द्वारा प्रकाशित

शाखाएँ : अशोक राजपथ, साइंस कॉलेज के सामने, पटना-800 006
पहली मंजिल, दरबारी बिल्डिंग, महात्मा गांधी मार्ग, इलाहाबाद-211 001
36 ए, शेक्सपियर सरणी, कोलकाता-700 017

वेबसाइट : www.rajkamalprakashan.com
ई-मेल : info@rajkamalprakashan.com

बी.के. ऑफसेट
नवीन शाहदरा, दिल्ली-110 032
द्वारा मुद्रित

मूल्य : ₹ 195

MERA LAHOOLUHAN PUNJAB
by Khushwant Singh
Translated by Usha Mahajan

ISBN : 978-81-267-1456-8

ज्ञानी जैल सिंह
को
जिन्होंने धर्मान्धता के विरुद्ध
खालसा पन्थ का, और
भारत की अखंडता का
पक्षपोषण किया

विषय-सूची

घटनाक्रम

अगस्त, 1977	:	जरनैल सिंह भिंडराँवाले दमदमी टकसाल का प्रमुख बना और उसने 'अमृत प्रचार' अभियान शुरू किया।
13 अप्रैल, 1978	:	अमृतसर में भिंडराँवाले के अनुयायियों तथा निरंकारियों में मुठभेड़।
24 अप्रैल, 1980	:	दिल्ली में निरंकारियों के प्रमुख बाबा गुरबचन सिंह की हत्या।
20 मार्च, 1981	:	आनन्दपुर साहिब में 'खालिस्तान के नए गणतन्त्र' का झंडा फहराया गया।
9 सितम्बर, 1981	:	हिन्द समाचार पत्र-समूह के प्रमुख लाला जगत नारायण की हत्या।
20 सितम्बर, 1981	:	भिंडराँवाले की चौक मेहता में गिरफ्तारी। इसके साथ ही शुरू हुआ हत्याओं, बमकांडों, रेलवे की पटरियाँ उड़ाने और इंडियन एयर लाइन्स के विमानों के अपहरण का दौर।
15 अक्तूबर, 1981	:	भिंडराँवाले की रिहाई। हत्याओं, बम विस्फोटों और गोलीकांडों में वृद्धि।
13 अप्रैल, 1982	:	सिखों के अलग राष्ट्र होने पर जोर देने के लिए शिरोमणि अकाली दल द्वारा विश्व सिख सम्मेलन का आयोजन।
24 अप्रैल, 1982	:	'नहर रोको' आन्दोलन का आयोजन। गुरुद्वारों

	और मन्दिरों का अपवित्रीकरण शुरू।
4 अगस्त, 1982 :	शिरोमणि अकाली दल ने अपना 'धर्मयुद्ध' का मोर्चा और तेज किया। इंडियन एयर लाइन्स के दो विमानों का अपहरण तथा मुख्यमन्त्री दरबारा सिंह का कातिलाना हमले से बाल-बाल बचना। हत्याओं का दौर जारी।
4 अप्रैल, 1983 :	अकाली दल द्वारा 'रास्ता रोको' आन्दोलन संगठित।
25 अप्रैल, 1983 :	जालन्धर के पुलिस डी.आई.जी., ए.एस. अटवाल की स्वर्ण मन्दिर में गोली मारकर हत्या।
जून-जुलाई, 1983 :	अनेक बैंकों और शस्त्रागारों में डकैतियाँ।
6 अक्तूबर, 1983 :	पंजाब में राष्ट्रपति शासन लागू। बैंकों और दुकानों में डकैतियाँ अगले साल भी जारी रहीं।
14 फरवरी, 1984 :	'हिन्दू सुरक्षा समिति' द्वारा आयोजित पंजाब बन्द के दौरान हिंसा।
27 फरवरी, 1984 :	अकाली दल ने संविधान की धारा 25 के पृष्ठ जलाए।
13 मार्च, 1984 :	दरबारा सिंह पर कातिलाना हमला जारी।
28 मार्च, 1984 :	दिल्ली गुरुद्वारा प्रबन्धक कमेटी के अध्यक्ष हरबंस सिंह मनचन्दा की गोली मारकर हत्या।
अप्रैल-मई, 1984 :	हत्याओं का दौर दैनिक स्तर पर जारी।
23 मई, 1984 :	लोंगोवाल द्वारा असहयोग कार्यक्रम का सूत्रपात।
6 जून, 1984 :	स्वर्ण मन्दिर से खाड़कुओं को निकालने के लिए ऑपरेशन ब्लूस्टार। भिंडराँवाले मारा गया।
31 अक्तूबर, 1984 :	सिख अंगरक्षकों द्वारा इन्दिरा गांधी की हत्या। दिल्ली में सिखों के विरोध की योजना।
दिसम्बर, 1984 :	चुनावों की घोषणा।
फरवरी, 1985 :	कांग्रेस (इ) की भारी बहुमत से जीत। राजीव गांधी प्रधानमन्त्री बने।
24 जुलाई, 1985 :	राजीव-लोंगोवाल समझौते पर हस्ताक्षर।
20 अगस्त, 1985 :	सन्त हरचन्द सिंह लोंगोवाल की हत्या।
29 सितम्बर, 1985 :	पंजाब विधानसभा में अकाली दल का बहुमत। सुरजीत सिंह बरनाला मुख्यमन्त्री बने।

जून, 1989	:	हिन्द समाचार पत्र-समूह के 'हॉकर' खालिस्तानी खाड़कुओं की बन्दूकों के निशाने बने।
22 व 24 नवम्बर, 1989	:	नए चुनाव कराए गए।
2 दिसम्बर, 1989	:	जनता दल सत्ता में आया। वी.पी. सिंह प्रधानमन्त्री बने।
7 सितम्बर, 1989	:	वी.पी. सिंह स्वर्ण मन्दिर गए।
10 नवम्बर, 1990	:	चन्द्रशेखर ने सरकार बनाई।
6 दिसम्बर, 1990	:	आकाशवाणी के केन्द्र निदेशक आर.के. तालिब की हत्या।
21 मई, 1991	:	राजीव गांधी की हत्या।
20 जून, 1991	:	मतदान से 24 घंटे पूर्व चुनाव रद्द।
21 जून, 1991	:	कांग्रेस (इ) सत्ता में आई। पी.वी. नरसिंह राव नए प्रधानमन्त्री बने।
फरवरी, 1992	:	पंजाब में चुनाव कराए गए। मतदान 20 प्रतिशत से भी कम हुआ। कांग्रेस दल के बेअन्त सिंह मुख्यमन्त्री बने।

वतन की फ़िक्र कर नादाँ
मुसीबत आनेवाली है,
तेरी बर्बादियों के मशवरे हैं आसमानों में,
ज़रा देख इसको, जो कुछ हो रहा है,
होनेवाला है,
धरा क्या है भला अहदे-कुहाँ की दास्तानों में ?

—अल्लामा इक़बाल

भूमिका

पंजाब की राजनीतिक आबोहवा 1970 के दशक के उत्तरार्द्ध से गर्म होनी शुरू हो गई थी और 1980 तक आते-आते इसमें उबाल आना शुरू हो गया था। संयोगवश 1980 में ही मुझे 'हिन्दुस्तान टाइम्स' के सम्पादक का पद और राज्यसभा की सदस्यता मिली। सम्पादक के रूप में जो कुछ मैं लिखता रहा और सांसद के तौर पर जो भाषण मैंने संसद में दिए, वे ज्यादातर पंजाब की तेजी से बिगड़ती स्थिति से ही सम्बन्धित थे। मसलन : अकाली-निरंकारी झगड़े, जरनैल सिंह भिंडराँवाले का उदय, धर्मयुद्ध मोर्चा, भारतीय फौजों द्वारा स्वर्ण मन्दिर पर धावा, इन्दिरा गांधी की हत्या और उत्तरी भारत के छोटे-बड़े शहरों में सिखों का कत्लेआम। उसके बाद आया राजीव-लोंगोवाल समझौता, राजीव गांधी के नेतृत्ववाली कांग्रेस सरकार द्वारा इसका हनन, लम्बी अवधि तक राष्ट्रपति शासन, खाड़कू गतिविधियों का तेज होना और इनका भारत के अन्य भागों में भी फैलना। 'हिन्दुस्तान टाइम्स' को छोड़ने और राज्यसभा से अवकाश प्राप्त करने के बाद भी मेरे अनेक लेखों और सिंडीकेटेड स्तम्भों–'विद मैलिस टुवर्ड्स वन एंड ऑल', 'दिस अबव ऑल' तथा 'गॉसिप : स्वीट एंड सॉवर' के विषय मुख्यतः पंजाब से जुड़े मुद्दे ही रहे। इसके अतिरिक्त मैंने विदेशी समाचार-पत्रों एवं पत्रिकाओं में अनेक लेख लिखे। मेरी अनेक पुस्तकों को सम्पादित और संकलित करनेवाली रोहिणी चोपड़ा उर्फ सिंह ने एक बड़ा प्रशंसनीय कार्य किया है कि उसने मेरे लेखों और भाषणों को सम्पादित कर कालक्रमानुसार संकलित कर दिया है, जिससे मैं उनमें से कुछेक को इस पुस्तक में प्रयुक्त

कर सका हूँ। ये पंजाब की राजनीति पर मेरी व्यक्तिगत विचारधारा के सच्चे प्रतिबिम्ब हैं। इनमें जहाँ एक तरफ संकीर्ण विचारों वाले अकाली नेताओं द्वारा पैदा की गई गड़बड़ी का लेखा-जोखा है, वहीं दूसरी तरफ श्रीमती इन्दिरा गांधी और उनके सुपुत्र राजीव गांधी के नेतृत्व में केन्द्रीय सरकार द्वारा जानबूझकर खेली गई शरारती राजनीति का वर्णन है। इन सबने मिलकर भारत के सर्वाधिक प्रगतिशील राज्य के विकास को जड़ कर दिया, इसकी कृषि सम्बन्धी और औद्योगिक अर्थव्यवस्था को चौपट कर दिया तथा इसके प्रशासनतन्त्र और न्यायतन्त्र के परखचे उड़ा दिए। यह एक बड़ी त्रासद कहानी है। मैं चूँकि एक भारतीय हूँ, पंजाबी हूँ और सिख हूँ, इसलिए स्वाभाविक है कि इस पुस्तक में वर्णित घटनाओं के प्रति मेरे उद्‌गार आवेगपूर्ण ही होंगे और इसके लिए मैं क्षमाप्रार्थी भी नहीं हूँ।

नई दिल्ली **—खुशवंत सिंह**

ताकि फिर लौटें वे दिन

आज से छब्बीस-सत्ताईस साल पहले की बात है। हम उत्तर प्रदेश के एक कस्बे में चीनी मिल की कॉलोनी में रहते थे जहाँ मेरे पिता काम करते थे। यह कॉलोनी अपने आपमें अनोखी थी। घर अलग-अलग, छिटके-छितरे नहीं थे, बल्कि एक बड़े-से अहाते के चारों तरफ एक-दूसरे से जुड़े-जुड़े थे। उससे भी अनोखी बात यह थी कि इन्हीं घरों में मिल के मैनेजर, चीफ इंजीनियर, चीफ केमिस्ट से लेकर स्टोर-इन्चार्ज और हाजिरी बाबू तक एक साथ रहते थे; घरों के आकार अलबत्ता छोटे-बड़े थे। अहाते के एक कोने में घरों के बीच एक बड़े-से कमरे में गुरुद्वारा था। अनोखी बात यह भी थी कि गुरुद्वारे के भाई को छोड़कर उन तमाम घरों में कोई भी सिख परिवार नहीं रहता था। सभी बड़े अफसर पंजाबी हिन्दू थे, पर गुरुद्वारे में हर दिन भाई पाठ करता, सबद गाता, कीर्तन होते। जिसका जब जी चाहे, चला जाए सुनने। हर गुरुपर्व पर गुरुद्वारे के बाहर लंगर लगता। वहीं सामने बड़ी-बड़ी भट्ठियों पर मर्द-औरतें मिलकर रोटियाँ थापते और छोटा-बड़ा हर कोई नीचे बैठ समभाव से लंगर छकता।

मैंने बचपन से ही धर्म के कर्मकांडों में विश्वास नहीं किया। घर के अन्य सदस्यों के साथ व्रत-उपवास नहीं रखे, न नियिमत रूप से मन्दिर गई। पर गुरुद्वारे के भाई के स्वर में न जाने कैसा जादू था कि जब भी वह सबद गाता, 'कागा चुन-चुन खइयो मास, ये दो नैना मत खइयो...', मैं पढ़ाई-लिखाई छोड़-छाड़ गुरुद्वारे की ओर भागती।

मेरा लहूलुहान पंजाब

बहुत बरस बीत चुके। भाई पता नहीं अब कहाँ होगा (अधिक सम्भावना है कि वहीं होगा)? पर भाई की वे दो तरल आँखें मुझे नहीं भूलतीं। हर सिख के चेहरे पर, न जाने क्यों मुझे भाई की वही दो तरल, स्नेह-सिक्त, अभयदान देती आँखें ही दिखती हैं। सोचती हूँ, उनकी आँखें कैसी होंगी, जो आए दिन निर्दोष लोगों पर बेवजह ही कहर ढाते हैं और उनकी भी जिन्होंने '84 के दंगों में भाई-जैसी आँखोंवाले अनगिनत बेकसूर सिख भाइयों पर कहर ढाए। जिन दिनों मैं छोटी थी, उत्तर प्रदेश में हमारी हिन्दी-भाषी सहेलियाँ सभी पंजाबियों को सिख ही समझती थीं, हमें भी मोना (केशकटे) सिख।

समझ में नहीं आता कि कब हम हिन्दू और सिखों में अलग-अलग बँटे? खुशवन्त सिंह की यह पुस्तक अलगाववाद के इस इतिहास की पड़ताल करती हिन्दू और सिख समैक्य के प्रत्यावर्तन के, फिर से सद्भावना और मेल-मिलाप के उन्हीं दिनों के लौटने के मार्ग सुझाती है। पंजाब आज हर भारतीय की चिन्ता का विषय बना हुआ है। पंजाब की वस्तुस्थिति से गहराई में जाकर परिचित होना कौन नहीं चाहता होगा? और खुशवन्त सिंह से बेहतर इसे कौन समझा सकता था? इस पुस्तक का अनुवाद करने का मेरा सबसे बड़ा मकसद यही रहा कि यह हर उस हिन्दी-भाषी तक पहुँचे जो पंजाब की स्थिति को सही परिप्रेक्ष्य में समझने को आतुर हो।

अन्त में, मैं दिल्ली के एक गुरुद्वारे के मुख्य ग्रन्थी प्रोफेसर अमरीक सिंह का तहेदिल से आभार व्यक्त करती हूँ, जिन्होंने अपना अमूल्य समय देकर मुझे इस पुस्तक में उद्धृत गुरुवाणी के अंग्रेजी अनुवाद को पुनः मूल रूप में लाने में मदद की।

नई दिल्ली

30 अक्तूबर, 1992

—उषा महाजन

मेरा लहूलुहान पंजाब

अमृतसर में

"यह दुनिया की सबसे उपजाऊ धरती है। यहाँ कुछ भी बो दो, सोना ही उगलती है," पंजाब के स्वर्गीय मुख्यमन्त्री प्रताप सिंह कैरों के पुत्र गुरिन्दर सिंह ने एक बार कहा था। प्रताप सिंह कैरों को आमतौर पर आधुनिक पंजाब का निर्माता कहा जाता है। कैरों की दिल्ली से करीब 35 किलोमीटर उत्तर-पश्चिम की तरफ ग्रैंड ट्रंक रोड पर सफर करते हुए 6 फरवरी, 1965 को गोली मारकर हत्या कर दी गई। उनके साथ ही एक समृद्ध और संयुक्त हिन्दू-सिख पंजाबी राज्य की परिकल्पना भी समाप्त हो गई। उनकी मृत्यु के साल भर बाद राज्य को तीन अलग-अलग राज्यों में विभक्त कर दिया गया—पंजाब, जिसमें बहुतायत सिखों की थी, हरियाणा और हिमाचल प्रदेश, दोनों ही हिन्दूबहुल राज्य। पंजाब को भारत का सर्वाधिक समृद्ध कृषिप्रधान राज्य बनानेवाली हरित क्रान्ति के दौरान बोए गए समृद्धि के बीजों के साथ-साथ अब यहाँ पंजाबी हिन्दुओं और सिखों में वैमनस्य के बीज भी बोए जाने लगे। सन् 1984 के 5 और 6 जून को की गई 'ऑपरेशन ब्लूस्टार' की कुख्यात कार्रवाई के पखवाड़े भर बाद जब मैं अमृतसर गया तो यह बात दिन के उजाले की तरह साफ दिखाई दे रही थी।

अमृतसर के राजा साँसी हवाई अड्डे पर उतर रहे विमान की खिड़की से मैं नीचे फैले हरे-भरे धान के खेतों को देख रहा था। जगह-जगह खेत सफेद बगुलों से भरे थे। घंटा-भर पहले ही खूब तेज बारिश हुई थी। नीचे

फैले देहात का सारा आलम हरा-भरा, धुला-धुला-सा, एकदम ताजगी-भरा लग रहा था। पूरा परिदृश्य शान्ति और समृद्धि की सूचना देता लग रहा था।

राजा साँसी हवाई अड्डे पर उतरते ही शान्ति का भ्रम भंग हो गया। कन्धों पर लटकी स्टेनगनों के घोड़ों पर खतरनाक करीबी से हाथ रखे, फौजी हरे रंग की वर्दियों में सेना के जवान चारों तरफ फैले थे। हवाई अड्डे से रिट्ज होटल के रास्ते में फुटपाथ की घास की पट्टियों पर मैंने फौजियों के झुंड के झुंड बैठे देखे। एक प्रमुख चौराहे पर ट्रैफिक के सिपाहियों के अतिरिक्त होमगार्ड, केन्द्रीय रिजर्व पुलिस बल तथा फौज के भी जवान तैनात थे। एक जगह तो रेत की बोरियों के बंकर से निकली मशीनगन की नोक सीधी भरे बाजार की तरफ तनी दिखी।

लोगों ने मुझे बताया कि अमृतसर में अब हालात धीरे-धीरे पर निश्चित रूप से सामान्य होने लगे हैं। सिनेमाघरों और रेस्तराओं के इर्द-गिर्द लोगों के जमघट भी दिख रहे थे जबकि साल-भर तो यहाँ ऐसी मुर्दनी छाई रही थी कि बन्दा तक नजर नहीं आता था। रामबाग के अमृतसर क्लब के बाहर का कार पार्किंग स्थल गाड़ियों और स्कूटरों से खचाखच भरा था। आइसक्रीम के ठेलों और चाटवालों के खोंमचों के आसपास लोगों के जमघट लगे थे। लेकिन चहारदीवारीवाले शहर के भीतर का बाजार कुछ सुनसान ही दिख रहा था। हमारी गाड़ी को गांधी फाटक से निकल हॉल बाजार होते हुए स्वर्ण मन्दिर के घंटाघरवाले मुख्य फाटक तक पहुँचने में पाँच मिनट भी नहीं लगे, जबकि पहले लोगों की भीड़-भाड़ के कारण यहाँ से गुजरना तक मुश्किल हुआ करता था। लोगों को भीतर घुसने से रोकने के लिए कँटीले तारों के लच्छे डाले हुए थे। 5 और 6 जून की रात को चली गोलियों से साइकिल शेड में जगह-जगह जो सूराख बन गए थे, वे अब भी ज्यों के त्यों देखे जा सकते थे। और सोचने की बात तो यह थी कि इस जगह गोलियाँ चलीं क्योंकर! यह जगह तो 'फाइटिंग ज़ोन' में आती नहीं थी।

दोपहर के तीन बजे थे। गुरुद्वारे का फाटक खुलने में घंटा-भर बाकी था। दर्शन को आए लोगों की भीड़ न के बराबर थी। मैं पैर धोकर संगमरमर की सीढ़ियाँ उतरने लगा। पहली नजर में मुझे बर्बादी के कोई स्पष्ट निशान नहीं दिखे। कुछ देर बाद ही मैंने लक्ष्य किया कि परिक्रमा

का संगमरमर का फर्श तो नया बना हुआ है। दानी सज्जनों के गुरुमुखी और उर्दू में लिखे नाम गायब थे और इसके साथवाले बरामदे में ताजी मरम्मत और रंग-रोगन हुआ लग रहा था। उसके बाद मेरी नजर महाराजा रणजीत सिंह के जमाने की बनी दो ऊँची मीनारों—रामगढ़िया बुंगों पर पड़ी। दोनों बुंगों के बुर्ज उड़े हुए थे। पानी की ऊँची टंकी देखने में तो ठीक-ठाक लग रही थी, पर पता चला कि अब पानी वहाँ से नहीं आता था। अभी मैंने आधी परिक्रमा ही पूरी की थी और बाबा दीप सिंह शहीद की समाधि तक पहुँचे ही थे कि मैंने हरिमन्दिर साहिब की व्यापक बर्बादी की निशानियाँ देखीं। (बाबा दीप सिंह शहीद ही वह व्यक्ति थे जिन्होंने मन्दिर को अपवित्र करनेवाले मस्सा रघा की हत्या की थी।) इसी तरफ से सेना के टैंक भीतर घुसे थे। परिक्रमा का एक हिस्सा उनके भार के तले धँस गया था। गुरुद्वारे का सारा पूर्वी हिस्सा आग की लपटों के हवाले हो चुका था। इसी हिस्से में अभिलेखागार था जिसमें गुरु ग्रन्थ साहिब की हजार से भी अधिक हस्तलिखित प्रतियाँ (कई तो पाकिस्तानी मुसलमानों ने बँटवारे के बाद वहाँ से भेजी थीं) और गुरुओं के हस्ताक्षरोंवाले हुक्मनामे रखे हुए थे। यहीं से टैंकों की तोपों ने अकाल तख्त पर गोलाबारी की थी और अकाल तख्त की छत ढह जाने के कारण यहाँ आग लग गई थी। तभी भिंडराँवाले और उसके साथियों को खुले में निकलना पड़ा था और जाहिर था कि ऐसी विषम स्थितियों में उनके लिए मोर्चा थामे रहना मुमकिन नहीं रहा था। टैंकों की भारी तोपों से दर्शनी ड्योढ़ी में बड़े-बड़े छेद हो गए थे। एक समाधि के पास लगे इलायची-बेरी के पवित्र वृक्ष को भी नुकसान पहुँचा था। अपने सारे स्मृति-चिह्नों सहित अकाल तख्त पूरी तरह तबाह हो गया था।

लोगों की प्रतिक्रिया देखने लायक थी। वहाँ हिन्दू भी खासी तादाद में उपस्थित थे। उनकी ज्यादा रुचि अपनी आँखों गुरुद्वारे की तबाही को परखने में नहीं थी, बल्कि इसमें थी कि देखें, सिखों की क्या प्रतिक्रिया होती है। सिखों को गुरुद्वारे की हालत देखकर अपनी आँखों पर विश्वास नहीं हो रहा था। लोगों के चेहरों पर किसी भी तरह का धार्मिक उत्ताप नहीं दिख रहा था। लगता था, जैसे लोग किसी अजायबघर या 'पिक्चर गैलरी' को देखने आए हों! हरिमन्दिर में भी ऐसा ही दृश्य था। कीर्तन में किसी का

भी ध्यान नहीं था। गुरुग्रन्थ साहिब को यन्त्रवत् मत्था टेककर लोग ऊपरी मंजिलों पर चले जाते और गोलियों से हुए सूराखों को गिनने लगते। सरकार तो दावा कर रही थी कि सेना ने अपनी ओर से हरिमन्दिर साहिब को नुकसान न पहुँचने देने के लिए पूरी एहतियात बरती थी, लेकिन उसके बावजूद गोलियों के दो दर्जन निशान तो मैंने खुद अपनी आँखों से गिने। कहीं-कहीं तो गोलियाँ लोहे की खिड़कियों को भी बेधती निकल गई थीं। जलरंग चित्रों पर लगे शीशे भी टूटे हुए थे। सिखों के चेहरे गुस्से से तमतमा रहे थे। गुरुद्वारे की पवित्रता भंग करनेवालों के लिए वे ठेठ पंजाबी में ऐसे-ऐसे अपशब्द बक रहे थे कि जो मन्दिरों-गुरुद्वारों में आज तक किसी ने न उचरे हों। कुछ लोगों की आँखों में तो आँसू भर आए और वे सिसकने लगे। दर्शनी ड्योढ़ी पर मैंने बुजुर्ग औरतों को इलायची-बेरी के क्षतिग्रस्त वृक्ष से लिपट ऐसे तड़पते देखा, जैसे वह पेड़ न हुआ, कटे हाथ-पैरोंवाला कोई करीबी इंसान हुआ!

जिसे कभी अकाल तख्त कहा जाता था, अब उसे कँटीले तारों से घेर दिया गया था। एक तरफ मलबे का ढेर लगा था। दो ऊँचे निशान साहिबों (झंडा लगाने के खम्भों) पर लगे खालसा पन्थ के भगवे झंडे इन सबको चुनौती देते हुए मानसून की हवाओं में फड़फड़ा रहे थे। इन खम्भों के इर्द-गिर्द की शायद ही कोई चीज तबाही का शिकार होने से बच पाई थी। लोग छोटे-छोटे झुंडों में उन लोगों की बातें सुन रहे थे जो कहते थे कि उन्हें फौजी कार्रवाई के बारे में ज्यादा पता है। भिंडराँवाले के अनुयायियों के शौर्य की बातें बढ़ा-चढ़ाकर बताई जा रही थीं। निर्दोष तीर्थयात्रियों, जिनमें औरतें और बच्चे भी थे, की हत्याओं के किस्से बड़े गौर से सुने जा रहे थे। एक युवक ने मेरा ध्यान अकाल तख्त के पास की एक दीवार पर लगे साइनबोर्ड की तरफ खींचा। गुरुद्वारे के परिसर पर कब्जा करने के कुछ देर बाद ही सेना द्वारा यह लगाया गया होगा और आम जनता के लिए गुरुद्वारे के फाटक खोल देने के बाद इसे हटाने का उन्हें ध्यान नहीं रहा होगा। साइन-बोर्ड पर लिखा था, 'यहाँ धूम्रपान और मद्यपान का निषेध है।' तो हमारे जवान उस पवित्र स्थल में यही कर रहे थे! उनके मस्तिष्क की शिराएँ शायद थकी हुई होंगी, मृत मनुष्यों की दुर्गन्ध तथा मृतप्राय लोगों की कराहें उनसे बर्दाश्त नहीं हो रही होंगी! फिर, उनमें से कई तो शायद यह भी नहीं

जानते होंगे कि धूम्रपान की सिख धर्म में मनाही है। वे यह भी तो नहीं जानते होंगे कि अकाल तख्त और हरिमन्दिर साहिब के बीच पड़नेवाला अहाता भी गुरुद्वारे का ही हिस्सा है। थकान मिटाने के लिए रम और सिगरेट उनके लिए जरूरी थे। मैंने किसी को यह कहते भी सुना कि वे बूटों समेत परिक्रमा के गिर्द घूमते थे। एक और आदमी को कहते सुना कि 'उन्होंने पन्द्रह-बीस साल के लड़कों के हाथ पीठ पीछे उनकी पगड़ियों से बाँधकर उन्हें शूट कर दिया।' कोई तो यह भी कह रहा था कि 'उन्होंने परिक्रमा के पीछेवाले कमरों में घुसकर छिपे हुए लोगों को गैस छोड़कर या आग लगाकर मार डाला। आप अभी भी वहाँ पड़ी उनकी हड्डियों को देख सकते हैं। कमरों से अभी भी मुर्दों की गन्ध आती है।' लोगों के दिलों में ऐसी आग लगी हुई थी कि वे सब मानते जा रहे थे जो कुछ भी वे सुन रहे थे। लोग तो यह तक मान रहे थे कि भिंडराँवाले जिन्दा भाग गया था और जल्दी ही वापस लौट आएगा।

स्वर्ण मन्दिर सिखों के लिए अब वही नहीं रह गया था जो आज से 300 साल पहले से उनके जेहन में बसा चला आ रहा था, जबकि यह अब भी उतना ही मनोरम लग रहा था और चारों तरफ लगा संगमरमर तथा इसके स्वर्णजड़ित गुम्बद अब भी वैसे ही सरोवर में प्रतिबिम्बित हो रहे थे। ऊपर नीले आसमान में मानसून के बादल मँडरा रहे थे। कबूतरों का एक झुंड उड़ता हुआ सिर के ऊपर से निकल गया। कबूतर तो ऐसे पहले भी उड़ते रहे होंगे, पर अब आलम में वह रवानगी, वह मस्ती कहाँ रह गई थी! प्रवेश द्वार पर फूल बेचनेवाले ने मुझे सुनाते हुए कहा, 'यहाँ अब कोई दर्शन को थोड़े ही आता है। ये सब तो तमाशबीन हैं, तमाशबीन!'

अमृतसर के हिन्दुओं और सिखों से मिलने के बाद तो मुझे पक्का यकीन हो गया कि दोनों समुदायों के दिलों पर कभी न मिटनेवाला दाग लग चुका था। वे समुदाय जो अभी कल तक एक-दूसरे को एक ही समझते रहे थे, एक-दूसरे से जिनके शादी-ब्याह के रिश्ते थे, जो एक-दूसरे के मन्दिरों-गुरुद्वारों में पूजा-अर्चना करने जाते थे, जो एक-दूसरे के सुख-दुख के सहभागी थे, वे अब एक-दूसरे के प्रति विषाक्त हुए पड़े थे। मैंने हिन्दुओं से बात की तो उन्होंने बताया कि कैसे भिंडराँवाले ने आतंक का राज फैला रखा था, लेकिन फौज की तबाही की बाबत उन्होंने कुछ नहीं

बताया। मैंने सिखों से बात की तो उन्होंने सेना द्वारा की गई जानमाल की बर्बादी के किस्से बढ़ा-चढ़ाकर बखाने, पर भिंडराँवाले के अनुयायियों और साथियों द्वारा निर्दोष लोगों पर ढाए गए जुल्मों की बाबत चुप्पी साधे रखी। उनका गुस्सा अपने हिन्दू पड़ोसियों पर उतर रहा था, 'इन लोगों ने अकाल तख्त की बर्बादी पर लड्डू बाँटे। इन्होंने जवानों को मिठाइयाँ खिलाईं, सिगरेट और शराबें दीं। इन्होंने हमारी भावनाओं पर लगी चोट की जरा भी परवाह नहीं की।' मोटर-कारों के 'स्पेयर पार्ट्स' बनानेवाले एक सिख ने मुझे बताया कि जब वह फौजी कार्रवाई के बाद पहली बार गुरुद्वारे आया तो, 'हम लोग हॉल बाजार से निकल रहे थे कि एक हिन्दू दुकानदार ने हमारे सिर के ऊपर से एक सिगरेट का पैकेट दूसरी तरफ खड़े अपने दोस्त की ओर फेंकते हुए कहा—यह सिगरेट का नया ब्रैंड है—भिंडराँवाले मार्का।'

दुनिया की नजर में अविभाज्य लगनेवाले इन दो समुदायों में यह फर्क किसने डाला?

इसके लिए हमें इतिहास में बहुत पीछे लौटना होगा। कहानी सिख धर्म के प्रादुर्भाव और इसके एक अलग धार्मिक समुदाय की तरह विकसित होने तक जाती है। हरिमन्दिर साहिब के इतिहास को भी देखना होगा। हरिमन्दिर साहिब सिखों का पवित्र स्थल है जिसे लेकर सिख भावुक हो आते हैं और जिसकी पवित्रता की रक्षा वे अपनी जान देकर भी करने को तैयार हैं।

हरिमन्दिर साहिब

अगर संसार-भर में पूजा-अर्चना की कोई ऐसी जगह है जो सभी धर्मों के लोगों का स्वागत करती है और एक ऐसे ग्रन्थ को ईश्वर का अवतार समझकर उसकी आराधना करती है जिसमें सभी वर्गों के हिन्दुओं और मुसलमानों द्वारा रचित भजन हैं, तो वह अमृतसर का हरिमन्दिर साहिब ही है। यहूदी गैर-यहूदियों को अपने पूजाघरों—'वेलिंग वॉल' में घुसने भी नहीं देते, जरदुश्तों (पारसियों) में गैर-जरदुश्तों को अपनी अगियारियों में प्रवेश देने की मनाही है, कैथोलिक लोग गैर-कैथोलिकों को अपने पवित्र स्मारकों में नहीं जाने देते, हिन्दुओं के मन्दिरों के द्वार मुसलमानों और ईसाइयों के लिए बन्द हैं (और अभी कुछ अरसा पहले तक निम्न जातियों के लिए भी)। मुसलमानों ने भी गैर-मुसलमानों का मक्का-मदीना में प्रवेश वर्जित कर रखा है। सिर्फ एक हरिमन्दिर साहिब ही है (जिसे आमतौर पर दरबार साहिब और स्वर्ण मन्दिर भी कहते हैं) जिसके द्वार हर धर्म और हर जाति के नर-नारियों के लिए समान रूप से खुले हुए हैं। वहाँ रात-दिन चलनेवाले पाठ में कोई भी व्यक्ति हिस्सा ले सकता है। हर आदमी गुरु के लंगर में छक सकता है। जिस तरह सिख धर्म हिन्दुत्व की ईंटों और इस्लाम के गारे से मिलकर बनी इमारत है, उसी तरह सिखों की यह सबसे पवित्र स्थली भी अपनी हिन्दू-मुस्लिम वंशावली की साक्षी है। सिखों के दस गुरुओं में से तीसरे गुरु अमरदास को यह जमीन उनकी बेटी के विवाह पर सम्राट्

अकबर से भेंट में मिली थी। गुरु अमरदास के जमाई रामदास ने, जो मुगल दरबार में गुरु का प्रतिनिधित्व करते थे, यहाँ एक तालाब खुदवाया। जब वे अपने ससुर की जगह सिखों के चौथे गुरु बने तो उन्होंने इस तालाब के चारों ओर एक नया शहर बसाने की सोची। अमृतसर के 1883-84 के सरकारी गजट के अनुसार, 'सन्! 1577 में उन्होंने (गुरु रामदास) सम्राट् अकबर से मिली 500 बीघा जमीन के साथ इस जमीन की भी मिल्कियत हासिल कर ली थी। इसके लिए उन्हें इसके मालिक, टुंग के जमींदार को 700 रुपए देने पड़े थे।' गुरु रामदास (1534-1581) ने अपना सिख धर्म का मुख्यालय गोइंदवाल से उठाकर अपने नाम पर पड़े नए शहर में कर लिया। इस नए शहर को गुरु का चक, चक रामदास या रामदासपुरा भी कहा जाता था। उन्होंने नए शहर को बसाने के लिए व्यापारियों को आमन्त्रित किया ताकि वे अपना व्यवसाय यहाँ जमाना शुरू करें।

गुरु रामदास के तीन पुत्र थे जिनमें से सबसे छोटे अर्जुनमल को ही उन्होंने अपने उत्तराधिकारी के योग्य समझा। जब सन् 1581 में रामदास का देहान्त हुआ तो अर्जुन सिखों के पाँचवें गुरु बने। इन्होंने ही तालाब के अन्दर हरिमन्दिर साहिब की स्थापना करवाई। सिख धर्म की निर्वाचन द्वारा हर काम को करने की प्रकृति के कारण ही उन्होंने मुस्लिम धर्म के तत्त्वज्ञ, लाहौर के हजरत मियाँ मीर को इसकी आधारशिला रखने के लिए निमन्त्रित किया। हरिमन्दिर साहिब की वास्तुकला को लेकर उसके दो पक्षों पर ध्यान दिया जाना चाहिए। हिन्दुओं में मन्दिरों को ऊँचे चबूतरों पर बनाने की परम्परा है। लेकिन गुरु अर्जुनदेव ने इस गुरुद्वारे को धरती की सतह से नीचे बनवाया ताकि दर्शनार्थियों को सीढ़ियाँ उतरकर भीतर जाना पड़े। जब अर्जुनदेव से यह पूछा गया कि 'यह उन्होंने क्या किया? मन्दिर को तो मुहल्ले की सबसे ऊँची इमारत होना चाहिए,' तो कहते हैं, उन्होंने कहा कि 'नहीं, विनम्रता में ही बड़प्पन है। पेड़ पर जितने अधिक फल लगते हैं, उसकी शाखाएँ नीचे को नम जाती हैं। आप जिधर से भी इस गुरुद्वारे में प्रवेश करें, आपको आठ-दस सीढ़ियाँ उतरनी ही पड़ेंगी। हरिमन्दिर का सबसे नीची इमारत होना ही ठीक है।' इसकी दूसरी विशेषता यह है कि जहाँ हिन्दू मन्दिरों में केवल एक ही प्रवेश-द्वार हुआ करता था, हरिमन्दिर में हिन्दुओं की चारों जातियों—ब्राह्मण, क्षत्रिय, वैश्य तथा शूद्र—का

प्रतिनिधित्व करनेवाले चार प्रवेश-द्वार बनाए गए थे। सभी का इस मन्दिर में स्वागत था।

मन्दिर का निर्माण पूरा होने पर तालाब को पानी से भर दिया गया और तब से इसे 'सर' और इसमें भरे जल को 'अमृत' कहा जाने लगा। गुरु अर्जुनदेव ने इस विशिष्ट अवसर पर एक विशेष भजन रचा :

'सन्ताँ के कारज आप खलोया
हर काम करावन आया राम।
धारत सुहावी ताल सुहावा
बिच अमृत जल छाईया राम।
अमृत जल छाईया...
पूरण साज कराईया।
सगल मनोरथ पूरे
जय जयकार।
भया जग अन्तर
लाथे सगल वसूरे।
पूरण पुरुख अचुत अवनासी
जस वेद पुरानी गाया।
अपना बिरथ रखया परमेशर
नानक नाम धयाईया।'

एक दोहा तो अमृतसर आनेवाले हर दर्शनार्थी की जिह्वा पर रहता है :

'रामदास सरोवर न्हाते,
सब उतरे पाप कमाते।'

अमृतसर शहर को कालान्तर में 'सिफ्ती (तारीफ) दा घर' कहा जाने लगा। जो महत्त्व काशी का हिन्दुओं के लिए है और मक्का का मुसलमानों के लिए, वही अमृतसर का सिखों के लिए हो गया : यह उनका सबसे महत्त्वपूर्ण तीर्थस्थल है।

हरिमन्दिर के बनने के कुछ साल बाद गुरु अर्जुन करीब के किसी वन में चले गए और वहाँ पीपल, नीम और अंजीर के वृक्षों की घनी छाया

तले उन्होंने पवित्र सबदों का संकलन किया। इस कार्य में उन्होंने सभी वर्गों के हिन्दुओं और मुसलमानों का सहयोग लिया। संकलन का काम सन् 1604 में पूरा हो गया और अब उस संकलन को 'आदिग्रन्थ' कहा जाने लगा। 'आदिग्रन्थ' को हरिमन्दिर के वरिष्ठ सिख बाबा बुड्डा को सौंपकर वहीं प्रतिष्ठापित कर दिया गया। बाबा बुड्डा 'आदिग्रन्थ' का हरिमन्दिर साहिब में पाठ करनेवाले प्रथम ग्रन्थी थे।

भड़कानेवालों को झूठी बातों से सम्राट् अकबर के कान भरते देर नहीं लगी कि 'आदिग्रन्थ' में इस्लाम की तौहीन करनेवाले अंश हैं। आगरा से उत्तर की तरफ जाते हुए अकबर अमृतसर के पास रुके और उन्होंने गुरु अर्जुन से कहा कि वे 'आदिग्रन्थ' का मुआयना करना चाहते हैं। भाई बुड्डा और एक अन्य सिख भाई गुरदास सम्राट् के पास आए और उन्होंने उनसे कहा कि वे ग्रन्थ साहिब को जहाँ से भी चाहें, खोलकर देख सकते हैं। विचित्र संयोग देखिए कि जो पृष्ठ सम्राट् ने खोला, उस पर फारसी में लिखी गुरु अर्जुन की अपनी ही रचना थी :

'धरती से सूरज तक विधाता ने बनाई
यह दुनिया,
अम्बर, जल, थल और प्रकृति सगरी,
उसी रचयिता की रची,
हे मानव, जो तेरी आँखों ने देखा, सब
नश्वर है।'

'आदिग्रन्थ' की निर्वाचन-प्रकृति पर गौर किया जाना चाहिए। यह संसार-भर में एकमात्र ऐसा ग्रन्थ है जिसने विभिन्न धर्मानुयायियों द्वारा रचित रचनाओं को देवत्व का स्वरूप प्रदान किया। इसमें जिन सबसे प्राचीन और सर्वाधिक प्रतिष्ठित सन्तों की वाणियाँ संकलित हैं, उनमें शेख इब्राहीम फरीद भी हैं। 'आदिग्रन्थ' में फरीद के 134 सबद हैं। वे लोगों को अल्लाह में आस्था रखने को प्रेरित करते हैं :

'बोलै शेख फरीद प्यारे अल्लह लगै,
एह तन होसी खाक निमाणी गोर घरे।'

गुरुग्रन्थ साहिब में कबीर के रचे 541 सबद हैं। कबीर जुलाहे थे। उन्होंने उपमाएँ और रूपक अपने ही व्यवसाय से चुने :

'हम घर सूत तनै नित ताना
कंठ जनेऊ तुमारे।
तुम तऊ बेद पढ़ो गायत्री
गोबिन्द रिदै हमारे।
मेरी जिह्बा बिसन नैन नारायण
हिरदै बसै गोबिन्दा।
जमद्वार जब पूछस बबरे
तब क्या कहस मुकुन्दा।
हम गोरू तुम गुआर गुसाँई
जनम-जनम रखवारे।
कबहूँ ना पार उतार चराईह
कैसे खसम हमारे।
तू बामन मैं काँसी का जुलाहा
बूझौ मोर गिआना।
तुम तो जाचै भूपत राजे
हरिसिऊँ मोर ध्याना।'

महाराष्ट्र के सन्त नामदेव (1270-1350) के इस ग्रन्थ में 60 सबद हैं। अपने इष्ट विट्ठल के गुणगान में वह कहते हैं :

'मलै न लाछै पारमलो
परम लियो बैठोरी आई।
आवत किनै ना पेखयो
कवने जानै री बाई।
कवन कहे किन बूझिए
रमैया आकुल री बाई।
ज्यौं आकासे पंखिअलो
खोज निरखयो ना जाई
ज्यों जल माँझै माछलो

मारग पेखनो ना जाई।
ज्यौं आकासे घड़ूअलौ
मृगतृष्णा भइया।
नामै चे स्वामी बीठलो
जिन तीनै जरिया।'

'ना कोई हिन्दू, ना मुसलमान' की उद्‌घोषणा के साथ सिख धर्म का प्रवर्तन करनेवाले गुरु नानक की आत्मा 'आदिग्रन्थ' के हर सबद में व्याप्त मिलती है। नानक कहते हैं :

'मिहिर मसीति सिदकु मुसला
हकु हलालु कुराणु।
सरम सुनन्ति सीलु
रोजा होहु मुसलमाणु।
करणी काबा सचु पीरू
कलमा करम निवाज।
तसबी सा तिस भावसी
नानक रखै लाज।'

नानक आगे कहते हैं :

'मुसलमाणु कहावणु मुसकलु,
जा होई ता मुसलमाणु कहावै।
अवलि अउलि दीनु करि मिठा
मसकल माना मालु मुसावै।
होइ मुसलिमु दीन मुहाणै
मरण जीवण का भरमु चुकावै।
रब की रजाउ मंने सिर उपरि
करता मंने आपु गवावै।
तउ नानक सरब जीआ
मिहरंमति होइ त मुसलमान कहावै।'

यद्यपि गुरु अर्जुनदेव हिन्दू और इस्लाम दोनों धर्मों से जुदा एक तीसरे

धर्म के अस्तित्व की उद्घोषणा करनेवाले सर्वप्रथम व्यक्ति थे, तथापि वे इन दोनों धर्मों के प्रति आदर-भाव रखते थे। गुरु अर्जुन की रचनाएँ ही 'आदिग्रन्थ' में सबसे अधिक हैं। उनकी रचनाओं में एक सर्वशक्तिमान ईश्वर के प्रति प्रेम और आस्था का सन्देश प्रतिध्वनित होता है :

'भुज बल बीर ब्रह्म सुख सागर
परत गहि लेहु अंगुरीआ।
स्रवनि न सुरति नैन सुन्दर नहीं
आरत दुआरि रटत पिंगुरीआ।
दीना नाथ अनाथ करुणामै
साजन मात पिता महतरीआ।
चरण कवल हिरदै गहि
नानक भै सागर पन्त पारि उतरीआ।'

अफगान आक्रमणकारी अहमद शाह अब्दाली ने हरिमन्दिर साहिब को कई बार तोड़ा। कई बार इसे फिर-फिर बनाया गया। इसका वर्तमान स्वरूप महाराजा रणजीत सिंह की देन है। (उनकी पत्नी मेहताब कौर ने लाहौर में सूफी दाता गंज बख्श का मकबरा बनवाया था।) स्वर्ण मन्दिर गुरुद्वारे के गर्भगृह के प्रवेश-द्वार के ऊपर एक शिलालेख लगा है जिसका अर्थ कुछ इस प्रकार है :

'वाह गुरु ने अपने विवेक से महाराजा रणजीत सिंह को अपने प्रमुख अनुयायी तथा सिख के रूप में देखा और अनुग्रह करके उन्हें इस गुरुद्वारे की सेवा करने का विशेषाधिकार प्रदान किया।'

(दिनांक–संवत् 1887)

जाहिर है कि सिख हरिमन्दिर साहिब को लेकर भावुक हो उठते हैं। इसकी पवित्रता भंग करने के किसी भी प्रयास को आसानी से नहीं बख्शा गया और उसके परिणाम घातक ही रहे हैं। जब भी किसी ने ऐसा किया, उसे जान से हाथ धोना पड़ा। इसका संचालन पीढ़ियों से महन्तों के एक परिवार के हाथ में रहा, और अंग्रेजी हुकूमत के दौरान भी कई सालों तक वे इसका

संचालन करते रहे, जिनकी ज्यादा फिक्र सिख धर्म की परम्पराओं की सुरक्षा के बजाय शासकों की कृपादृष्टि प्राप्त करने में रही। इन महन्तों ने सिखों के साम्राज्य को हड़पनेवाले आक्रमणकारियों को जूतों समेत गुरुद्वारे में प्रवेश की अनुमति दी और यहाँ तक कि जलियाँबाला बाग में 375 आदमी-औरतों को गोलियों से भून डालनेवाले जनरल डायर को सम्मानित किया। इससे सिखों में व्यापक आक्रोश फैल गया। सन् 1920 के दशक का अकाली आन्दोलन गुरुद्वारों को महन्तों के चंगुल से छुड़ाने में सफल हो गया। सन् 1925 में 'सिख गुरुद्वारा एक्ट' के पास होने के बाद शिरोमणि गुरुद्वारा प्रबन्धक कमेटी की स्थापना की गई। पंजाब के सारे गुरुद्वारे मय हरिमन्दिर साहिब अब अकाली दल के मजबूत नियन्त्रण में आ गए।

समय-समय पर अमृतसर (अमृत-सरोवर) का पानी निकाल दिया जाता है और वर्षों से जमा होती आ रही गाद (पंक) को निकालने के लिए बड़े पैमाने पर कारसेवा की जाती है। कारसेवा में हिस्सा लेने के लिए सभी का स्वागत होता है, चाहे वह हिन्दू हो, मुसलमान हो या सिख हो। जब पहली बार सन् 1922 में कारसेवा करवाई गई तो जिन सैकड़ों-हजारों कारसेवकों ने इसमें भाग लिया, वे कसम खाकर कहते थे कि उन्होंने गुरु गोविन्द सिंह के बाज को आकाश से उतरकर गुरुद्वारे के स्वर्ण कलश पर बैठते अपनी आँखों से देखा। तो ऐसा धार्मिक उत्ताप हरिमन्दिर साहिब ने अपने श्रद्धालुओं में पैदा किया हुआ था।

सिख गुरुओं के जन्मदिन, गुरु अर्जुन और गुरु तेगबहादुर के शहीदी दिवस हरिमन्दिर साहिब में बड़े जोशो-खरोश के साथ मनाए जाते हैं। सबसे बढ़कर जोर-शोर से तो हिन्दुओं का त्यौहार दीवाली मनाई जाती है। सिख हिन्दुओं के सारे त्यौहार मनाते हैं। सिखों का इस्लाम से सम्बन्ध 1947 तक चलता रहा। तब तक हरिमन्दिर साहिब का मुख्य रागी मुसलमान परिवार से ही चुना जाता रहा। अभी कुछ दिनों पहले तक हरिमन्दिर के दर्शनार्थियों में लगभग चौथाई तो हिन्दू ही हुआ करते थे। वस्तुतः पश्चिमी पंजाब के ज्यादातर हिन्दू 'आदिग्रन्थ' को ही अपनी धार्मिक पुस्तक मानते आ रहे थे क्योंकि वे अपने वेदों-उपनिषदों की भाषा के मुकाबले इसकी भाषा को समझ सकते थे।

हरिमन्दिर का अपने श्रद्धालुओं के लिए कितना महत्त्व है, यह तो

इसके मुख्य प्रवेश-द्वार पर खड़े होते ही पता चल जाता है। दर्शनार्थियों के दल जोर-शोर से बतियाते या लड़ते-झगड़ते ही क्यों न चले आ रहे हों, सरोवर के नीले निर्मल जल से ऊपर उठते गुरुद्वारे पर नजर पड़ते ही वे ऐसे चुप हो जाते हैं, जैसे किसी ने उन पर जादू की छड़ी फेर दी हो! उनके हाथ एकदम ही प्रार्थना को जुड़ जाते हैं। कुछ तो इतने भावुक हो उठते हैं कि उनकी आँखों से आँसुओं की धार बह निकलती है। धरती पर मत्था टेकते वे ईश्वर का शुक्रिया अदा करते हैं कि चलो, हरिमन्दिर साहिब के दर्शन तो हुए।

गुरुद्वारे में जाने का सबसे उत्तम समय है अमृत बेला (भोर का समय) क्योंकि इसी समय मन्दिर के पावक गर्भगृह में कीर्तन शुरू हो जाता है। जब सुबह की शबनम रात की स्मृतियों को धो रही होती है और तारे उजाले को रास्ता दे रहे होते हैं, इसी समय गुरु अर्जुन का सन्देश लोगों के कानों में पड़ने लगता है :

'ना कोई बैरी, ना बेगाना,
सगल संग हमरी बन आई।'

कुछ दिनों पहले हरिमन्दिर साहिब से फूटती द्वेष और नफरत की आवाजों ने हिन्दू श्रद्धालुओं को यहाँ से विमुख कर दिया। हिन्दुओं की उन्मत्त भीड़ ने रेलवे स्टेशन पर लगी इस नगर के प्रवर्तक गुरु रामदास की प्रतिमा को चूर-चूर कर दिया। गुरुद्वारे के भीतर और बाहर सिखों ने खुद ही अपने सिख भाइयों का खून बहाया है। लोगों ने पूछना शुरू कर दिया कि 'क्या इसी मकसद के लिए गुरु रामदास और गुरु अर्जुन ने इस गुरुद्वारे को बनवाया था?'

मामलों ने ऐसा मोड़ क्योंकर अख्तियार कर लिया? इसको समझने में सिखों के संक्षिप्त इतिहास का पर्यवेक्षण सहायक होगा।

सिख मानस

दुनिया में यहूदी ही अकेले लोग नहीं हैं जो अपने-आपको ईश्वर की चहेती विशिष्ट जाति समझते हैं। हिन्दुस्तान के एक करोड़ चालीस लाख सिख उनसे भी दो कदम आगे हैं और न केवल अपने-आपको ईश्वर के चुनिन्दा लोग समझते हैं, वरन् यह भी समझते हैं कि परमात्मा ने उन्हें पैदा ही हुकूमत करने के लिए किया है। उनका हर बन्दा सवा लाख (आम आदमियों) के बराबर है और अपने आप में एक फौज है। सिखों और यहूदियों दोनों का ही अत्याचार और उत्पीड़न से वास्ता पड़ा। यहूदी लगभग दो हजार सालों तक क्रिस्तानों और मुसलमानों के हाथों सताए जाते रहे। सिखों ने लगभग 300 सालों तक इस्लामी हुकूमतों और उत्तर भारत के अन्य शासकों के अत्याचार सहे। लेकिन फिर भी उनका आत्मगौरव कम नहीं हुआ। एक जाने-माने सिख इतिहासकार की शेखी तो देखिए : 'एक सिख तो एक ही सिख है, पर जहाँ दो सिख मिल जाएँ तो समझो, सन्तों का दरबार लग गया और अगर कहीं पाँच सिख मिल बैठे हों तो समझिए, वहाँ ईश्वर ही अवतरित हो गया।'

सिखों के इस आत्मगौरव को स्वीकार करनेवाले हिन्दुस्तानी अधिक नहीं हैं। बल्कि इसके विपरीत सिखों को कुछ-कुछ मन्दबुद्धि और गँवार ही समझा जाता है जो सिर्फ लड़ाइयों में बलि के बकरे बनाए जाने के ही काम आ सकते हैं। आम हिन्दुस्तानियों का कहना है कि 'सिखों की सिर्फ एक

ही संस्कृति है और वह है खेती-बाड़ी।' इन व्यंग्योक्तियों में भी एक सच्चाई तो है ही। सिख मुख्य रूप से किसान और फौजी ही हैं और इन दोनों व्यवसायों में वे अपना सानी नहीं रखते। देखा जाए तो भारत में हरित क्रान्ति लाने में बाकी लोगों के मुकाबले उनका ही ज्यादा हाथ रहा है। उन्होंने गेहूँ की पैदावार को प्रति एकड़ तिगुना बढ़ा दिया और इस प्रकार भारत के सबसे समृद्ध किसान बन गए। खेती-बाड़ी के बाद उनका दूसरा मनपसन्द व्यवसाय है फौज की नौकरी। प्रथम विश्वयुद्ध में अंग्रेजी फौज का लगभग एक-चौथाई हिस्सा सिख फौजी थे। आज भी सशस्त्र बलों में सिख 8 प्रतिशत से ऊपर हैं, हालाँकि उनकी आबादी भारत की कुल आबादी का दो प्रतिशत से भी कम है। वे अति करनेवाले और आक्रामक किस्म के लोग हैं जिनके भीतर अपने-आपको औरों से एक रत्ती बढ़कर मानने का फितूर कूट-कूटकर भरा हुआ है। वे समझते हैं कि हिन्दुस्तान में एक वे ही किसी काम को सबसे अच्छी तरह कर सकते हैं। एवरेस्ट की चोटी पर चढ़नेवाले प्रथम नौ भारतीयों में तीन तो सिख ही थे। भारत के खिलाड़ियों की टीमों में तिहाई से ज्यादा हिस्सा सिखों का है। आप हिन्दुस्तान के किसी भी कोने में उनको देख सकते हैं। सिख धड़ल्ले से ट्रक चलाते हैं, टैक्सियाँ और बसें चलाते हैं, दुकानदारी और ठेकेदारी करते हैं। सिखों में उद्योगपति भी हैं, डॉक्टर, वकील और अध्यापक भी हैं। अपनी विशिष्ट शक्लो-सूरत (वे पगड़ी पहनते हैं और दाढ़ी रखते हैं) के कारण वे अपनी तादाद से ज्यादा मालूम होते हैं। लेकिन पिछली जनगणना के अनुसार वे भारत की कुल आबादी के दो प्रतिशत से भी कम हैं।

सिख शब्द संस्कृत के 'शिष्य' से बना है। सिख अपने दस गुरुओं के शिष्य हैं। दस गुरुओं में प्रथम थे नानक (1469-1539) और अन्तिम गुरु गोविन्द सिंह थे (1708 में देहान्त)।

नानक का जन्म एक हिन्दू परिवार में हुआ था। वे बचपन में ही सयाने हो गए थे। कई अन्य बड़े सन्तों की भाँति उनका बचपन भी परिवार की गायें-बकरियाँ चराते ही बीता। पढ़ने-लिखने में उनकी कोई रुचि नहीं थी। उनका मन तो घुमक्कड़ साधु-सन्तों की संगत में ही रमता था चाहे वे हिन्दू हों या मुसलमान। उनके माता-पिता को उनसे कोई आशा-उम्मीद नहीं रही थी क्योंकि वे परिवार के व्यवसाय में कोई मदद नहीं करते थे और

ऊपर से जो भी रुपया-पैसा उनके पिता उन्हें देते, वे उसे भूखे-नंगे, गरीबों को खिलाने-पिलाने में लुटा देते। जब वे बड़े हुए तो उनकी शादी कर दी गई। कुछ दिन तो वे अपनी पत्नी के प्रति आसक्त रहे। उनके दो पुत्र भी हुए। लेकिन उसके बाद उनमें सत्य की खोज की तड़प इतनी जगी कि वे घरबार छोड़कर खानाबदोश बन गए। उन्होंने व्रत-उपवास, पूजा-प्रार्थना करना प्रारम्भ कर दिया और ध्यान लगाकर बैठ जाते। पंजाब के लोगों पर मुसीबतों के पहाड़ ढानेवाले हिन्दू-मुसलमानों की सदियों की लड़ाइयाँ उनकी सोच का मुख्य विषय होतीं। उन्होंने दोनों धर्मों का गहन अध्ययन किया और पाया कि हिन्दू धर्म और इस्लाम में बहुत कुछ ऐसा था जो दोनों धर्मों में सामान्य था।

नानक ने पूरे भारत का भ्रमण किया। कहते हैं कि वे मक्का भी गए थे। उन्होंने अपने जीवन के अन्तिम वर्ष उपदेश देते और भजन गाते हुए गुजारे। हिन्दू और सिख दोनों ही उन्हें पहुँचे हुए सन्त मानते थे।

नानक ने आडम्बरहीन अद्वैतवादी धर्म का प्रवर्तन किया, जो मूर्तिपूजा और हिन्दुओं के जातिभेद को नहीं मानता था। और सबसे बढ़कर तो यह कि उनका धर्म 'कर्म की नैतिकता' पर आधारित था, अर्थात्—काम करो, कमाओ और अपने से कम भाग्यशाली लोगों के साथ मिल-बाँटकर खाओ। उन्होंने गुरु की संस्था में आस्था रखने पर जोर दिया और बताया कि एक साथ मिलकर भजन-कीर्तन करना और एक साथ मिलकर खाना-पीना चाहिए।

जब सन् 1539 में नानक का स्वर्गवास हुआ तो वे अपने पीछे अनेक ऐसे अनुयायियों को छोड़ गए जो हिन्दुत्व और इस्लाम दोनों से विसंगत विचारधारा रखते थे। अब यह उनके नौ उत्तराधिकारियों (गुरुओं) का काम था कि वे नानक के अनुयायियों को कैसे एक नए समुदाय में ढालें जिसकी अपनी विशिष्ट धार्मिक आस्थाएँ और परम्पराएँ हों।

नानक के उत्तराधिकारी उनके एक शिष्य थे। लेकिन बाद के गुरु उस शिष्य के ही परिवार की पीढ़ियों से आए। पाँचवें गुरु अर्जुन ने अपने पूर्ववर्तियों की रचनाओं को एकत्रित किया और अपनी स्वयं की रचनाओं के साथ उन्हें मिलाकर सिखों के धर्मग्रन्थ 'गुरुग्रन्थ साहिब' का संकलन किया। गुरु अर्जुन के उत्तरोत्तर बढ़ते अनुयायियों की संख्या ने, जो अधिकतर

खेतिहर और व्यवसायी हिन्दुओं की थी, ने मुगल बादशाह के मन में सन्देह पैदा कर दिया। गुरु पर दोषारोपण लगाकर लाहौर के सूबेदार के सामने उन्हें ले जाया गया जिसने उन्हें प्राणदंड की सजा सुनाई। सन् 1606 में उन्हें लाहौर में फाँसी लगा दी गई। अपने गुरु के प्राणदंड के बाद सिखों की भावनाओं में जबरदस्त परिवर्तन आया और वे एक शान्तिप्रिय समुदाय से लड़ाकू समुदाय में परिवर्तित होने लगे। गुरु अर्जुन के पुत्र हरगोविन्द ने, जो उनके बाद छठे गुरु बने, अपने अनुयायियों की एक सेना बनाई। सिखों का पूर्ण रूप से लड़ाकू सेना में परिवर्तन उनके अन्तिम गुरु गुरु गोविन्द सिंह ने किया। सन् 1673 में बालक गोविन्द के पिता, नवें गुरु तेगबहादुर को मुगल बादशाह ने दिल्ली बुलवाया और हुक्म दिया कि वह इस्लाम को स्वीकार कर लें। कहते हैं कि उन्होंने बादशाह से कहा कि वे ऐसा चमत्कार दिखा सकते हैं कि कोई तलवार उनकी गर्दन को नहीं काट सकेगी। उन्होंने कागज के एक टुकड़े को उस पर कुछ लिखकर अपनी गर्दन से बाँध लिया। जब जल्लाद ने उनकी गर्दन काटी तो धागे से बँधे कागज पर लिखा पाया 'सीस दिया, पर सिर न दिया।'

गोविन्द नौ साल की अल्पायु में ही गुरु के पद पर आसीन हुए। बाद में उन्होंने अपने लक्ष्य को इस प्रकार व्यक्त किया : '...ताकि न्याय की सब कहीं स्थापना हो, पाप और दुष्कर्मों का नाश हो और सत्य की विजय हो। भलाई बनी रहे और अत्याचार का धरती से समूल नाश हो।' गोविन्द ने महसूस किया कि नानक के शान्तिप्रिय अनुयायियों को लड़ाकू सेना में परिवर्तित करने के लिए न केवल उन्हें शस्त्र-प्रयोग सिखाना होगा, अपितु बल-प्रयोग की नैतिकता को लेकर भी उन्हें पूरी तरह आश्वस्त करना होगा। अतः उन्होंने कहा : 'जब सारे उपाय नाकामयाब हो जाएँ तो तलवार उठाना ही न्यायसंगत है। अपने भीतर विवेक की ज्योति जगाओ और कायरता की गन्दगी को बुहार फेंको।' यही उद्देश्य मन में धारकर उन्होंने गौरैयों को सिखाया कि कैसे बाज का शिकार करें और कैसे एक आदमी पूरी की पूरी सेना के मुकाबले खड़ा हो सकता है।

13 अप्रैल, 1699 (हिन्दू पंचांग के मुताबिक नव वर्ष का दिन) को युवा गुरु ने आनन्दपुर में अपने सिखों की सभा बुलाई। आनन्दपुर हिमालय की तलहटी में बसा एक छोटा-सा नगर है। यहीं पर उन्होंने अपनी लड़ाकू

बिरादरी के पंज पियारों को दीक्षा दी। अपनी इस बिरादरी को उन्होंने खालसा (पवित्र) नाम दिया। हिन्दुओं की अलग-अलग जातियों से सम्बन्धित इन पंज पियारों को एक ही कटोरे से अमृत चखवाया गया और सिंह प्रत्यय लगाकर उन्हें नया नाम दिया गया। गुरु गोविन्द ने उनसे पाँच 'कक्कों'–केश, कंघा, कड़ा, कच्छा और कृपाण–को जीवनपर्यन्त निभाने की शपथ दिलाई। खालसों को यहूदियों और मुसलमानों की रीति से हलाल करके कटा हुआ मांस खाने की भी मनाही की गई और ताकीद की गई कि वे केवल 'झटका' रीति से काटा गया मांस ही खाएँ। उन्हें तम्बाकू, बीड़ी और शराब पीने की भी मनाही की गई। मुस्लिम औरतों के साथ शारीरिक सम्पर्क भी उनके लिए अवैध करार दिया गया और उन्हें कहा गया कि मुगलों की फौजों से युद्ध के दरमियान सिख उनकी औरतों से सम्मान के साथ ही पेश आएँ। पंज पियारों को अमृत चखवाने के बाद गुरु गोविन्द ने स्वयं भी उनके हाथों अमृत चखा। समारोह के समापन पर उन्होंने एक नए अभिनन्दन से एक-दूसरे का स्वागत किया–'वाह गुरुजी का खालसा, वाह गुरुजी की फतह।'

गुरु गोविन्द ने सिख धर्म को इसका अन्तिम रूप प्रदान किया। उन्होंने गुरु की संस्था की समाप्ति की घोषणा करते हुए कहा कि अब से सिख ग्रन्थ साहिब को ही अपने दसों गुरुओं का प्रतिनिधि प्रतीक मान इससे पथ-प्रदर्शन लें। इस तरह एक तरफ तो सिख धर्म में नानक और उन गुरुओं की शान्तिप्रियता समोई रही जिनकी रचनाएँ इस ग्रन्थ में सम्मिलित थीं और दूसरी तरफ गुरु गोविन्द सिंह की खालसा प्रथा ने सिखों की लड़ाकू परम्परा को भी बनाए रखा जिसका औचित्य गुरु गोविन्द रचित अनेक रचनाओं में स्पष्टतः प्रकट है। जो लोग गुरु गोविन्द सिंह द्वारा लाए गए परिवर्तन से सहमत नहीं थे, वे सहजधारी सिख कहलाने लगे। सहजधारी अर्थात् जिन्होंने नए धर्म को गम्भीरता से नहीं लिया। बहरहाल, चाहे सहजधारी हों या खालसा, सिख अधिकतर हिन्दुओं से ही धर्मपरिवर्तन करके बने थे और सिखों तथा हिन्दुओं में हमेशा करीबी रिश्ता बना रहा। चाहे जो भी कह लीजिए, पर सिख धर्मग्रन्थों के प्रेरणास्रोत तो वेद-उपनिषद ही थे। फर्क सिर्फ इतना ही था कि वेदान्त को आम बोलचाल की भाषा में सरलीकृत कर दिया गया था। लाखों हिन्दू संस्कृत में लिखे अपने

धर्मग्रन्थों के बजाय गुरुग्रन्थ साहिब को पढ़ना ज्यादा पसन्द करते थे क्योंकि इसे वे आसानी से समझ सकते थे जबकि संस्कृत को समझ पाना उनके लिए कठिन था। हिन्दू और सिख के बीच की विभाजन-रेखा तब एकदम धुँधली-सी थी और पहचान में भी नहीं आती थी। सिख भी हिन्दुओं के तीर्थस्थलों में जाया करते थे, हिन्दुओं के व्रत-उपवास रखते थे, तीज-त्योहार मनाते थे। वे भी गौ-हत्या की भर्त्सना करते थे और अपनी उपजाति के हिन्दुओं में शादी-ब्याह करते थे। सिर्फ एक ही फर्क उन दोनों में था और वह था खालसा का बाह्य प्रतीक—उनके पाँच 'कक्के'। फिर भी, वह एक फर्क ही खालसा पन्थ के अस्तित्व के लिए खासा महत्त्वपूर्ण था। यही एक निशानी थी जिससे उसके सदस्यों की एक विशिष्ट पहचान बनी रही थी। यही एक प्रतीक था जिसने दुरूह परिस्थितियों में भी उनके भीतर उनकी गरिमामय परम्पराओं के गौरव को बनाए रखा और उन्हें जान की बाजी लगाकर भी विपत्तियों का सामना करने की ताकत दी।

गुरु गोविन्द सिंह ने अपने जीवनकाल में किसी लड़ाई के दौरान कोई बड़ी भारी जीत हासिल की हो, ऐसा नहीं था। पहाड़ी सरदारों के साथ हुई कुछेक झड़पों में वे बेशक सफल हुए थे, वरना तो वे जीवनपर्यन्त विषम परिस्थितियों में लड़ाइयाँ ही लड़ते रहे। उनके चारों बेटे मारे गए। बड़े दो तो लड़ते हुए मारे गए, छोटे दो को फाँसी लगा दी गई। लेकिन न तो पराजय और न ही विपत्तियाँ उन्हें मुगलों के अत्याचार के खिलाफ जेहाद छेड़ने के अपने प्रण से डिगा सकीं। अपनी अन्तिम विजय में उनकी आस्था अडिग रही। एक बार बादशाह औरंगजेब ने उन्हें यह सोचकर दिल्ली बुलवाया कि अपने पुत्रों के वियोग और पंजाब से निर्वासन के कारण वे हार मान चुके होंगे और अब आसानी से उसकी शर्तें मंजूर कर लेंगे। गुरु ने बादशाह के बुलावे का अपने फारसी में लिखे जफरनामे (सन्देश पत्र) से जवाब दिया, जिसमें उन्होंने मुगलों के कितने ही काले कारनामों का वर्णन करते हुए अपनी अवज्ञा का इजहार किया : 'कुछ थोड़ी-सी चिंगारियाँ बुझाने का क्या फायदा अगर बदले में बड़ी-सी आग ही लगानी हो तो।'

गुरु गोविन्द के जीवन का शेष काल मध्य भारत में बीता। तब औरंगजेब का वारिस बहादुरशाह दिल्ली की गद्दी पर बैठा हुआ था। बहादुरशाह का व्यवहार अपेक्षाकृत दोस्ताना था। महाराष्ट्र के एक छोटे-से

नगर नांदेड़ में डेरा डालने के दौरान उनके ही एक मुसलमान अंगरक्षक ने उनका कत्ल कर दिया।

गुरु गोविन्द सिंह अपने अनुयायियों के लिए अपने पीछे कोई बहुत बड़ी विरासत नहीं छोड़ गए, लेकिन अपने दुस्साहसपूर्ण पराक्रम की एक ऐसी परम्परा से उन्होंने सिखों की फौजी ताकत की नींव डाली जो कालान्तर में सिखों की 'फौजियत' की एक खासियत बन गई। अपने लक्ष्य में विजय पाना सिखों को अपने धर्म का एक अंग ही लगने लगा और वे भी अपने गुरु की भाँति इस बात के कायल हो गए कि युद्ध के मैदान में वीरगति पाने से बढ़कर इस जीवन का और कोई बेहतर अन्त नहीं हो सकता।

'देहे शिवा वर मोहे ऐहे,
शुभ करमन ते कबहूँ ना टरौं।
ना डरौं अरिसों जब जाय लरौं
निस्चै कर अपनी जीत करौं।
अर सिख हौं अपने ही मन को,
ऐह लालच हौं गुन तऊ उचरौं।
जब आव की अऊध निधान बैने,
अत ही रन में तब जूझ मरौं।'

फौजी ताकत के रूप में सिखों का उत्थान बेहद शानदार था। गुरु गोविन्द के शिष्य बन्दा के नेतृत्व में सिखों ने मुगलों की राजधानी दिल्ली से थोड़ी ही दूरी पर पूर्वी पंजाब के बहुत बड़े हिस्से में उथल-पुथल मचा दी। बन्दा को गिरफ्तार कर लिया गया तथा उसके नन्हे बालक और 600 अनुयायियों समेत उसे दिल्ली में प्राणदंड दे दिया गया। लेकिन बन्दा को फाँसी लगाए जाने के बाद सिख घुड़सवारों ने सिन्धु से लेकर गंगा तक फैले उत्तरी भारत के मैदानी इलाकों में आतंक का साम्राज्य फैला दिया।

उन्होंने ईरान से आए हमलावर नादिरशाह और अफगान के अहमद शाह अब्दाली तक से अपनी तलवारें टकरा दीं। आक्रमणकारियों ने सिखों के गुरुद्वारे तोड़ डाले और जहाँ-तहाँ सैकड़ों की तादाद में सिखों को कत्ल किया, लेकिन ये सब तो तलवार से पानी की धार को काटने के समान था। सिखों ने मुसलमानों की मस्जिदों में सूअर काटकर और उनके खजाने

लूटकर उनसे बदला लिया। अन्ततः उनकी जीत हुई और रणजीत सिंह (1799-1839) के नेतृत्व में पंजाब की हुकूमत उनके हाथ में आ गई।

महाराजा रणजीत सिंह (1780-1839) पंजाब के इतिहास की सबसे बड़ी शख्सियत हैं। उन्होंने बोनापार्ट की फौज के फ्रांसीसी अफसरों की मदद से अपनी सेना का आधुनिकीकरण किया और पंजाब की सरहदों को कश्मीर से आगे तिब्बत तक बढ़ाया। उन्होंने हिन्दुस्तान के पूर्ववर्ती विजेताओं—अफगानों और पठानों को कई बार करारी मात दी। उन्होंने अंग्रेजों के साथ मित्रता की सन्धि कर ली जिससे वे उनके लोलुप इरादों से बचे रहे। अमृतसर के गुरुद्वारे को उन्होंने पुनः संगमरमर से बनवाया और उसके गुम्बदों पर सोने का छत्र चढ़वाया। तभी से यह गुरुद्वारा स्वर्ण मन्दिर कहलाने लगा और सिखों का सबसे पावन गुरुद्वारा बन गया।

महाराजा रणजीत सिंह का व्यक्तित्व उस उलझन का प्रतीक था जो हिन्दू और सिख के बीच विभाजन-रेखा खींच पाने की दिक्कतों से उपजती है। वे औपचारिकता की हद तक खालसा पन्थ के नियमों का पालन करते थे और यहाँ तक कि अपने यूरोपियन तथा हिन्दू दरबारियों से भी अपेक्षा करते थे कि वे दाढ़ी और केश रखें तथा गौमांस और धूम्रपान से परहेज करें। यद्यपि वे नित्य गुरुग्रन्थ साहिब का पाठ सुनते थे, पर अक्सर हिन्दू-मन्दिरों में जाकर पूजा भी करते थे और ब्राह्मण-पंडितों के प्रति श्रद्धाभाव रखते थे। जब उन्हें लगा कि वे अपनी मृत्यु के निकट हैं तो वे कोहिनूर हीरे को दान दे देना चाहते थे, पर अमृतसर में हरिमन्दिर साहिब को नहीं बल्कि पुरी के जगन्नाथ मन्दिर को। उनकी मृत्यु पर उनकी सात रानियाँ और उपपत्नियाँ उनकी चिता के साथ सती हो गईं। सती प्रथा हिन्दुओं में प्रचलित थी; सिख गुरुओं ने इस प्रथा की मनाही कर रखी थी।

रणजीत सिंह की मौत के साथ ही वस्तुतः सिखों के साम्राज्य का भी अन्त हो गया। अलग-अलग रानियों से पैदा हुए उनके सैकड़ों लड़के आपसी अनबन के लिए बदनाम थे। खालसा फौजें अपने आपमें ही कानून बन बैठीं। अंग्रेजों द्वारा उकसाए जाने पर उन्होंने अंग्रेजों से दो लड़ाइयाँ लड़ीं और इन लड़ाइयों में हार के फलस्वरूप सिख साम्राज्य को सन् 1849 में अंग्रेजों के साम्राज्य में मिला लिया गया। सिखों के आखिरी शासक रणजीत सिंह के सबसे छोटे पुत्र ग्यारह वर्षीय दलीप सिंह को इंग्लैंड में

निर्वासित कर दिया गया।

सन् 1849 में सिख साम्राज्य के पतन के बाद खालसा पन्थ की किस्मत का सितारा भी तेजी से डूबने लगा। हजारों ऐसे लोग जो इसके कारण मिलनेवाले भौतिक फायदों के लिए ही पन्थ से आ जुड़े थे, अब वापस हिन्दुत्व की शरण में लौटने लगे। तब तो यहाँ तक कहा जाने लगा था कि खालसा पन्थ का अन्त बस हुआ ही समझो। पन्थ को नवजीवन तो अंग्रेजों ने दिया जब उन्होंने सिखों की दुस्साहसपूर्ण शूरवीरता का लाभ उठाने के लिए उन्हें बड़ी तादाद में ईस्ट इंडिया कम्पनी की फौजों में भरती करना शुरू किया।

लॉर्ड डलहौजी ने, जिसने सिखों के साम्राज्य को औपचारिक रूप से हड़प लिया था, एक बार टिप्पणी की थी कि 'उनके महान गुरु गोविन्द सिंह ने जातिप्रथा का उन्मूलन करने की कोशिश की और काफी हद तक वे सफल भी हुए। लेकिन ये सिख लोग अब धीरे-धीरे हिन्दू धर्म की ओर वापस लौट रहे हैं। साल-दर-साल यह रफ्तार इतनी तेज हो रही है कि सर जॉर्ज क्लर्क के कथनानुसार अगले 50 सालों में सिख धर्म पूरी तरह विलुप्त हो जाएगा।' लॉर्ड डलहौजी ने ही यह व्यवस्था की कि सिखों को मिलनेवाली विशेष सुविधाएँ केवल केशधारी खालसों को ही दी जाएँगी।

सन् 1857 के गदर में सिखों ने हिस्सा नहीं लिया था। इन लोगों ने इसे आजादी की लड़ाई के तौर पर नहीं लिया था जैसाकि कुछ इतिहासकारों ने लिखा है। गदर में हिस्सा तो डोगरों, पठानों और पंजाबी मुसलमानों ने भी नहीं लिया था। इतिहासकारों ने सिखों को ही एकमात्र ऐसा समुदाय बताकर अलग-थलग कर दिया कि जैसे सिर्फ सिखों ने ही गदर में हिस्सा न लेकर मुल्क के साथ गद्दारी की हो। सिखों के पास इस बात का जवाब था कि क्यों उन्होंने उन तथाकथित हिन्दुस्तानियों (कम्पनी के संयुक्त प्रान्त, बिहार और बंगाल के फौजियों) के साथ उनकी मुहिम में साझेदारी नहीं की थी क्योंकि सिर्फ आठ साल पहले ही अंग्रेजों ने इन्हीं फौजों के जरिए सिखों के साम्राज्य को तबाह किया था। 7 दिसम्बर, 1846 को मुगल बादशाह बहादुरशाह जफर ने घोषणा की थी कि 'हमें खबर मिली है कि अंग्रेजी फौजों ने पंजाब में सिखों की सेना को शिकस्त दी है। यह खबर सुनकर हमने ईस्ट इंडिया कम्पनी की जीत की खुशी मनाने के लिए

शाही लाल किले के बाहर 21 तोपों की सलामी का हुक्म जारी किया है।'

अंग्रेजों ने सन् 1857 में अपना साथ देने के एवज में सिखों को पुरस्कृत किया। उन्हें कई कॉलोनियों में बड़ी-बड़ी जायदादें दी गईं और उनको फौज तथा पुलिस में भर्ती करने की विशेष व्यवस्थाएँ की गईं। केशधारी सिखों को मिलनेवाले आर्थिक लाभों ने ही सिख समुदाय को टूटने और हिन्दुत्व की ओर लौटने से बचाया। इसके विपरीत, उन्नीसवीं सदी के अन्तिम तथा बीसवीं सदी के प्रथम दशक में सिख केशधारियों की संख्या में आशातीत वृद्धि हुई। लेकिन देखा जाए तो यह एक तरह से खालसा पन्थ को जीवित रखने का कृत्रिम प्रावधान ही था। यह बात अब भी चिन्तनीय विषय थी कि खालसा पन्थ केवल अपनी परम्पराओं और खूबियों के बल पर जीवित रह सकता है या नहीं।

केशधारी सिख पूरे ब्रिटिश शासन के दौरान सरकारी नौकरियों में भर्ती और विधानसभाओं में अलग प्रतिनिधित्व का विशेष लाभ उठाते रहे। यह तर्क दिया जाता है कि अंग्रेज जानबूझकर सिखों और हिन्दुओं को अलग-थलग रखना चाहते थे। लेकिन मैं सोचता हूँ कि इसके बजाय यह कहना ज्यादा सही होगा कि उन्होंने इन दोनों को करीब लाने का कोई प्रयास नहीं किया। इसके साथ-साथ, इन दोनों कौमों के नेताओं ने इनमें आपसी दूरी को बढ़ते ही जाने दिया। सन् 1877 में स्वामी दयानन्द सरस्वती सिख संगठनों के निमन्त्रण पर पंजाब गए और वहाँ कई शहरों में उन्होंने आर्य समाज की स्थापना की। उन्होंने सिख गुरुओं की बड़ी आलोचना की, गुरु नानक को अनपढ़ और दम्भी कहा। इससे सिखों में नाराजी पैदा होना स्वाभाविक ही था। सिखों को हिन्दू धर्म में वापस लौटाने के आर्य समाज के प्रयत्नों को काटने के लिए सिखों ने भी जगह-जगह 'सिंह-सभाएँ' संगठित कीं। नाभा के काहन सिंह ने आर्य समाज के इस दावे का जवाब देने के लिए कि सिख हिन्दू हैं, 'हम हिन्दू नहीं हैं' शीर्षक से एक पुस्तिका लिखी और सिखों को घर-घर पहुँचाई। आर्य समाजियों और सिंह सभाओं ने मिलकर हिन्दुओं और सिखों के बीच की खाई को और गहरा कर दिया।

सिख प्रथम विश्वयुद्ध तक अंग्रेज शासकों के चहेते बने रहे। सिखों को ब्रिटिश साम्राज्य के दूर-दूर तक के इलाकों में फौज और पुलिस की नौकरियों पर भेजा जाता रहा। युद्ध के समाप्त होते-होते इस विशेष व्यवस्था

का भी अन्त हो गया। ब्रिटिश कोलम्बिया में जा बसे अवकाश-प्राप्त सिख फौजियों को अपने गोरे पड़ोसियों और कनाडा तथा अमेरिका की सरकारों के हाथों अपमान सहने पड़े। ब्रिटिश सरकार ने उनकी कोई मदद नहीं की। कई तो कड़वाहट में भरे भारत वापस लौट आए। यहाँ आकर उन्होंने अपना जुझारू वामपन्थी दल गठित किया। 13 अप्रैल, 1919 में स्वर्ण मन्दिर के पास ही जलियाँवाला बाग में एक बड़ी सभा आयोजित की गई जिसमें ज्यादातर लोग सिख ही थे। सभा को तितर-बितर करने के लिए अंग्रेज जनरल डायर ने गोली चलवा दी। इस हत्याकांड में लगभग 375 लोग मारे गए और हजारों घायल हुए। आखिरकार सिखों ने अंग्रेजों से मुँह मोड़ लिया और उन्होंने भी महात्मा गांधी के नेतृत्व में चल रहे स्वतन्त्रता-संग्राम में सक्रिय भाग लेना शुरू कर दिया।

सिखों और अंग्रेजों के टकराव का मुख्य कारण तो गुरुद्वारों के नियन्त्रण को लेकर था जिसमें हरिमन्दिर साहिब भी आता था। इन गुरुद्वारों के महन्त पीढ़ी-दर-पीढ़ी एक ही परिवार से चले आ रहे थे। यह परम्परा सिखों के बजाय हिन्दुओं की प्रणाली अधिक लगती थी। एक नए बने दल—अकाली दल के नेतृत्व में सिखों ने अपने गुरुद्वारों का नियन्त्रण अपने हाथ में लेने का व्यापक अभियान चलाया। बड़े पैमाने पर असहयोग आन्दोलन किए गए। जत्थेदारों के नेतृत्व में पाँच-पाँच सौ के जत्थों में पुलिस के घेरे तोड़-तोड़कर जुलूस निकाले गए। पुलिस ने उनकी निर्ममतापूर्वक पिटाई की और गिरफ्तार कर जेलों में ठूँस दिया। एक वक्त तो ऐसा था कि 50,000 अकाली जेलों में बन्द थे। अन्ततः सरकार ने उनकी बात मान ली और 1925 में सिख गुरुद्वारा एक्ट पास हो गया, जिसके तहत सिखों के सभी ऐतिहासिक गुरुद्वारों का प्रबन्ध महन्तों के हाथ से निकलकर सिखों की एक निर्वाचित संस्था—शिरोमणि गुरुद्वारा प्रबन्धक कमेटी (एस.जी.पी.सी.) के हाथ सौंप दिया गया। अकाली दल आज भी सिखों का प्रमुख राजनीतिक दल है और एस.जी.पी.सी. उनकी छोटी संसद। एस.जी.पी.सी. के अध्यक्ष तथा अकाली दल के अध्यक्ष की खासी प्रतिष्ठा है। आजकल जत्थेदार गुरचरन सिंह तोहड़ा एस.जी.पी.सी. के अध्यक्ष हैं। एस.जी.पी.सी. न केवल गुरुद्वारों का प्रबन्ध सँभालती है वरन् खालसा स्कूलों, कॉलेजों तथा अस्पतालों की सारी व्यवस्था भी इसी के हाथ में है। इसका

सालाना बजट 12 करोड़ रुपए है।

सिख गर्व के साथ कहते हैं कि अंग्रेजों के करीबी होकर भी उन्होंने आजादी की लड़ाई में हिस्सा लिया। अपनी जनसंख्या के अनुपात में सिख हिन्दुस्तान के किसी भी अन्य समुदाय के मुकाबले ज्यादा तादाद में जेलों में गए। अनेक सिख उग्रवादी अंग्रेजों की गोलियों के शिकार हुए और फाँसी के तख्ते पर चढ़े। द्वितीय महायुद्ध के आरम्भ होते-होते अंग्रेजों के पास सिखों की वफादारी पर शक करने के पर्याप्त प्रमाण जमा हो गए थे और वे गलत भी नहीं थे। सिख खासी तादाद में सुभाषचन्द्र बोस के नेतृत्व में आजाद हिन्द फौज में शामिल हुए। इसका पहला कमांडर भी एक सिख ही था।

द्वितीय विश्वयुद्ध की समाप्ति के बाद के सालों में सिखों के लिए चयन की विकट स्थिति आन खड़ी हुई। हिन्दुस्तानी अंग्रेजों से आजादी माँग रहे थे और हिन्दुस्तानी मुसलमान अपने लिए एक अलग राज्य—पाकिस्तान की माँग कर रहे थे। सिखों ने पाकिस्तान बनाए जाने का कड़ा विरोध किया। सन् 1946-47 में जब दंगे भड़के, उन्हें मुसलमानों के हाथों जान-माल का भारी नुकसान उठाना पड़ा। उस समय पंजाब में मुसलमानों की तादाद सिखों से दस गुना ज्यादा थी। अंग्रेजों द्वारा खींची गई विभाजन-रेखा ने सिख समुदाय को दो भागों में बाँट दिया था। उनकी अधिक उपजाऊ जमीनें पाकिस्तान में पड़ती थीं। अपनी जमीन-जायदाद पाकिस्तान में छोड़ वे खाली हाथ हिन्दुस्तान चले आए और बदले में पूर्वी पंजाब में रहनेवाले गरीब मुसलमानों को उन्होंने सरहद के पार पाकिस्तान में खदेड़ दिया। अनुमान है कि 1947 की गर्मियों में लगभग एक करोड़ लोग हिन्द-पाक सरहदों के इधर-उधर स्थानान्तरित हुए। इस उपमहाद्वीप के इतिहास में धर्म के नाम पर हुए सर्वाधिक संघर्ष में दस लाख से भी अधिक लोगों की हत्याएँ हुईं। हिन्दुस्तान के सर्वाधिक सम्पन्न जमींदारों से सिख घोर गरीबी की अवस्था में आ पहुँचे। सन् 1947 से ही सिखों का बिखराव शुरू हो गया। वे हिन्दुस्तान के कोने-कोने में फैलने शुरू हो गए और शीघ्र ही उन्होंने ट्रक, बस और टैक्सी-ड्राइवरों के रूप में देश की यातायात व्यवस्था में और ऑटो स्पेयर पार्ट्स के व्यवसाय में लगभग एकाधिकार प्राप्त कर लिया। कई सिख परिवार हांगकांग, सिंगापुर, ऑस्ट्रेलिया,

पूर्वी अफ्रीका, इंग्लैंड, कनाडा और अमेरिका आदि में रहनेवाले रिश्तेदारों के पास बाहर जा बसे। लगभग तीस प्रतिशत सिख अपने गृहराज्य पंजाब को छोड़कर देश के विभिन्न भागों में जा बसे जिनमें से ज्यादातर ने तो दिल्ली को ही अपना घर बना लिया। तीन लाख के लगभग सिख इंग्लैंड में रहते हैं और पचास हजार के करीब कनाडा तथा अमेरिका में। एक कहावत भी प्रचलित है कि जब अमेरिकी अन्तरिक्ष यात्री चाँद पर उतरा तो वहाँ उसका सामना एक सिख परिवार से हुआ जो शाम की सैर को निकले थे। आर्मस्ट्रांग ने उनसे पूछा कि "आप यहाँ कब आए?" चाँद पर रहनेवाले सिख ने जवाब दिया, "हिन्दुस्तान के बँटवारे के बाद सन् 1947 में।"

यह स्पष्ट है कि सिखों को हिन्दुओं से जुदा करने के बीज तो सिखों के अपने गुरुओं ने ही बो दिए थे जब उन्होंने उनके लिए अलग मन्दिरों (गुरुद्वारों) और अपने अलग धर्मग्रन्थ की प्रतिस्थापना की, उनको अलग वेशभूषा दी और उनके नाम के साथ सिंह का सामान्य प्रत्यय जोड़ा। जब तक हिन्दुओं और सिखों को मुसलमानों से चुनौती महसूस होती रही, वे एक-दूसरे के साथ बने रहे पर अंग्रेजों के आगमन के बाद मुसलमानों की हुकूमत का खतरा खत्म हो गया और दोनों समुदायों में अलगाव पनपना प्रारम्भ हो गया। अंग्रेजों ने सिखों को अलग समुदाय जतलाते हुए उन्हें सरकारी नौकरियों में विशिष्ट सुविधाएँ दीं, विधानसभाओं में उन्हें अलग प्रतिनिधित्व दिया और इस प्रकार अलगाव की भावनाओं की आग को हवा दी। स्वतन्त्र भारत में लोकतन्त्र की व्यवस्था होने पर सिखों को मिलनेवाली विशिष्ट सुविधाओं का अन्त हो गया। साथ ही सिखों की नई पीढ़ी ने खालसा पन्थ की परम्पराओं को लेकर शंका व्यक्त करनी प्रारम्भ की। कई सिखों ने अपनी दाढ़ी और केश कटवा लिए। मोने सिखों की संख्या बढ़ने के साथ ही इस बात का खतरा नजर आने लगा कि कुछ ही दशकों में शायद सिख हिन्दुत्व की ओर वापस लौट आएँगे और वे सिख धर्म को माननेवाले हिन्दुओं में परिवर्तित हो जाएँगे। दरअसल सिखों और हिन्दुओं में दाढ़ी-केश के सिवा अधिक कुछ फर्क है भी नहीं। हाँ, एक और फर्क अवश्य है और वह है सिखों के स्वभाव की आक्रामकता। कहा जाता है कि

सिख मानस

एक जाने-माने अंग्रेज विद्वान ने आधुनिक भारत के बारे में बोलते हुए हिन्दुओं, मुसलमानों और सिखों का जिक्र किया। श्रोताओं में से किसी ने उठकर पूछा, "हमने हिन्दुओं और मुसलमानों के बारे में तो सुना है, पर ये सिख कौन हैं जिनका आपने जिक्र किया?" विद्वान ने प्रश्न पर कुछ देर विचार करने के बाद जवाब दिया, "सिखों का वर्णन करना काफी मुश्किल है। यही समझ लीजिए कि वे एक प्रकार के बदमिजाज हिन्दू ही हैं।"

सिखों की आज की शिकवे-शिकायतों को समझने के लिए सन् 1947 के बँटवारे और विध्वंस तक लौटना होगा। देश के विभाजन से सबसे ज्यादा नुकसान सिखों को हुआ। लेकिन शायद पहली बार उन्होंने पूर्वी पंजाब के अनेक जिलों में स्वयं को बहुसंख्या में पाया। उनके बीच के सन्तप्त लोगों ने उनसे पूछना शुरू किया, "हिन्दुओं को उनका हिन्दुस्तान मिला, मुसलमानों को पाकिस्तान! पर हम सिखों को क्या मिला?" भारत सरकार ने सिखों का जितना भी तुष्टीकरण करने का प्रयास किया, उनको वह नकाफी ही लगता रहा। पंजाब में भाखड़ा बाँध बनाया गया और उससे सिंचाई के लिए नहरें निकाली गईं, गाँव-गाँव में बिजली पहुँचाई गई, लुधियाना में कृषि विश्वविद्यालय खोला गया जहाँ नॉरमैन बोरलॉग ने मैक्सिकन गेहूँ की एक ऐसी किस्म विकसित की जिसने राज्य में हरित क्रान्ति ला दी। अब प्रति एकड़ तीन गुना अधिक गेहूँ उपजाया जाने लगा और सिख किसान के कदम फिर से समृद्धि की ओर बढ़ने लगे। लेकिन अपने प्रति भेदभाव और अन्याय के अहसास को लेकर उनके असन्तोष की अभिव्यक्ति बढ़ती ही गई।

एक और बात ध्यान देने योग्य है। आजादी के तुरन्त बाद बहुत-से युवा सिखों ने अपने दाढ़ी और केश रखने बन्द कर दिए, खासकर विदेशों में बसे सिखों ने। फिर भी, विदेशों में भी जहाँ-जहाँ सिख ज्यादा तादाद में थे—जैसे सिंगापुर, बर्मा, पूर्वी अफ्रीका में—वहाँ यह गति उतनी तेज नहीं रही। कनाडा, इंग्लैंड और अमेरिका में बसी सिखों की दूसरी पीढ़ी में शायद ही कोई केशधारी खालसा बचा हो। लन्दन में सन् 1953 में छपी अपनी पुस्तक 'दि सिख्स' की भूमिका में मैंने लिखा, 'अपने लोगों के बारे में मेरे लिखने का प्रमुख कारण यह अवसादमय विचार ही रहा कि मेरे इस लेखन के समसामयिक चलती सिखों की कहानी का भी आखिरी पाठ लिखा जा

रहा है। इस शताब्दी के अन्त तक सिख लोग विस्मृति के अँधेरे में खो जाएँगे।'

इसको पढ़कर सिखों में तहलका मच गया। भाई वीर सिंह से किसी ने उक्त पुस्तक पर उनकी राय पूछी तो वे बोले, "मैं इस किताब को छूना भी नहीं चाहता।" इसको बिना पढ़े ही मास्टर तारा सिंह ने भी जगह-जगह अपनी आम सभाओं में इसकी भर्त्सना की। लेकिन जब उन्होंने इसको पढ़ा तो तुरत ही मुझे लिखा कि वे खालसा पन्थ के भविष्य को लेकर मेरी चिन्ता से सहमत थे। उन्होंने मुझसे पूछा कि इसके लिए क्या उपाय किए जा सकते हैं कि ऐसा न हो।

मैंने मास्टर तारा सिंह के साथ कई मुलाकातें कीं। कुछ और लोगों के साथ मिलकर हम दोनों इस निर्णय पर पहुँचे कि चूँकि पंजाब में सिख बहुसंख्या में हैं, इसलिए अगर इस राज्य का प्रबन्ध सिखों के अपने हाथों में आ जाए तो शिक्षा का एक ऐसा पाठ्यक्रम लागू किया जा सकता है जिसमें संविधान की धर्मनिरपेक्षता की भावना की उपेक्षा किए बिना नई पीढ़ी में सिख धर्म और खालसा परम्पराओं को जिलाए रखना सम्भव हो सके। सिख भी भारत के अन्य नागरिकों की ही भाँति धर्मनिरपेक्षता की भावना के प्रति वचनबद्ध थे। वस्तुतः यही पृष्ठभूमि पंजाबी सूबे के लिए शुरू किए गए आन्दोलन की तह में थी। भाषा को लेकर सिख-बहुसंख्यक राज्य की माँग करना तो असलियत को सिर्फ मीठा लेप लगाकर प्रस्तुत करना था। लम्बे संघर्ष के बाद सिखों की बात मान ली गई और सन् 1966 में पंजाबी सूबे की परिकल्पना साकार हुई। जहाँ तक मेरा सम्बन्ध है, मैं तो यही सोचता हूँ कि एक संघीय लोकतन्त्र में केवल इतने की माँग करना ही सिखों के लिए न्यायसंगत था।

उसके बाद से प्रदेश के सभी मुख्यमन्त्री सिख ही बनते रहे और सिखों को संघीय मन्त्रिमंडल में प्रतिनिधित्व मिलता रहा, कइयों को अन्य राज्यों में राज्यपाल बनाकर भी भेजा गया। भारतीय वायुसेना के दो एयर चीफ मार्शल सिख हुए। सन् 1982 में ज्ञानी जैल सिंह को भारतीय गणतन्त्र का राष्ट्रपति चुना गया। आजादी के बाद पहली बार एक सिख देश के शीर्षस्थ पद पर आसीन हुआ था। लेकिन अकालियों को इससे भी कोई प्रसन्नता नहीं हुई।

सिख मानस

इसे एक विचित्र संयोग ही कहेंगे कि उन्हीं दिनों इस्लामी हलकों में धार्मिक कट्टरता के पुनर्जागरण के साथ-साथ आक्रामक हिन्दुत्व का भी नवजागरण शुरू हो चुका था। सिखों में भी नवजागरण की लहर उठने लगी। अपने धार्मिक उत्साह में अरब के शेखों ने भारत में पैसा बहाना शुरू किया और वे दक्षिण भारत के अछूतों को इस्लाम धर्म परिवर्तित कराने में सफल हो गए। कट्टरपन्थी हिन्दुओं ने भी इससे घबराकर उनके असर को नाकामयाब करने के लिए अपने पैसे का काँटा फेंकना शुरू किया। सिखों को चुनौती इस्लाम से नहीं, हिन्दुत्व से ही अधिक लग रही थी। सिख पुनर्जागरण आन्दोलन सिखों और हिन्दुओं की परम्पराओं के आपसी विभेद पर आधारित था। सिख रागियों के जत्थे गाँव-गाँव घूमकर जन-जन में गुरु गोविन्द सिंह के सन्देश फूँकने लगे।

सिखों की कट्टरता और उनकी अल्पसंख्यक समुदाय होने की भावना ने सिखों के गिले-शिकवों में और वृद्धि की। इसकी चरम अभिव्यक्ति तब हुई जब पंजाब के वित्तमन्त्री रह चुके डॉ. जगजीत सिंह चौहान ने लन्दन में अपने स्वारोपित निर्वासन के दौरान सन् 1969 में एक प्रभुसत्तासम्पन्न खालिस्तानी गणतन्त्र की घोषणा की। ज्यादातर लोगों ने इसे एक बेहूदा मजाक कहकर नजरअन्दाज कर दिया। लेकिन इस आन्दोलन को कनाडा, अमेरिका और इंग्लैंड में बसे सिखों का समर्थन मिला। इनमें सबसे उल्लेखनीय समर्थन वाशिंगटन डी.सी. के एक समृद्ध व्यवसायी गंगा सिंह ढिल्लों का था। खालिस्तान के नाम के पासपोर्ट और नकली करेंसी नोट छापकर तो उन लोगों ने और भी बेहूदे मजाक किए।

जगजीत सिंह चौहान और गंगा सिंह ढिल्लों ने सोचा होगा कि चूँकि मैंने खालसा परम्पराओं और सिखों के 'होमलैंड' के रूप में पंजाब के बारे में बड़े उत्साहपूर्वक लिखा था और पंजाबी सूबे के आन्दोलन का अनुमोदन किया था तो शायद मैं खालिस्तान की माँग में भी उनके साथ चल पड़ूँ। मैंने जल्द से जल्द उनका भ्रम तोड़ दिया। चौहान मुझे भारत सरकार का चमचा कहने के सिवा और क्या कह सकता था! ढिल्लों के साथ तो इस विषय पर मेरी 1981-82 में खतो-किताबत भी होती रही। मैंने उसकी सिखों के लिए अलग राष्ट्र की माँग की निन्दा की और लिखा कि सिखों को इस मुल्क में अपनी आबादी के अनुपात (देश की आबादी का 2

प्रतिशत से कम) में कहीं बहुत अधिक विशेष सुविधाएँ प्राप्त हैं। हमने एक-दूसरे की आमने-सामने मुकाबला करने की चुनौती को भी मान लिया। मैंने उसे चेतावनी देते हुए लिखा कि वाद-विवाद शुरू करने से पहले हमें कुछ जरूरी मुद्दों पर एकमत होना पड़ेगा। मैंने अपने खत में लिखा :

'अपने लेखों में आपने बहुत-से ऐसे दावे किए हैं जो सिखों के उस इतिहास से मेल नहीं खाते जो मैंने पढ़ा है...खालिस्तान की माँग 'राष्ट्र' शब्द की भ्रामक व्याख्या पर आधारित है। जिन इतिहासकारों का आपने जिक्र किया है, उनकी 'राष्ट्र' शब्द की परिभाषा ने मुस्लिम लीग द्वारा पाकिस्तान की माँग के बाद से ही अनिष्टकारी वक्रोक्ति का रूप ले लिया था। यह माँग स्पष्ट रूप से शरारतपूर्ण है और सिखों के हितों के विरुद्ध जाती है। यह आपकी गलतफहमी है कि आपने सिखों की तरफ से इसके कड़े विरोध को यह कहकर नकार दिया है कि वे भारत सरकार या हिन्दू बहुसंख्या के भय से ऐसा कर रहे हैं। यह भी आपकी गलतफहमी ही है कि आप समझते हैं कि मेरे जैसे लोग सरकार से किसी कृपादृष्टि की प्रत्याशा में इसको नकार रहे हैं। हमारे दिल में खालसा पन्थ का हित ही सर्वोपरि है। हम लोग खालसा पन्थ के उतने ही हितैषी हैं जितने कि अमेरिका और कनाडा में बैठे आप और आपके समर्थक। फर्क सिर्फ इतना है कि हम इस उथल-पुथल के बीच रहकर इसे देख-महसूस कर रहे हैं जबकि आप अपने पुरखों के धर्म से भावनात्मक जुड़ाव दिखाते हुए किसी दूर देश में सुख-सुविधाएँ भोग रहे हैं। आपके लिए यह एक सैद्धान्तिक अभ्यास हो सकता है, पर हमारे लिए तो यह एक जीती-जागती कठोर सच्चाई है।'

हमारी खतो-किताबत उत्तरोत्तर उग्रतर होती गई। मैंने अपने अन्तिम पत्र में उसे लिखा कि वह गंगा के पवित्र जल को गन्दा करना बन्द कर दे और अपना नाम गंगा सिंह से बदलकर वाशिंगटन में बहनेवाली नदी के नाम पर पोटोमैक सिंह कर ले। मैंने लिखा :

'प्रिय ढिल्लोंजी,

'हम और आप दोनों को पश्चिमी पंजाब में अपना घर-बार छोड़ने को मजबूर होना पड़ा था क्योंकि कुछ हिन्दुस्तानी मुसलमानों ने स्वयं को अलग राष्ट्र कहकर पाकिस्तान नाम का इस्लामिक राज्य बना लिया था।

सिख मानस

ढिल्लोंजी, आपको शायद याद होगा कि उन दिनों भी आजकल की ही तरह 'ढिल्लों मुस्लिम' और 'ढिल्लों हिन्दू' हुआ करते थे जो आप जैसी ही बोली बोलते थे और वैसा ही खाना खाते थे और ठीक वैसे ही रहते थे जैसे आप रहते थे। उनमें और आपमें सिर्फ यही फर्क था कि वे प्रार्थना के लिए मस्जिदों या मन्दिरों में जाते थे और आप गुरुद्वारे में। तब क्या आपने कभी सोचा था कि ढिल्लों जाट तीन अलग-अलग राष्ट्रों से सम्बन्धित थे?'

'ढिल्लोंजी, बँटवारे के बाद आप अपनी भारतीय नागरिकता को छोड़कर अमेरिका में जा बसे। हममें से ज्यादातर अपनी नई जिन्दगी की शुरुआत करने हिन्दुस्तान आ गए। आप अमेरिकी नागरिक के रूप में समृद्ध हो गए जबकि हम आजाद भारत के नागरिकों के रूप में समृद्ध हुए और एक बार फिर देश का सबसे अधिक फलता-फूलता समुदाय बन गए। हममें से कुछ लोग शायद समझते हों कि उन्हें और अधिक प्राप्त होना चाहिए था और वे अपने शिकवे-शिकायतें एक आजाद मुल्क के नागरिकों के तौर पर रखने के अधिकारी भी हैं, लेकिन फिर भी हम भारत के ही नागरिक बने रहने में खुशी महसूस करते हैं। हम उन हिन्दुस्तानी मुसलमानों जैसा मुकद्दर नहीं माँगते जिन्होंने पाकिस्तान की माँग की थी। हम समझते हैं कि आपके अलग राष्ट्र के प्रचार का अवश्यंभावी परिणाम सिखों के सत्यानाश की उद्घोषणा होगा। आप कैसे 'गुरु के सिख' हैं? यह बड़ी भारी विडम्बना है कि आपने हिन्दू नाम 'गंगा सिंह' अपना रखा है, पर फिर भी आप हिन्दुओं से अलहदा एक जुदा राष्ट्र की माँग कर रहे हैं और हम सिखों को भी वही सलाह दे रहे हैं कि जिस धरती पर गंगा बहती हो, उस धरती माँ के प्रति गद्दारी करें। मेरी आपको सलाह है कि किसी अमृतवेला में आप अपने शहर की नदी के बर्फीले पानी में उतरकर स्नान कीजिए और अपना नाम गंगा सिंह ढिल्लों से बदलकर पोटोमैक सिंह ढिल्लों कर लीजिए।

मैं हूँ आपका भाई—जो पहले कभी हुआ करता था—गंगावासी।

खुशवंत सिंह'

दिसम्बर, 1982 में खालिस्तान के स्वयंभू राष्ट्रपति डॉ. जगजीत सिंह चौहान ने लन्दन के एक पत्रकार को बताया कि "पाँच साल के भीतर-भीतर ही खालिस्तान बन जाएगा।" सांताक्लाज-जैसी झक सफेद दाढ़ीवाले 54

वर्षीय डॉक्टर ने कहा कि हमले का माकूल समय या तो इन्दिरा गांधी के मारे जाने पर होगा या उसके बीमार पड़ने पर। उसने अकालियों को 'मध्यमार्गी' और थके-माँदे लोग कहकर नकार दिया। उसने कहा कि "मैं लोगों से कहूँगा कि वे मेरी पद्धति से उपचार करके देखें क्योंकि मैं एक डॉक्टर हूँ। मेरी वाह गुरु में पूरी आस्था है, हम फतह हासिल करेंगे।"

भिंडराँवाले वृत्तान्त

कुछ पीछे मुड़कर देखें तो हम जान जाएँगे कि प्रकाश सिंह बादल के अकाली शासन (जून, 1977—फरवरी, 1980) के दौरान ही पंजाब में हालात बिगड़ने शुरू हो गए थे। इसकी शुरुआत जरनैल सिंह भिंडराँवाले के अनुयायियों और निरंकारियों के एक उपधड़े के बीच हुई मुठभेड़ों के साथ हुई। जरनैल सिंह भिंडराँवाले एक साधारण-सा युवक था जिसको दमदमी टकसाल का प्रमुख बना दिया गया था। दमदमी टकसाल का वैसे सिखों के लिए कोई खास महत्त्व नहीं था, लेकिन कांग्रेस और अकाली दल ने बारी-बारी से उसकी स्थिति का फायदा उठाने के लिए उसके अहम को पोषित किया। होते-होते वह एक भयोत्पादक ताकत में तब्दील हो गया और लोगों को अपने इशारों पर नचाने लगा।

भिंडराँवाले के चमत्कार को समझने के लिए हमें उसके बारे में कुछ जानकारी लेनी होगी और देखना होगा कि वे कौन-सी परिस्थितियाँ थीं जिनके तहत कल का एक नाचीज-सा व्यक्ति एक ऐसी ताकत बन बैठा कि वह 80 करोड़ लोगों के सम्पूर्ण राष्ट्र की एकता और अखंडता के लिए ही चुनौती बन बैठा।

जोगिन्दर सिंह नाम के एक मामूली-से खेतिहर किसान के सात बेटों में सबसे छोटा जरनैल सिंह था। उसका जन्म रोडे गाँव (जिला मोगा) में सन् 1947 में हुआ था। उनके परिवार की हालत इतनी पतली थी कि

कभी-कभी वे अपने पशुओं के लिए चारा भी नहीं खरीद पाते थे। जरनैल सिंह कक्षा पाँच तक ही पढ़ पाया था कि उसके पिता ने सन् 1965 में उसे भिंडराँ गाँव के सन्त गुरबचन सिंह खालसा को सौंप दिया। सन्त गुरबचन सिंह खालसा उस गाँव का धार्मिक केन्द्र, दमदमी टकसाल चलाते थे। दमदमी टकसाल ने सिखों के दस गुरुओं में अन्तिम गुरु गोविन्द सिंह से जुड़े होने के कारण धार्मिक प्रतिष्ठा प्राप्त की हुई थी। टकसाल से जुड़ने के साल-भर बाद जरनैल सिंह का प्रीतम कौर से विवाह हो गया। उनके दो पुत्र हुए।

जरनैल सिंह ने स्कूली पढ़ाई की कमी को सिखों के धर्मग्रन्थों के व्यापक अध्ययन द्वारा पूरा किया। उसकी स्मरणशक्ति बहुत तेज थी, अतः उपदेश देते समय वह ग्रन्थ साहिब में से उद्धरण देता रहता था। सन्त गुरबचन सिंह के बाद सन्त करतार सिंह ने उनका स्थान ले लिया था। लेकिन वे भी 3 अगस्त, 1977 को एक सड़क दुर्घटना में मारे गए तो जरनैल सिंह को दमदमी टकसाल का प्रमुख चुन लिया गया। इसके साथ ही उसके नाम के साथ 'सन्त' उपसर्ग तथा 'भिंडराँवाले' प्रत्यय जुड़ गया और वह सन्त जरनैल सिंह भिंडराँवाले कहलाने लगा।

टकसाल के प्रमुख बनने के कुछ ही समय के भीतर जरनैल सिंह को सिख धर्म में विश्वास के पुनर्जागरण का सबसे प्रभावशाली औजार समझा जाने लगा। उसने गाँव-गाँव घूमकर सिख युवकों को गुरु गोविन्द सिंह द्वारा प्रारम्भ की गई क्रान्तिकारी खालसा परम्पराओं की ओर लौटने का आह्वान किया। उसने उनको समझाया कि वे दाढ़ी-केश न मुँड़वाएँ और सिगरेट-शराब से परहेज करें। वह जहाँ भी जाता, सैकड़ों की तादाद में पुरुषों और महिलाओं को दीक्षा देता। उसके उपदेशों का एक अभिन्न अंग होता लोगों को शस्त्र धारण करने के लिए उकसाना। वह उन्हें यह तर्क देकर समझाता कि उनके योद्धा गुरु गोविन्द सिंह ने भी शस्त्र धारण करने का आदेश दिया था। वह अपने अनुयायियों को कृपाण के अलावा रायफलों और पिस्तौलों जैसे आधुनिक शस्त्र धारण करने का भी आदेश देता था। वह स्वयं भी पिस्तौल रखता था और कमर में गोलियों से भरी पेटी लगाए रहता था।

जरनैल सिंह अब इतना महत्त्वपूर्ण हो गया था कि राजनीतिक पार्टियाँ उसके आगे-पीछे घूमा करतीं। जनता पार्टी के शासनकाल के दौरान सर्वप्रथम

ज्ञानी जैल सिंह ने ही एक राजनीतिक सत्ता के रूप में उसकी सामर्थ्य का फायदा उठाने की कोशिश की। वे तब पंजाब में कांग्रेस के नेता थे और सोचते थे कि भिंडराँवाले के समर्थन से गुरुद्वारों को अकालियों की गहरी पकड़ से मुक्त कराया जा सकता था; पर ज्ञानी जी को क्या पता था कि अपनी ही बिछाई बारूद पर एक दिन उनको खुद ही खड़ा होना पड़ेगा।

इसी बीच अकाली दल का आनन्दपुर साहिब में एक सम्मेलन हुआ और उन्होंने सिखों की माँगों का ब्यौरा देते हुए एक प्रस्ताव पास किया जिसका अभिप्राय था खालिस्तान की माँग। इन माँगों में शामिल थीं : चंडीगढ़ को पूरी तरह पंजाब की राजधानी बनाना (आज दिन तक चंडीगढ़ पंजाब और हरियाणा की साँझी राजधानी है) तथा पड़ोसी राज्यों हिमाचल प्रदेश और हरियाणा को दिए गए पंजाबी-भाषी क्षेत्रों को पुनः पंजाब में मिलाने के लिए राज्य की सीमाओं का पुनर्गठन करना। इसके अलावा पंजाब के इलाके से गुजरनेवाली नदियों के पानी का ज्यादा हिस्सा पंजाब को दिए जाने की भी माँग की गई। इन माँगों के साथ-साथ अकालियों ने पंजाब राज्य के लिए अधिक स्वायत्तता की भी माँग रखी। प्रस्ताव का सबसे विवादास्पद हिस्सा यह था कि यद्यपि सीमाओं के पुनर्गठन से पंजाब की सिख जनसंख्या अल्पसंख्या में आ जाएगी, लेकिन फिर भी सरकार से इस बात के लिए साफ-साफ बयान माँगा गया कि नवनिर्मित राज्य में सिखों की आवाज ही सर्वोपरि होगी (खालसा जी दा बोलबाला)।

13 अप्रैल, 1978 को अमृतसर में जरनैल सिंह भिंडराँवाले के अनुयायियों तथा निरंकारियों की खूनी मुठभेड़ों के बाद पंजाब का राजनीतिक परिदृश्य गरमाने लगा था। निरंकारियों और रूढ़िवादी सिखों में अन्तर यह है कि रूढ़िवादी सिख गुरुग्रन्थ साहिब में वर्णित केवल दस ही गुरुओं पर विश्वास करते हैं जबकि निरंकारी लोग अनेक गुरुओं को मानते हैं। जीवित गुरु में आस्था (रूढ़िग्रस्त धर्म के लिए अभिशाप) रखने के अतिरिक्त निरंकारियों के अपने दो अलग धर्मग्रन्थ भी हैं जिनमें दस गुरुओं और गुरुग्रन्थ साहिब को लेकर अपशब्द भी लिखे हुए हैं। नवम्बर, 1973 में एस.जी.पी.सी. ने एक औपचारिक प्रस्ताव पारित करके निरंकारियों को 'अपना धर्म छोड़ भागनेवाले लोग' घोषित कर दिया। तब से कट्टर सिखों और निरंकारियों के बीच अक्सर झड़पें होती रहीं, लेकिन सन् 1978 की बैसाखी के दिन

निरंकारियों की सभा की तरफ जाते भिंडराँवाले के अनुयायियों के बड़े जुलूस पर गोली चलाई गई जिसमें भिंडराँवाले के तेरह अनुयायी मारे गए। उन्हीं में एक फौजा सिंह भी था जिसकी विधवा अमरजीत कौर बाद में खाड़कुओं की एक बड़ी नेता बनी। कत्ल के इल्जाम लगे निरंकारियों को इस बिना पर छोड़ दिया गया कि गोली उन्होंने आत्मरक्षा में चलाई थी। उसके बाद से तो निरंकारियों और उनसे सहानुभूति रखनेवाले लोगों के विरुद्ध ताबड़तोड़ हिंसक घटनाएँ होती रहीं। 24 अप्रैल, 1980 को निरंकारी समुदाय के प्रमुख बाबा गुरबचन सिंह की दिल्ली में हत्या कर दी गई। इसके बाद तो कोई ऐसी सप्ताह नहीं बीतता जब निरंकारी या और लोग कट्टर खालसों की हिंसा के शिकार नहीं होते।

ये उग्रवादी कट्टरपन्थी तत्त्व अकालियों के साथ कैसे आ मिले और कैसे अकालियों ने मोर्चा सँभाले रखा और 2,00,000 स्वयंसेवकों को 'जेल भरो आन्दोलन' के लिए राजी कर लिया, यह बात सोचने योग्य है। दोनों दलों के लक्ष्यों में समान कुछ भी नहीं दिखता। अकाली हरित क्रान्ति द्वारा समृद्ध हुए खेतिहर किसानों के हितों का प्रतिनिधित्व करनेवाला राजनीतिक दल है। इसका उद्देश्य कांग्रेस से राजनीतिक सत्ता छीनना रहा है ताकि नदियों के पानी और विद्युत शक्ति की खुली आपूर्ति से पंजाब में कृषि के क्षेत्र में आई समृद्धि को और बढ़ाया जाए और कृषि पर निर्भर उद्योगों, जैसे—चीनी उद्योग और टैक्सटाइल उद्योग के क्षेत्र में नए-नए कारखाने खोलकर अपने गन्ने और कपास के प्रचुर उत्पादन से अपने ही यहाँ तैयार माल बनाया जाए। भिंडराँवाले के अनुयायियों में शामिल कट्टरपन्थियों, अखंड कीर्तनी जत्थों और सिख स्टूडेंट्स फेडरेशन की ज्यादा रुचि इसमें है कि पंजाब में सिखों का प्रभुत्व कैसे कायम किया जाए। इसका एक ही साधन इन्हें सूझता है और वह यह कि सिखों को हिन्दुओं से जुदा किया जाए तथा बड़ी तादाद में उत्तर प्रदेश और बिहार से हिन्दू खेतिहर मजदूरों को पंजाब में आने से रोका जाए। इन खेतिहर मजदूरों के आने के कारण पंजाब में सिखों की जनसंख्या का अनुपात 56 प्रतिशत से घटकर 52 प्रतिशत रह गया है। अखंड कीर्तनी जत्थों और सिख स्टूडेंट्स फेडरेशन ने अकालियों के साथ गठबन्धन कर लिया और दोनों ने मिलकर अपनी शिकायतों की धार्मिक, राजनीतिक तथा आर्थिक आधार पर एक सामान्य

सूची तैयार की। कोई पूछे कि इन्हें तब इसका खयाल क्यों नहीं आया जब अकाली दल की अपनी सरकार पंजाब में थी?

अकालियों के अभिलेखागार में जिस आनन्दपुर साहिब प्रस्ताव पर पिछले आठ सालों से धूल की तहें जम रही थीं, उसे अचानक बाहर निकाल लिया गया और उसे सिखों की माँगों का प्रपत्र बनाकर प्रस्तुत किया जाने लगा। सन्त हरचन्द सिंह लोंगोवाल, जी.एस. तोहड़ा तथा प्रकाश सिंह बादल जैसे मध्यमार्गी (मॉडरेट) अकाली नेताओं ने बाकी माँगों के मुकाबले केवल दो ही मुख्य माँगों पर अधिक जोर दिया : एक तो यह कि हरियाणा के साथ सीमाओं में थोड़ा-बहुत समायोजन कर चंडीगढ़ को सिर्फ पंजाब की राजधानी बना दिया जाए और दूसरी यह कि नदियों के पानी का नए सिरे से बँटवारे का मुद्‌दा उच्चतम न्यायालय के एक न्यायाधीश को सौंप दिया जाए। उन्होंने इन दो माँगों को छोड़कर बाकी माँगों को नजरअन्दाज करने की भरसक कोशिश की, पर कट्‌टरपन्थी सिखों में स्वायत्त पंजाब पर सिखों की स्थायी प्रभुता की माँग से रत्ती-भर भी टस से मस होने के लक्षण नहीं दिखे।

सन् 1981 में मामला हद से अधिक गरमाने लगा। फरवरी में प्रधानमन्त्री इन्दिरा गांधी दिल्ली में अकाली नेताओं से मिलीं। उन्होंने अकालियों की माँगों को मानने से इनकार कर दिया। अकाली अब आक्रामकता पर उतर आए। गर्मियों में बम विस्फोटों, आगजनी और हत्याओं का सिलसिला शुरू हो गया। दल खालसा के उग्रवादियों ने गायों के कटे सिर फेंककर कई हिन्दू मन्दिरों को अपवित्र किया। सितम्बर में उन्होंने इंडियन एयर लाइन्स के एक विमान का अपहरण कर लिया और उसके बाद तो निरर्थक हत्याओं का दौर ही चल पड़ा। उनका एक सबसे बड़ा शिकार तो पंजाब के सबसे ज्यादा बिकनेवाले पत्र-समूह के मालिक लाला जगतनारायण थे, जिनकी 9 सितम्बर को हत्या कर दी गई।

स्थिति दिनोंदिन बिगड़ती ही गई। अगस्त, 1982 में अकालियों ने सरकार के विरुद्ध धर्मयुद्ध छेड़ने की घोषणा कर दी। उन्होंने सन्त हरचन्द सिंह लोंगोवाल को पंजाब की जेलें भरने के इस धर्मयुद्ध को चलाने के लिए डिक्टेटर बना दिया। अक्तूबर तक लगभग 30,000 अकाली गिरफ्तारी दे चुके थे। बाद में उन्होंने संसद पर भी धावा बोला जिसमें चार पुलिसकर्मियों की हत्या कर दी गई।

मेरा लहूलुहान पंजाब

नहर रोको, रेल रोको, रास्ता रोको, काम रोको—न जाने कितने ही आन्दोलन एक के बाद एक चलाए गए और इस प्रकार उनका धर्मयुद्ध जारी रहा, हालाँकि उसमें धर्मसंगत तो कुछ ढूँढ़ने पर भी नहीं दिख सकता था। निरपराध निरंकारियों और हिन्दुओं की कायराना हत्याओं को कौन धर्मसंगत कहेगा?

आखिरकार सरकार की आँखें खुलीं और उसे लगा कि समस्या अब अत्यन्त गम्भीर मोड़ ले चुकी है। सरकार ने सभी अकालियों को जेलों से रिहा किया और उन्हें ताजा बातचीत के लिए निमन्त्रित किया। अकाली फिर भी अपनी बात पर अड़े रहे और उन्होंने जिद की कि प्रधानमन्त्री पहले उनकी माँगों को स्वीकार करें, नहीं तो वे दिल्ली में होनेवाले एशियाई खेलों में बाधा डालने का आन्दोलन करेंगे। सरकार ने इस पर कुछ ज्यादा ही प्रतिक्रिया की। अकालियों के प्रदर्शनों को दबाने के लिए हरियाणा, उत्तर प्रदेश और दिल्ली की पुलिस को तैनात किया गया। सड़क मार्गों अथवा रेलों द्वारा दिल्ली आनेवाले हर सिख को रोका जाता और उसकी पूरी जाँच-पड़ताल और पूछताछ की जाती। सिखों के साथ इस प्रकार का भेदभावपूर्ण व्यवहार भारत में पहली बार हो रहा था। सिखों से जुड़े किसी भी मामले में एशियाड के समयवाली दुर्भाग्यपूर्ण घटना हर कहीं दोहराई जाने लगी। अब तो वास्तव में सिखों के प्रति हर जगह भेदभाव बरता जाता है।

मैं भिंडराँवाले से केवल सन् 1981 में मिला जब अकालियों ने अपना आन्दोलन शुरू ही किया था। उस दिन वह मुझे ही सम्बोधित करके अपना भाषण दे रहा था। उसको बताया गया था कि मैंने उसके बारे में लिखा था कि वह हिन्दुओं और सिखों में नफरत फैला रहा था। लगभग 30,000 श्रोताओं के सामने उसने मेरे आरोपों का खंडन करते हुए विस्तारपूर्वक समझाया कि वह तो गुरुओं के उपदेशों का ही प्रचार कर रहा था और सिखों को अपने पूर्वजों की लड़ाकू परम्परा की ओर लौटने को प्रेरित कर रहा था।

मैंने सप्ताह का आखिरी समय उसके भाषणों के टेप सुनने में बिताया जो उसने एक के बाद एक गिरफ्तारी के लिए जाते जत्थों को स्वर्ण मन्दिर

के परिसर में खड़े होकर दिए थे। जिस मित्र ने मुझे वे टेप दिए थे उसी ने बताया कि ये तो पंजाब के अनेक शहरों में मिल रहे हैं और भिंडराँवाले के अनगिनत अनुयायियों द्वारा बड़ी श्रद्धा से सुने जाते हैं।

भिंडराँवाले हिन्दुओं के लिए अपमानजनक ढंग से 'टोपियोंवाले', 'धोतियोंवाले', 'मोने' और 'महाशे' (आर्यसमाजियों के लिए) आदि शब्दों का प्रयोग किया करता था। निरंकारियों को वह नरकधारी कहता था और सरकार को—हिन्दू समराज का डंडा। इन्दिरा गांधी को कभी 'बीबी इन्द्रा' तो कभी 'इन्द्रा भैन' कहता या फिर 'पंडितानी' या 'पंडिताँ दी कुड़ी'। दरबारा (सिंह न लगाते हुए) को जकरिया (पंजाब का मुसलमान गवर्नर जिसने सिखों की बर्बादी की कोशिश की) कहा करता था।

जैल सिंह एक धार्मिक प्रकृति के सिख हैं और उनको सिख धर्म-ग्रन्थों के बारे में उतना ही ज्ञान है जितना खुद भिंडराँवाले को। जैल सिंह को भिंडराँवाले 'चप्पलियाँ झाड़नवाले' कहकर अपमानित करता था। उनकी दाढ़ी को रंगने की बात को लेकर भी वह उन पर टीका-टिप्पणी किया करता। जैल सिंह और दरबारा दोनों के लिए उसने एक तुकबन्द कविता बनाई थी :

'धरम जावे ताँ जावे,
मेरी कुर्सी किथे ना जावे।'

भिंडराँवाले ने न केवल लोगों को नफरत के सन्देश दिए, बल्कि उन्हें हिंसा का भी पाठ पढ़ाया। उसके हर भाषण का केन्द्रीय विषय यही होता कि सिखों को शस्त्रधारी होना चाहिए। सिर्फ कृपाण धारण करना ही पर्याप्त नहीं था (कृपाण धारण करने की बात तो समझ में आती है क्योंकि यह खालसा परम्परा का अभिन्न अंग है), उन्हें बन्दूकों, पिस्तौलों जैसे आधुनिक हथियार भी रखने चाहिए— भले उनके लिए लाइसेंस मिल पाए या नहीं। वह तर्क देता कि क्या छठे गुरु हरगोविन्द ने बादशाह जहाँगीर से लाइसेंस लिया था? क्या गुरु गोविन्द सिंह ने बादशाह औरंगजेब से लाइसेंस लिया था? उसने आरोप लगाया कि हिन्दू तो बिना लाइसेंस ही पिस्तौलें-बन्दूकें रख रहे थे, जबकि उनको कोई कुछ नहीं कहता था। वह उन पुलिस अफसरों के नाम भी गिनाता था जो हत्याओं में शामिल

थे। वह उन्हें सिखों का खून पीनेवाला कहा करता था और अपने अनुयायियों को उनके परिवारों का खात्मा करने की सलाह देता था ताकि उन्हें वाजिब सजा दी जाए। निरंकारियों के लिए उसके मन में तनिक भी सहानुभूति नहीं थी। वह उन पर गुरुग्रन्थ साहिब को अपवित्र करने का आरोप लगाता और उन्हें नरक का अधिकारी मानता। निरंकारी गुरु को चेतावनी दे दी गई थी कि उसका भी वही हश्र हो सकता है जो उसके पिता का हुआ था।

भिंडराँवाले अपने श्रोताओं से वायदा दिया करता कि एक न एक दिन खालसा राज कायम होकर रहेगा। वह वर्तमान समय की तुलना मुगलों के निरंकुश शासनकाल से किया करता, ''अगर तब केवल मुट्ठी-भर सिख ही उन मुगलों पर विजय पा सकते थे, तो आज की सरकार को मटियामेट करना सिखों के लिए कोई मुश्किल काम नहीं होना चाहिए।'' उसने ग्रामीणों को शस्त्र धारण करने के लिए उकसाया और कहा कि वे वक्त आने पर कार्रवाई के लिए कमर कसे रहें।

अगर ये नफरत और हिंसा के उपदेश नहीं थे तो फिर मैं नहीं जानता कि ये क्या थे।

भिंडराँवाले इस बात से इनकार करता था कि वह फिरकापरस्त था। उसके मुताबिक वह नहीं, बल्कि महाशों के अखबार (हिन्दू-स्वामित्व के अखबार) और सरकार फिरकापरस्त कहे जाने चाहिए क्योंकि ये लोग सिख-विरोधी हैं। उसी रौ में धमकी देते हुए उसने कहा कि अगर उसके किसी भी अनुयायी को किसी ने कोई नुकसान पहुँचाने की कोशिश की तो वह 5,000 निर्दोष हिन्दुओं की जान ले लेगा। सिख गुरुओं की सीख को उसने अगर इतना ही समझा था तो उसने या फिर मैंने ही उनके सन्देशों को बिलकुल ही नहीं समझा। मैं तो यही समझता आ रहा हूँ कि सिख धर्म का सार है—''सरबत दा भला और ना कोई बैरी, ना बेगाना, सगल संग हमरी बन आई।' अगर भिंडराँवाले सही था तो फिर हमारे गुरुओं ने ही गलत कहा होगा।

उसके टेपों को कई घंटे सुनने के बाद मुझे जिस बात ने सबसे अधिक तकलीफ दी, वह इस बात का आभास था कि स्वर्ण मन्दिर का वातावरण अब बारूद के एक ढेर में परिवर्तित हुआ पड़ा था। उन लोगों

को इससे कोई मतलब नहीं था कि बाकी हिन्दुस्तान में और हिन्दुस्तान के बाहर की दुनिया में क्या हो रहा है। इससे भी अधिक तकलीफदेह बात तो यह थी कि भिंडराँवाले एक बेहद ताकतवर नेता के रूप में उभर रहा था और वह सिख युवकों के एक बड़े भाग का एक चहेता लीडर बन बैठा था। वह जो भाषा बोलता था, उसे पंजाब के ग्रामीण समझते थे और वह उसके अधपढ़े शहरी समर्थकों और छात्रों की समझ में भी आती थी। उसे तथ्यों को अपने मनमुताबिक तोड़-मरोड़कर पेश करने की कला आती थी। अपने आवेग में वह नफरत से भरा जहर उगलता था जिसे चुनौती देने की हिम्मत किसी में नहीं होती थी। उसके कथनों में विवेक तो था ही नहीं, थी तो केवल नासमझ आक्रोश की एक ऐसी ज्वाला जिसकी परिणति ने उसके अपने समुदाय और सारे हिन्दुस्तान को घेर रखा था।

'जिस दिन भारत के और बाकी दुनिया के लोग यह सोचना शुरू कर देंगे कि भिंडराँवाले सभी सिखों की ओर से बोल रहा है, वह दिन बहुत दुखभरा दिन होगा। वह सिखों का प्रतिनिधि नहीं है और अपने दसों गुरुओं तथा गुरुग्रन्थ साहिब की अनुकम्पा से, मेरी प्रार्थना है कि वह कभी ऐसा हो भी नहीं पाए,' मैंने अपने स्तम्भ में लिखा।

पंजाब पर खरी-खरी

दुर्भाग्यवश भिंडराँवाले का प्रभाव बढ़ता गया और पंजाब में हालात बिगड़ते ही गए। इसमें ज्यादा कसूर सरकार का रहा क्योंकि वह अकाली नेताओं से बातचीत के मौके ढूँढ़ने की पहल करने और पंजाब से सम्बन्धित मुद्दों पर स्पष्ट फैसले देने से कतराती रही। 28 अप्रैल, 1983 को मैंने राज्यसभा में एक लम्बा भाषण दिया जिसमें मैंने पंजाब की घटनाओं का विश्लेषण करने की कोशिश की और सलाह दी कि मामले को और अधिक बिगड़ने से बचाने के लिए क्या किया जा सकता है। मैंने कहा :

"इस विषय को लेकर अगर मैं थोड़ा भावुक हो बैठूँ तो आपकी मेहरबानी चाहूँगा, क्योंकि इस मामले से मेरा गहरा ताल्लुक है—एक सिख होने के नाते, एक पंजाबी होने के नाते और एक हिन्दुस्तानी होने के नाते। या फिर, मैं इसे इस तरह कहूँ कि एक हिन्दुस्तानी, एक पंजाबी और एक सिख होने के नाते इस मामले से मैं गहरे जुड़ा हूँ। मैं आपके सामने कल के पंजाब की स्थिति का बयान करूँगा और बताऊँगा कि आज वह किस रूप में विकसित हो गई है। इस सारे परिदृश्य की तसवीर मैं आपके सामने अधिक से अधिक वस्तुपरक रूप में प्रस्तुत करने की कोशिश करूँगा।

"इसके साथ ही मैं आपका ध्यान इस बात पर भी खींचना चाहूँगा कि इस मामले का समाधान करने में कहाँ-कहाँ हमसे गलतियाँ हो गईं और अब क्या उपाय बचे हैं कि स्थिति को सँभाला जा सके। पिछले साल तक

तो यही समझा जा रहा था कि अकालियों को सिख समुदाय का समर्थन नहीं प्राप्त है और इसलिए उनका मोर्चा जल्दी ही टूट जाएगा। दल खालसा और तथाकथित खालिस्तान की राष्ट्रीय परिषद के बारे में भी यही समझा जा रहा था कि यह किन्हीं पागलों के दिमाग की उपज होगी और बहुत जल्द ही अपनी मौत मर जाएगी।

"यह स्पष्ट है कि हमारे ये दोनों अन्दाजे गलत साबित हुए। अकाली अपना मोर्चा दृढ़ करने और लगभग एक लाख लोगों को जेल भेजने में सफल हो गए हैं और लगता है कि वे अपना मोर्चा आगे भी चालू रख सकेंगे। हम लोग इस मामले में भी गलत साबित हुए हैं कि दल खालसा और खड़ाकू तत्त्वों पर हम कोई नियन्त्रण रख सकेंगे। वे न केवल लोगों की हत्याएँ करने में सफल हो रहे हैं बल्कि अस्त्रागारों को लूटकर ज्यादा हथियार वगैरह भी जमा करते जा रहे हैं।

"धीरे-धीरे आन्दोलन का प्रसार ही हो रहा है। रास्ता रोको मोर्चा इसका प्रमाण है। यह केवल अकालियों तक ही सीमित नहीं रहा। उनके अनुरोध पर या उनके दबाव में आकर मय हिन्दू-मुसलमान पूरे के पूरे गाँव सड़कों को जाम करने निकल आए। इन सबका विवरण आपको पंजाबी के अखबारों में मिल जाएगा। समस्या ने सचमुच बड़ा गम्भीर रूप धारण कर लिया है।

"सरकार ने इस स्थिति का मुकाबला करने के लिए क्या उपाय किए हैं?

"आपने दल खालसा और खालिस्तान की नेशनल काउंसिल को गैरकानूनी करार दिया है। मैं इसके पक्ष में हूँ और सरकार के इस कदम का स्वागत करता हूँ। यह तो बहुत पहले ही कर दिया जाना चाहिए था; लेकिन जान की धमकियों को लेकर उत्तेजित होने की जरूरत नहीं है। मैं भी पिछले साल-भर से इनकी 'हिट लिस्ट' में हूँ और देख लीजिए, आपके सामने मैं भला-चंगा खड़ा हूँ। ये लोग झूठे और मक्कार हैं। इनको इतनी गम्भीरता से लेने की जरूरत नहीं।

"ज्यादा परेशानीवाली बात तो यह है कि आपके और अकालियों के बीच बातचीत पिछले सात-आठ महीनों से चल रही है। अमृतसर और दिल्ली के बीच लोगों का आना-जाना लगातार बना हुआ है। पटियाला के

महाराजा सरदार स्वर्ण सिंह समेत कई लोग इसमें मध्यस्थता कर रहे हैं। जबकि मुद्दे धीरे-धीरे कम होते गए हैं और अब ज्यादा कुछ तय करना बाकी नहीं रह गया है, फिर भी बातचीत चलती ही जा रही है, खत्म होने का नाम ही नहीं ले रही। मुझे अब भी यह जानने की उत्सुकता है या शायद मैं इतना नादान हूँ कि मुझे समझ नहीं आ रहा है कि आखिर आप लोग किस चीज पर बात कर रहे हैं और अब कौन-सी बाधाएँ बची हैं। आप लोग एक कमरे में बैठकर कुछेक घंटे के बीच क्यों नहीं तय कर पाते? जैसाकि आडवाणीजी ने सलाह दी थी, अब समस्या से निबट लेना चाहिए क्योंकि अब आपके रास्ते में कोई रुकावट नहीं है जो पंजाब-समस्या का हल न होने दे।

''मैं इस बात पर भी जोर देना चाहूँगा कि जिन लोगों के साथ आपकी बातचीत चल रही है, आप अपने निर्णयों को सीधे उन्हें न बताकर, दूसरों पर जाहिर कर रहे हैं जो कि राजनीतिक रूप से एक गलत बात है और इसका उलटा असर होने की सम्भावना है। जिन लोगों से आपकी बातचीत चल रही है, उनके प्रति यह एक प्रकार की अशिष्टता है और आपको इसकी कीमत चुकानी पड़ रही है। इससे उन्हें तकलीफ पहुँची है और वे कुपित हो बैठे हैं। उन्होंने अब आपके प्रति कड़ा रुख अख्तियार कर लिया है। आपकी तरफ से इस तरह पेश आने की कतई जरूरत नहीं थी। आपको चाहिए था कि उन्हें बुलाकर कहते कि 'आओ भाई, हमें आपकी माँगें मंजूर हैं।' यह कोई इतनी बड़ी बात नहीं थी।

''अब आइए, आज की ताजा स्थिति पर। सैयद शहाबुद्दीन ने ठीक ही कहा है कि राज्य सरकार ने इस मामले को लेकर गड़बड़झाला किया है। हम सभी जानते हैं कि या तो वे चाहते नहीं हैं कि मामला हल हो या फिर वे इसका हल ढूँढ़ने में असमर्थ हैं। मैं नहीं सोचता कि कसूर सिर्फ राज्य सरकार का है। केन्द्रीय सरकार को भी अपनी गलती कबूल करनी होगी। आपने अकाली दल से राजनीतिक मुद्दों पर बातचीत करने का एकाधिकार तो सिर्फ अपने ही हाथों में रखा है और राज्य सरकार के पास उनसे बात करने का डंडे के सिवाय और कोई विकल्प नहीं छोड़ा है। दरबारा सिंह की सरकार का वस्तुतः एक ही काम है और वह है डंडे का प्रयोग। और आपको मालूम ही होगा कि किसी के साथ भी ऐसा व्यवहार

करने का कोई नतीजा नहीं निकल सकता, खासकर सिखों के साथ। अगर आपने दरबारा सिंह को थोड़ी-सी और आजादी दी होती और उनको भी बातचीत में हिस्सेदार बनाया होता, तो मुझे पूरा विश्वास है कि उनका कद थोड़ा ऊँचा हुआ होता। देखा जाए तो पंजाब के मुख्यमन्त्री की छवि भले ही साफ-सुथरी हो लेकिन प्रशासक के रूप में उनकी काबिलियत पर सन्देह होता है। उनमें करिश्मा और नेतृत्व के गुणों का सर्वथा अभाव है। ऊपर से आप उनसे बातचीत की ताकत भी छीने ले रहे हैं।

''आपने निश्चय ही उन्हें वैमनस्यकारी स्थिति में डाल दिया है। आपने खुद ही देख लिया होगा कि 'रास्ता रोको' आन्दोलन के बाद क्या हुआ! मामले की न्यायिक जाँच करवाने का वादा किया था। आज 20 दिन बाद भी कोई न्यायिक जाँच प्रारम्भ नहीं की गई। क्यों?

''अब मैं आखिरी और सबसे गम्भीर घटना पर आता हूँ—ए.एस. अटवाल की हत्या। स्वर्ण मन्दिर परिसर के ठीक सामने इस हत्या का होना इस पुण्य-स्थल की पवित्रता को भंग करना था। अभी तक यह पता नहीं चल पाया है कि गोली हरिमन्दिर साहिब के भीतर से चलाई गई थी कि बाहर कहीं से। सन्त हरचन्द सिंह लोंगोवाल तथा भिंडराँवाले समेत सभी ने इस कुकृत्य की भर्त्सना की है। मैं इस घटना का खासतौर से उल्लेख इसलिए कर रहा हूँ कि दुर्भाग्यवश बहादुर अफसर का नाम उन तथाकथित मुठभेड़ों से जुड़ा हुआ था जिनमें अनेक लोगों की जानें गई थीं और इसीलिए वह दल खालसा की 'हिट लिस्ट' में आ गया था।

''आपको यह मालूम होना चाहिए कि एमनेस्टी इंटरनेशनल ने इस मुल्क में होनेवाली इस तरह की मुठभेड़ों के बारे में क्या कहा है! उन्होंने कहा है कि इस प्रकार की मुठभेड़ें अक्सर नकली हुआ करती हैं और ये वास्तव में मुठभेड़ें न होकर हत्याएँ हुआ करती हैं। पुलिस जिन लोगों को पसन्द नहीं करती, उनका खात्मा करने के लिए ही इसका आयोजन किया जाता है। अगर इस अभागे अफसर का नाम भी ऐसी ही किन्हीं मुठभेड़ों से जुड़ा हुआ था तो उसको निशाना बनना ही था।

''मैंने इस घटना का और अन्य घटनाओं का जिक्र इसलिए किया है क्योंकि इनसे नतीजा निकाला जा रहा है कि स्वर्ण मन्दिर अपराधियों का अड्डा बन गया है। पर क्या इसका कोई ठोस प्रमाण हमारे पास है?

आदरणीय गृहमन्त्रीजी, यह तो आप और आपकी सरकार ही कह रही है, जबकि अकाली दल इससे इनकार कर रहा है। वे कह रहे हैं कि अपराधियों को स्वर्ण मन्दिर में शरण नहीं दी जा रही है। मैं जानता हूँ कि आप एक सम्माननीय व्यक्ति हैं। मैं यह भी जानता हूँ कि वे सब भी सम्माननीय व्यक्ति हैं। मेरे पास उन पर अविश्वास करने का कोई कारण नहीं है। मैं इस बात पर जोर इसलिए दे रहा हूँ क्योंकि मुझे सन्देह है कि आप स्वर्ण मन्दिर में पुलिस के घुसने के औचित्य के लिए पृष्ठभूमि तैयार कर रहे हैं। रही मेरी बात, तो मैं बाकी सभी सदस्यों के साथ सहमत हूँ कि किसी भी पूजास्थल को यह अधिकार नहीं है कि वह अपराधियों को आश्रय दे और अगर स्वर्ण मन्दिर में ऐसा हो रहा है तो यह गलत हो रहा है और इसको कतई अपवाद नहीं बनाया जा सकता। लेकिन एक राजनीतिज्ञ के रूप में आपका यह फर्ज बनता है कि आप पंजाब की वर्तमान विस्फोटक परिस्थिति से वाकिफ हो जाएँ। अगर आप वहाँ पुलिस को भेजना भी चाहते हैं तो इस वक्त मत भेजिए। मैं जानता हूँ कि आप एक समझदार व्यक्ति हैं। मुझे पूरा विश्वास है कि आप अच्छी तरह जानते होंगे कि इस वक्त पंजाब में जो भी सही-गलत हो रहा है, वह अलग बात है, लेकिन गुरुद्वारे में पुलिस भेजने से पंजाब में खून की नदियाँ बह सकती हैं।

''अन्त में, यद्यपि मैं राजनीतिज्ञ नहीं हूँ, फिर भी, अपनी समस्त विनम्रता के साथ मैं आपको कुछ कदम उठाने की सलाह देना चाहता हूँ। यह तो स्पष्ट ही है कि पंजाब सरकार स्थिति को नियन्त्रण में नहीं ला सकती और जैसाकि मैंने आपसे कहा ही है, मैं इसके लिए पूरी तरह से पंजाब सरकार को कसूरवार नहीं ठहराता; मैं सोचता हूँ कि थोड़ा दोष तो आपको अपने ऊपर लेना ही होगा।

''क्या आप नहीं समझते कि आपको दरबारा सिंह को पदच्युत कर वहाँ राष्ट्रपति शासन की घोषणा कर देनी चाहिए?

''क्या आप नहीं समझते कि आपको अकाली दल के साथ बातचीत शुरू करनी चाहिए? आखिर अकाली दल ही तो सिखों की बहुसंख्या का प्रतिनिधित्व करनेवाली पार्टी है।

''आपके पास अकालियों से बातचीत करने के सिवा और कोई विकल्प नहीं है। उनके साथ संवाद की शुरुआत एक प्रकार से बड़े विवेक और

राजनीतिक सूझबूझ का काम होगा। चाहे आप करें या विपक्षी नेता करें, पर करना यह जरूरी है क्योंकि अगर पंजाब में अकालियों को सत्ता का हिस्सेदार नहीं बनाया गया तो कभी भी वहाँ शान्ति स्थापित नहीं हो सकती।

''आखिरकार जब आपको कोई कँटीली समस्या सुलझानी होती है तो आप कामचलाऊ ढंग से इसका कच्चा हल नहीं निकाल सकते। अब वक्त आ गया है कि आप इस समस्या का कड़ाई से कोई ठोस और स्पष्ट हल निकालें, वरना सब आपके सामने है। आज तो खून-खराबा पंजाब तक ही सीमित है; लेकिन अगर आप जल्दी ही किसी निर्णय पर नहीं पहुँचते तो यह पंजाब तक ही सीमित नहीं रहेगा। इसकी प्रतिक्रिया बाकी जगह भी हो सकती है। यह अवश्यम्भावी है। अगर निर्दोष लोगों की हत्याएँ आज पंजाब में हो रही हैं, तो निरपराध लोगों की हत्याएँ दिल्ली, हरियाणा और अन्यत्र भी हो सकती हैं। एक बार यह दौर चल पड़ा, गृहमन्त्रीजी, तो शायद हमें इतिहास की पुनरावृत्ति देखनी पड़े। जो सन् 1946-47 में हुआ था, वह फिर से हो सकता है। न तो आप ऐसा चाहते हैं, न मैं ही चाहता हूँ, लेकिन ऐसा हो सकता है। मुट्ठी-भर बदमाश लोग इस तरफ लोगों की हत्याएँ कर रहे होंगे, मुट्ठी-भर बदमाश लोग दूसरी तरफ। नतीजा यह होगा कि इधर से हिन्दू उधर भाग रहे होंगे और उधर से सिख इधर चले आ रहे होंगे। ईश्वर न करे कि ऐसा कभी हो। अब सचमुच आपको कोई कदम उठाना ही चाहिए।''

8 अगस्त, 1983 को, जब स्थिति दिन-प्रतिदिन बिगड़ती ही जा रही थी, मैंने राज्यसभा को पुनः सबोधित किया :

''समस्याएँ तो हमारे मुल्क में ऐसे आन खड़ी हुई हैं कि लगता है, ये ग्रामोफोन की सूइयाँ हैं और एक ही खाँचे में आ फँसी हैं। पहले असम की समस्या थी, अब पंजाब की। सरकार, विपक्षी दल और वस्तुतः हम सभी एक-डेढ़ साल से अपने-अपने भाषणों में यही तो दोहराते चले आ रहे हैं। मुझे उम्मीद है कि अब सरकार या विपक्षी दलों में से कोई तो खाँचे में फँसी इस सूई को बाहर निकाल किसी सकारात्मक दिशा में मोड़ेगा। स्पष्टतः इसका प्रमुख दायित्व तो सरकार का ही है। मुझे भरोसा है कि प्रधानमन्त्री,

गृहमन्त्री, पंजाब के मुख्यमन्त्री एवं राजीव गांधी ने अपने वक्तव्यों में निम्नोक्त टिप्पणियाँ इसीलिए की होंगी कि वे मामले को सुलझाना चाहते हैं।

"प्रधानमन्त्री यह कहती रही हैं कि अकाली समय-समय पर अपनी माँगों को बढ़ाते जाते हैं। जहाँ तक मैं जानता हूँ, उन्होंने अपनी 45 माँगों की एक संक्षिप्त सूची बना रखी है और आज दिन तक इन 45 माँगों में और माँगें नहीं जोड़ी हैं। यह भी कहा गया कि अकालियों की धार्मिक माँगें मान ली गई हैं। हाँ, दो या तीन बेहद सतही-सी माँगें अवश्य मान ली गई हैं। लेकिन अखिल भारतीय गुरुद्वारा अधिनियम की माँग अभी तक अधर में ही लटकी हुई है। हर समय हमें यही बताया जाता है कि राज्यों के साथ सलाह-मशविरा जारी है। सम्बद्ध मुख्य-मुख्य गुरुद्वारों ने अधिनियम के लिए अपनी स्वीकृति दे दी है। मेरी समझ में नहीं आता कि फिर आखिर इसमें इतनी देर क्यों लग रही है! मुझे मालूम है कि हमारी टेलीफोन प्रणाली बहुत दोषपूर्ण है, लेकिन फिर भी टेलीफोन द्वारा राज्यों की प्रतिक्रिया जानने और आगे बढ़ने में डेढ़ साल का समय तो नहीं लग सकता, जबकि यह मुद्दा केवल सिख समुदाय से ही सम्बन्धित है।

"अपराधियों को आश्रय देने को लेकर गुरुद्वारों के बारे में बहुत कुछ कहा जा चुका है। गृहमन्त्रीजी, अगर आपके पास इस बात के स्पष्ट प्रमाण हों कि स्वर्ण मन्दिर के भीतर अपराधियों को आश्रय दिया जा रहा है तो आपको उसे संसद के समक्ष पेश करना चाहिए। एक समय ऐसे चालीस अपराधियों की सूची अकाली दल को दी गई थी। पता चला कि उन चालीस में से कम-से-कम चार तो इस देश में रहते ही नहीं थे, वे विदेशों में रहते थे।

"अगर आप कभी स्वर्ण मन्दिर गए हों तो आपको पता होगा कि इसके कई प्रवेश-द्वार हैं। मुझे पता है कि आप वहाँ गए भी हैं। हरेक प्रवेश-द्वार पर काफी संख्या में सशस्त्र पुलिस और सुरक्षाकर्मियों का पहरा है जो इन अपराधियों को चित्रों (फोटोग्राफ) द्वारा अथवा प्रत्यक्षतः पहचानते हैं। तब यह कैसे सम्भव हुआ कि अभी तक आपकी पकड़ में एक भी ऐसा अपराधी नहीं आया? आप कैसी सरकार और कैसी पुलिस व्यवस्था चला रहे हैं कि एक वरिष्ठ पुलिस अधिकारी को स्वर्ण मन्दिर के ठीक सामने

मार दिया जाता है और उसका हत्यारा दिनदहाड़े साफ बचकर भाग निकलता है। क्या यही प्रमाण हमारे सामने रखकर आप कहते हैं कि स्वर्ण मन्दिर का दुरुपयोग किया जा रहा है?

''आप अक्सर यह भी कहते रहे हैं कि अकाली दल के नेता उग्रवादियों और खालिस्तानी तत्त्वों के प्रति उदारता बरतते रहे हैं। मैं मानता हूँ कि कभी वे ऐसा करते थे, लेकिन हाल के महीनों में उन्होंने हिंसा की घटनाओं की निन्दा की है। ताजा रपटों में विदेशी हस्तक्षेप की बात भी सुनने में आती है। हम सभी जानते हैं कि जब एक चिकित्सक अपने रोगी के रोग का निदान ठीक से नहीं कर पाता तो कह देता है कि उसे कोई 'वायरल' बुखार होगा। वही बात यहाँ भी हो रही है। हम समस्या की तह में नहीं पहुँच पा रहे हैं और यही कहते जा रहे हैं कि यह सी.आई.ए. की ही खुराफात है। लेकिन क्या सी.आई.ए. के हस्तक्षेप का कोई प्रमाण हमारे पास है? अभी कुछ ही दिन हुए, यह कहा जा रहा था कि पाकिस्तान ही निहंगों को पैदा करके या मुसलमानों को निहंग बनाकर उन्हें पंजाब में भेज रहा है। गृहमन्त्री महोदय, क्या आपने ऐसा एक भी तथाकथित पाकिस्तानी निहंग पकड़ा है? मेरे कहने का मतलब सिर्फ इतना है कि जब आप विदेशी एजेंटों के अकालियों के बीच घुसपैठ करने और अकालियों के उनसे प्रभावित होने के आरोप लगाते हैं तो आप उन पर परोक्ष रूप से देशद्रोह का आरोप लगा रहे होते हैं। लेकिन आप अच्छी तरह जानते हैं कि अकाली दल के देशप्रेम और उनकी कुर्बानियों का रेकॉर्ड आपकी अपनी पार्टी और सारे के सारे विपक्षी दलों के देशप्रेम और कुर्बानियों के सम्मिलित रेकॉर्ड से बढ़कर है।

''मिस्टर सेठी, सबसे ज्यादा तो आप ही इस ग्रामाफोन रेकॉर्ड के खाँचे में आ फँसे हैं और कहते जा रहे हैं कि 'सरकार के दरवाजे हमेशा खुले हैं।' पर मैं आपसे पूछता हूँ कि कौन-सा ऐसा आत्मसम्मानवाला इनसान होगा जो देशद्रोह और गद्दारी के लांछन के साथ आपके उन दरवाजों में घुसने आएगा जिसे आप हमेशा खुला हुआ बताते रहते हैं?

''इतना सब कहने के बावजूद मुझे यह फिर से स्पष्ट करने दीजिए कि मेरे मन में अकालियों के वास्ते कोई हिमायत नहीं है। मैं यह अनुभव करता हूँ कि उनका केवल यह कहना कि 'वे खालिस्तान की धारणा की

निन्दा करते हैं और खालिस्तान की माँग का समर्थन नहीं करते' काफी नहीं है। उन्हें कथन के साथ-साथ कर्म भी करना होगा। उन्हें अलगाववाद की भाषा बोलनी बन्द करनी होगी। अब वक्त आ गया है कि अकाली स्पष्ट रूप से अलगाववादी प्रवृत्तियों के प्रति अपनी भर्त्सना प्रकट करें। उनको हिंसा की और भी सकारात्मक रूप से निन्दा करनी होगी। उन्हें अब निरंकारियों के साथ भी उलझते रहना बन्द करना चाहिए क्योंकि अब उनकी आपस में काफी मुठभेड़ें हो चुकी हैं। निरंकारियों ने अपने धर्मग्रन्थों में से सिख धर्म के प्रति अपमानसूचक सन्दर्भों को निकालने की भी पेशकश की है। उनकी इस पेशकश को मानकर पहले ही किसी फैसले पर पहुँच जाना चाहिए था।

''तो मुख्य रूप से केवल तीन ही मुद्दे बचे हैं, जिन पर निर्णय लेना बाकी रह गया है—एक तो राज्य की सीमाओं का पुनर्गठन, दूसरा नदियों के पानी का बँटवारा और तीसरा अखिल भारतीय गुरुद्वारा अधिनियम। आपने राज्य की सीमाओं के पुनर्गठन के मामले पर आयोग बैठाने की पेशकश की है। मैं नहीं समझता कि इस पेशकश में ईमानदारी है। यह तो पहले ही तय हो गया था कि चंडीगढ़ पंजाब को जाना चाहिए। उसी तरह यह भी तयशुदा है कि आप अबोहर और फजिल्का को भौगोलिक एवं ऐतिहासिक कारणों से पंजाब से अलग नहीं कर सकते। यह देश ऐसा है जहाँ आप लम्बा गलियारा नहीं बना सकते। इस समझौते की घोषणा जल्दी से जल्दी हो जानी चाहिए। इसके अलावा हरियाणा को मुआवजा देने का भी सवाल है। इस पर किसी को आपत्ति नहीं है। अगर चंडीगढ़ पंजाब को जाता है तो हरियाणा को अपनी नई राजधानी बनाने के लिए पैसा मिलना ही चाहिए।

''नदियों के पानी के बँटवारे को लेकर भी हम लोग पता नहीं क्यों इतनी आनाकानी कर रहे हैं! आप इसको एक 'रिवर वॉटर ट्रिब्यूनल' को सौंपना चाहते हैं। अकालियों को जो कहना था, कह चुके हैं। उनका कहना है कि इसे सुप्रीम कोर्ट को दे दिया जाए। फिर न्यायपालिका का जो भी फैसला होगा, उन्हें मंजूर होगा।

''अब आइए अखिल भारतीय गुरुद्वारा अधिनियम पर। सरकार इसमें अपनी टाँग क्यों अड़ा रही है, यह बात मेरी या किसी भी व्यक्ति की समझ

में न आनेवाली बात लगती है। इस बात से बड़ा ही दुख होता है कि जब इस मुद्दे पर सरकार और विपक्षी दलों को एक साथ मिलकर, एकमत होकर सोचना चाहिए, तो हम लोग इस पर एकदम पक्षपातपूर्ण दृष्टिकोण अपनाए बैठे हैं। गृहमन्त्रीजी, आपको अपनी खुफिया रपटों द्वारा पता ही होगा कि कैसे हिन्दू सैन्यतन्त्र का उदय हो रहा है। आजकल मुझे सबसे अधिक भय इस बात का लगता है कि कहीं हिन्दू लोग बदले में हथियार न उठा लें। यह तो स्पष्ट ही है कि सिख उग्रवादियों के ही दिन हमेशा नहीं चलते रहेंगे। अगर वे निर्दोष हिन्दुओं को पंजाब में मारेंगे तो सिर्फ वक्त की ही देर है, एक दिन हिन्दू उग्रवादी भी उनके साथ वही करेंगे। यह फिर आग में घी का काम करेगा। मुझे विश्वस्त सूत्रों से मालूम हुआ है कि दिल्ली में पिछले कुछ हफ्तों से हिन्दू युवा नारे लिखे त्रिशूलों को ले-लेकर हथियार खरीदने के वास्ते चन्दा इकट्ठा कर रहे हैं और वे साफ-साफ कह रहे हैं कि 'अगर पंजाब में ऐसी हत्याएँ जारी रहीं तो हम दिल्ली और दूसरी जगहों पर जवाबी कार्रवाई करेंगे।' अगर ऐसा हो गया तो चाहे-अनचाहे खालिस्तान की नींव आप डाल चुके होंगे। ईश्वर के वास्ते, बिना कोई देर किए, अब आप किसी समाधान पर पहुँचने की कोशिश कीजिए।''

लेकिन ऐसा नहीं होना था, सो नहीं हुआ। फरवरी, 1984 तक सचमुच आग में घी डाला जा चुका था। दो साल तक वह सुलगता रहा और फिर अचानक लपटों में बदल गया और फिर इन लपटों ने पंजाब और हरियाणा को लीलकर देश के बाकी राज्यों के लिए भी खतरा पैदा कर दिया। दो साल तक भारत के सामान्य जन अकालियों और सरकार से विनती करते रहे कि वे जल्दी से जल्दी किसी समझौते पर पहुँचें और इस मुल्क को टूटने से बचा लें। न तो अकालियों ने और न ही सरकार ने उनकी बातों पर ध्यान दिया और किसी समझौते पर पहुँचने के बजाय वे एक-दूसरे पर दोषारोपण ही करते रहे। यह कहना मुश्किल हो गया कि कौन अधिक दुराग्रही है, लेकिन इसमें कोई शक नहीं कि अगर अकालियों ने हिन्दुओं और सिखों में अलगाववाद के बीज बोए थे तो सरकार ने उन्हें सींच-सींचकर

ऐसी विषैली खर-पतवार में बदल दिया था जिसने देश के दो सबसे अधिक समृद्ध राज्यों की उपजाऊ धरती की पैदावार को अवरुद्ध कर दिया था।

मुझे लगा कि अब वक्त आ गया है कि खरी-खरी सुना ही दी जाए। लिखित में और आमने-सामने, मैंने दोनों पक्षों के सामने, अपने विचार घोषित किए। पहले मैंने अकालियों को सम्बोधित करते हुए कहा :

"आप तो हमेशा यही कहते रहे हैं कि आप लोग सत्ता के वास्ते नहीं बल्कि पंजाब के वास्ते न्याय के लिए लड़ रहे हैं। आपने पंजाब के लिए तब कुछ क्यों नहीं किया जब वहाँ सत्ता की बागडोर आपके अपने हाथ में थी? अगर आप सभी पंजाबियों के लिए न्याय की माँग कर रहे थे तो आपने पंजाबी हिन्दुओं को अपने साथ मिलाने के लिए क्या किया? आपको क्या यह विचार नहीं सूझा कि अपने आन्दोलन को एक धार्मिक पुट देते हुए आप जानबूझकर हिन्दुओं को अपने से अलग कर रहे हैं और दो करीबी समुदायों के बीच दीवार खड़ी कर रहे हैं? आपने भिंडराँवाले जैसे व्यक्ति को हरिमन्दिर—भगवान के मन्दिर—के पवित्र परिसर से हिन्दुओं और सिखों के बीच नफरत फैलाने की छूट क्यों दी? क्या आपको मालूम नहीं था कि पंजाब में की गई हिन्दुओं की हत्याएँ पड़ोसी राज्यों में हिन्दुओं को सिखों के जान-माल के विनाश की जवाबी कार्रवाई के लिए भड़काएँगी? आपके हाथ खून से रँग गए हैं। आपने सिखों के देशप्रेम और मातृभूमि के प्रति वफादारी पर सन्देह का ठप्पा लगा दिया है और इस प्रकार उन्हें हिन्दुस्तान के पहले दर्जे के नागरिकों से दूसरे दर्जे के नागरिक बना दिया है।"

इसके बाद मैंने सरकार को सम्बोधित किया :

"आप जब अपने फिजूलखर्ची से भरे एशियाड, गुट-निरपेक्ष आन्दोलन के सम्मेलनों और सी.एच.ओ.जी.एम. के सम्मेलनों का आयोजन कर रहे थे तब क्या आपको तनिक भी अहसास हुआ कि उसी समय कैसे भूचाल पंजाब को झकझोर रहे थे? आपने अकालियों को क्यों नहीं बताया कि आपको उनकी कौन-कौन-सी माँगें मंजूर हैं, कौन-सी नहीं और किन-किन पर आप कमीशनें बैठाने को राजी हैं? क्या कोई सरकार यह कहलाना पसन्द करेगी कि उसका प्रशासन इतना ढीला-ढाला है कि सीधे-सादे मुद्दों पर भी बिना किसी निर्णय तक पहुँचे पूरे दो साल तक लड़खड़ाता रहे?

भारत का सामान्यजन आपको आपकी इस आपराधिक निर्णयहीनता, कानून और व्यवस्था के पतन तथा जान-माल के नुकसान के लिए कभी माफ नहीं कर सकता। हमारे देश के इतिहास का यह अध्याय आपके हाथों अकालियों की कलम से निर्दोष लोगों के रक्त में डुबोकर लिखा गया है।''

इस बीच उग्रवादी अपने लक्ष्य में कामयाब होते रहे। उनके इरादे एकदम साफ थे। पंजाब में कुछ हिन्दुओं का कत्ल करो ताकि पंजाब से बाहर रहनेवाले सिखों पर हिन्दुओं की हिंसा भड़के। अगर कुछ अरसे तक छिट-पुट हत्याएँ जारी रहीं तो एक तरफ तो पंजाब में रहनेवाले हिन्दुओं के मन में असुरक्षा की भावना जगने लगेगी और दूसरी तरफ पंजाब से बाहर रहनेवाले सिख अपने-आपको असुरक्षित महसूस करने लगेंगे। और एक समय बाद होगा यह कि हिन्दू और सिख अपना घर और व्यवसाय छोड़, इस-उस जगह स्थानान्तरित होने लगेंगे जहाँ वे अपने-आपको सुरक्षित महसूस कर सकें। जनसंख्या की यह आवाजाही सन् 1947 का आयाम भले ही न अख्तियार करे, लेकिन 'पैटर्न' इसका वही होगा। अगर सिखों की बहुसंख्या को किसी तरह पंजाब में स्थानान्तरित होने पर मजबूर कर दिया जाए, तो खालिस्तान बना ही समझो।

क्या हम ऐसा चाहते हैं? मुझे कल और आज भी पूरा भरोसा था और है कि कोई देशभक्त भारतीय, जिसमें 99 प्रतिशत सिख भी शामिल हैं, इसके लिए कभी राजी नहीं होगा। हजार बार पूछा जाए, तो भी नहीं। लेकिन फिर भी, किसी ने भी सिख खाड़कुओं और बदले की भावना से जवाबी कार्रवाई करनेवाले हिन्दुओं को नहीं रोका। पंजाब समस्या के हल के लिए मैंने अपने कितने ही राजनीतिक मित्रों को सुझाव दिए और अपने स्तम्भों में लिखा। मेरा पहला सुझाव यह था कि केवल एक ही सत्ता को पंजाब और हरियाणा के मामलों को निबटाने के अधिकार दिए जाएँ और बाकी लोग दखलन्दाजी से बाज आएँ। मैंने सुझाव दिया कि दोनों राज्यों—पंजाब और हरियाणा में तथा अन्यत्र भी जहाँ कहीं साम्प्रदायिक हिंसा की वारदातें हो रही हैं, 'मार्शल लॉ' लागू कर दिया जाए। दूसरे, मैंने महसूस किया कि उदार विचारोंवाले अकाली नेतृत्व के साथ सम्पर्क स्थापित किया जाए और

उनके सहयोग से स्वर्ण मन्दिर परिसर को भिंडराँवाले समेत सभी आपराधिक तत्त्वों से मुक्त कराया जाए तथा आतंकवादी गिरोहों के खिलाफ कड़ी से कड़ी कार्रवाई की जाए। अपने 3 मार्च के 'मैलिस टुवाइर्स वन एंड ऑल' स्तम्भ में मैंने सरकार को सम्बोधित करते हुए लिखा : 'लेकिन इस वक्त तो किसी भी हालत में हरिमन्दिर में जबरदस्ती घुसने की कोशिश नहीं करनी चाहिए। वहाँ पर खूनखराबा करने से सिखों की सहानुभूति हमेशा-हमेशा के लिए जाती रहेगी और खालिस्तान बनाने का रास्ता उनके लिए खोल दिया जाएगा।'

भविष्य की घटनाओं ने यह सिद्ध कर दिया कि मेरे संशय निराधार नहीं थे।

22 फरवरी को सुमीत सिंह की हत्या कर दी गई। संतप्त परिवार के लोगों से मिलने के बाद मुझे घटना के जो विवरण मिले, उनका सीधा सम्बन्ध उस त्रासदी से है जो पंजाब और हरियाणा के लोगों के जीवन का हिस्सा बन चुकी है।

सुमीत नवतेज सिंह के चार बेटों में से था। नवतेज सिंह के पिता गुरुबख्श सिंह ने लाहौर और अमृतसर के बीच पड़नेवाले प्रीतनगर कस्बे में कुछ समान विचारोंवाले निष्पक्ष लोगों का इसी नाम से एक 'कम्यून' (समुदाय) बना रखा था। वे पंजाब की सबसे ज्यादा बिकनेवाली एक मासिक पत्रिका 'प्रीतलड़ी' का सम्पादन भी करते थे। सन् 1947 में पंजाब के बँटवारे पर प्रीतनगर भारत की सीमा में पड़ा। गुरुबख्श सिंह की मृत्यु के बाद नवतेज ने 'कम्यून' के कामों का संचालन तथा 'प्रीतलड़ी' का सम्पादन अपने हाथों में ले लिया और जब दो साल हुए, नवतेज भी गुजर गया तो यह दायित्व उसके बेटे सुमीत ने सँभाला।

अनेकानेक पंजाबियों की तरह यह प्रीतनगर परिवार भी हिन्दुओं और सिखों के बीच कोई फर्क नहीं समझता था। परिवार के कुछ लोग लम्बे केश और दाढ़ियाँ रखते थे, कुछ मोने थे। सुमीत ने भी अपने बाल कटवा रखे थे जबकि उसके बाकी भाई केशधारी थे। सुमीत ने ट्रेड यूनियन के जाने-माने नेता मदनलाल दीदी की बेटी पूनम से विवाह किया था।

अपनी हत्या से एक हफ्ता पहले सुमीत ने दिल्ली से चंडीगढ़ के लिए पंजाब रोडवेज की एक बस पकड़ी। पानीपत के निकट बस को हिन्दुओं की एक भीड़ ने घेर लिया। चूँकि सुमीत ने स्टील का कड़ा पहन रखा था इसलिए उसे बस से बाहर घसीटकर पूछा गया कि वह कौन था। उसके दाढ़ी-केश नहीं थे, इसलिए उसने कह दिया कि वह हिन्दू था। भीड़ के नेता उसकी बात से सन्तुष्ट नहीं हुए और वे उससे मारपीट करनेवाले थे कि बस के हिन्दू ड्राइवर ने भीड़ को परे किया और लोगों को फटकारते हुए धमकाया कि खबरदार जो किसी ने उसका बाल भी बाँका किया। तो, सिख धर्म की निशानी उसका पवित्र कड़ा तो बेचारे की जान ही ले लेनेवाला था, उसकी जान बचाई थी तो एक हिन्दू ने।

हफ्ते-भर बाद सुमीत अपने छोटे भाई रत्नीकान्त सिंह, जो केशधारी था, के साथ कुछ खरीदफरोख्त करने के लिए स्कूटर पर अमृतसर जा रहा था। लोपोकी में उनका वास्ता कत्ल के दौरे पर निकले चार बन्दूकयाफ्ता सिखों से पड़ा। वे कुछ हिन्दुओं को मारकर ही आ रहे थे। इन दोनों भाइयों को देखते ही चिल्लाए, "इक और शिकार मिल गया।" सुमीत के मोना होने के कारण वे उसे हिन्दू समझ बैठे थे। रत्नीकान्त सिंह ने कसमें खाईं कि वह उसका भाई था। उसने अपनी पगड़ी उतारकर सुमीत के सिर पर रखकर दिखाई कि वह एकदम उसके जैसा ही लग रहा था, एकदम वैसी ही शक्लो-सूरत। सुमीत ने भी अपने सिख होने की निशानी स्टील का कड़ा उन्हें दिखाई। लेकिन कुछ भी काम न आया। उन बदमाशों ने उसके सिर और कन्धों में गोली मारी और उसे मृत समझ वहीं छोड़कर भाग खड़े हुए। लेकिन सुमीत मरा नहीं था। वह लड़खड़ाकर जमीन पर गिरा तो स्कूटर उसके ऊपर आ पड़ा। उसके भाई ने सलाह दी कि जब तक वह लोगों को मदद के लिए नहीं बुला लाता, वह उसी तरह मरा हुआ-सा पड़ा रहे। हत्यारे और हत्याएँ करने आगे निकल गए थे। लेकिन लोपोकी से भागने के पहले वे सुमीत को देखने एक बार फिर आए कि देखें, वह मरा था या नहीं। उन्होंने उसे जीवित देखकर तीन गोलियाँ और उसके जिस्म में दाग दीं।

तो इस तरह तथाकथित सिखों ने अपने ही एक सिख भाई को या तो हिन्दू होने का कारण या फिर एक ऐसा सिख होने के कारण जिसकी विचारधारा उनसे अलग थी, मार डाला।

सुमीत की हत्या ने पंजाबियों के मन में हत्यारों के इन गिरोहों और उनके प्रश्रयदाता भिंडराँवाले के प्रति घनघोर घृणा भर दी। सुमीत की अन्त्येष्टि पर इन खलनायकों की भर्त्सना करनेवालों में स्वर्गीय मास्टर तारा सिंह की बेटी और अकाली सांसद बीबी राजिन्दर कौर भी थीं। बीबी राजिन्दर कौर को क्या हुआ कि वे अचानक ही अपनी हिन्दू वंश-परम्परा (ग्यारह वर्ष की उम्र तक मास्टरजी मल्होत्रा हिन्दू ही थे) को याद करने लगीं। उन्होंने ऐसे अनेक अकाली नेताओं के नाम गिना दिए जिनके दादा-पड़दादा हिन्दू थे। एक प्रमुख अकाली नेता नीली पगड़ी के बदले सफेद पगड़ी पहनकर आए और उन्हें खुलेआम कहा कि अपनी पार्टी का बिल्ला पहनते हुए उन्हें अब शर्म महसूस हो रही थी। जिस तरह गांधी टोपी कभी ईमानदारी और साधुता का प्रतीक मानकर सम्मानित होती थी पर आज भ्रष्टाचार का प्रतीक बनकर रह गई है, उसी तरह अकालियों का नीला रंग भी अब अपना सम्मान खोता जा रहा है।

कभी ऐसा भी वक्त था जब लड़ाके खालसा लोग हर प्रार्थना के अन्त में जुड़नेवाले शब्दों को सच्चे अर्थों में अपना लक्ष्य समझते थे—निऔतियाँ दी औत (असहायों के रक्षक), निआसरियाँ दा आसरा (निराश लोगों की आशा), निठावाँ दी ठाँ (बेघर लोगों की ठाँह), निपत्तियाँ दी पत्त (बेआबरू लोगों की आबरू)। इन सबको कुछेक नीली पगड़ीवालों के निहित स्वार्थों के लिए कुर्बान किया जा रहा था। ध्यान देने की बात है कि सुमीत का आखिरी लेख जो 'प्रीतलड़ी' में छपा था, उसका शीर्षक था : 'नहीं ताँ बहुत देर हो चुकी होवेगी'।

अब तो स्थिति यहाँ तक बिगड़ चुकी थी कि सिर्फ कोई भोला-भाला इनसान ही यह भ्रम पाल सकता था कि बादल शीघ्र ही छँट जाएँगे और आसमान पर इन्द्रधनुष लहराने लगेगा और पंजाब के गेहूँ के सुनहरे खेतों पर चातक फिर से शान्ति के गीत गाते उड़ा करेंगे। और सिर्फ मूर्ख ही विश्वास कर सकता है कि अपने अदूरदर्शी नेताओं की मौन स्वीकृति से सिखों और हिन्दुओं ने एक-दूसरे को जो घाव दिए, वे समय के साथ भर जाएँगे और वे एक-दूसरे को फिर से गले लगा लेंगे, एक-दूसरे के मन्दिर-गुरुद्वारों में पूजा-पाठ करने जाएँगे या अपने बेटे-बेटियों की शादियाँ आपस में करेंगे। यह सबकुछ तो अतीत के गर्त में दफन हो चुका है। नुकसान

ऐसा हुआ है कि जिसकी भरपाई कर पाना मुश्किल हो। पंजाब की इस त्रासदी के अपराधियों को तभी सजा मिलेगी जब इनके कुकृत्यों के किस्से और इस सरकार की अप्रासंगिकता इतिहास के पन्नों में दर्ज होगी।

गलतियाँ तो जगह-जगह हुई हैं। अनेक कोणों से हुई हैं। उसी तरह मेरे मन में संशय भी अनेक हैं। क्या निर्दोष लोगों का खून बहानेवाले अपराधी कभी पकड़े जाएँगे और उनको सजा होगी? क्या वे लोग जिन्होंने उन्हें ये अपराध करते देखा, उनके खिलाफ गवाही देने की हिम्मत बटोर पाएँगे? मुझे इस बारे में सन्देह है। हिंसा और अपराध के मोल पर कमाई शान्ति हमेशा बेचैनी से भरी और नश्वर होती है।

क्या किसी को अकालियों से यह पूछने की हिम्मत पड़ेगी कि किस तर्क के आधार पर वे कहते हैं कि उस संविधान के अंश को जलाना (27 फरवरी, 1984) उसका निरादर करना नहीं है जिसका पालन करने की कभी उन्होंने कसमें खाई थीं? उनका क्या भरोसा कि वे अपने वचन का सम्मान करेंगे और क्या गारंटी कि वे अपनी 45 माँगों के अलावा और नए मुद्दे नहीं उठाएँगे, जैसे कि उन्होंने सिखों के लिए अलग 'पर्सनल लॉ' और संविधान की धारा 25 को बदलने की माँग को लेकर उठाए? क्या वे अपराधियों को पकड़वाने में प्रशासन की सक्रिय सहायता करेंगे? क्या वे अलग राष्ट्र की बात करना हमेशा-हमेशा के लिए छोड़ देंगे और आनन्दपुर साहिब प्रस्ताव में सुधार के कदम उठाएँगे? मुझे इन सबके प्रति सन्देह है। मतभेद के असली मुद्दों का स्पष्टीकरण किए बगैर खरीदी गई शान्ति उस युद्धविराम से अधिक नहीं जिसे कोई भी व्यक्ति किसी भी क्षण अपनी इच्छा के अनुसार भंग कर दे।

पंजाब संकट से सरकार जिस तरह निबटती आई है, उसके लिए उसे कोई भी श्रेय नहीं जाता। अंग्रेजी की तरह आजाद हिन्दुस्तान की भी हर सरकार ने पंजाब को सिर्फ गेहूँ पैदा करनेवाला और युद्धों के लिए चारा देनेवाला राज्य ही समझा। इसे सीमान्त प्रदेश कह-कहकर यहाँ बड़े उद्योग नहीं लगाए गए। हरित क्रान्ति के कारण कृषि की उपज अपनी चरम सीमा तक पहुँची तो वहाँ भी अधोपतन की स्थिति आने लगी और साथ ही लोगों का मोह भंग होना शुरू हो गया। लोगों में बेचैनी और वैमनस्य फैलने लगा। मिस्टर मोहम्मद अली जिन्ना और मुस्लिम लीग को तो भारत की

अति उर्वर धरती पर अलगाववाद के काँटे उगाने में पूरा एक दशक लगा था, पर हमारी सरकार और अकालियों को एक अति बंजर भूमि पर हिन्दू-सिख अलगाववाद की झाड़ियाँ उगाने में तीन साल से भी कम का परिश्रम करना पड़ा। पंजाब में औद्योगीकरण करने का काम, इस राज्य और पड़ोसी राज्यों को अधिक पानी और बिजली देने के लिए सालों पहले बनाई गई नदी-परियोजनाओं को पूरा करने का काम तो अधर में ही लटका रहा। सरकारें सिर्फ बातें ही बनाती रहीं और लोग उन्हें अविश्वास के भाव से सुनते रहे।

जो नतीजा निकला, वह तो सबके सामने ही है। भिंडराँवाले की बन्दूकों ने ही असली बातें करनी शुरू कीं। अकाली नेता भिंडराँवाले की नफरत फैलानेवाली उद्घोषणाओं की आलोचना किए बिना संज्ञाहीन वक्तव्य देते रहे। उनमें इतनी हिम्मत नहीं थी कि उससे कहें कि पूजा के स्थानों को अपराधियों का अभयारण्य या उनका दुर्ग नहीं बनाया जाना चाहिए। उधर प्रशासन भी ठप्प हुआ पड़ा था। सैकड़ों सशस्त्र पुलिसकर्मियों की नजरों के सामने हथियार स्वर्ण मन्दिर के परिसर में पहुँचते रहे। छोटे स्तर की कमांडो कार्रवाई द्वारा भी भिंडराँवाले को जिन्दा या मुर्दा पकड़ा जा सकता था। यह कोई बहुत मुश्किल काम नहीं था। आखिरकार जब सरकार ने कार्रवाई करने का निर्णय लिया भी तो सबसे अनुपयुक्त समय पर जब वहाँ हजारों की तादाद में संगत गुरु अर्जुन का शहीदी दिवस मना रही थी। और जो तरीका अपनाया सरकार ने, वह तो सबसे बुरा था—स्वर्ण मन्दिर पर टैंकों और बख्तरबन्द गाड़ियों द्वारा धावा बोलना और अकाल तख्त को ध्वस्त करना।

स्थिति दोबारा कभी वहाँ लौटकर नहीं आ सकी जहाँ पहले कभी थी। वे सिख भी बुरी तरह अपमानित महसूस करने लगे जिन्हें भिंडराँवाले या राजनीति से कोई लेना-देना नहीं था। भिंडराँवाले को मारकर उसे शहादत का वह बाना पहना दिया गया जिसके वह काबिल नहीं था। खाड़कू गुटों को इससे और प्रोत्साहन मिला। भिंडराँवाले का भूत आज भी पंजाब के गाँवों में पंजाबी हिन्दुओं की नींद हराम करता और सिखों की अन्तरात्मा को झकझोरता, लुकता-छिपता शिकार की ताक में घूमता रहता है।

ऑपरेशन ब्लूस्टार

6 जून, 1984 को अमृतसर में जो कुछ वास्तव में घटित हुआ वह यह था कि बन्दूकों और टैंकों की मदद से जबरदस्ती स्वर्ण मन्दिर में प्रवेश किया गया जिसका नतीजा यह निकला कि ऐसा खून-खराबा हुआ जो इसके 380 वर्षों के इतिहास में न कभी देखा गया, न सुना गया था। यह भी इतिहास का एक विडम्बनापूर्ण संयोग ही था कि यह त्रासद घटना गुरु अर्जुनदेव के शहीदी दिवस पर उन्हें श्रद्धांजलि देने के ठीक बाद ही हुई। गुरु अर्जुनदेव सिखों के पाँचवें गुरु थे। हरिमन्दिर साहिब की स्थापना उन्होंने ही की थी और उन्होंने ही सिखों के धर्मग्रन्थ गुरुग्रन्थ साहिब का संकलन किया था। वे सिखों के प्रथम शहीद थे और उन्होंने ही स्वर्ण मन्दिर के सरोवर को अमृतसर नाम दिया था, जिसमें यह स्थापित है।

इस बात का पता लगना असम्भव है कि किस प्रकार इस कार्रवाई की योजना बनाई गई होगी और कैसे इसे कार्यान्वित किया गया, कितने लोग इसमें मारे गए और कितनी क्षति हरिमन्दिर साहिब एवं अकाल तख्त की हुई। सरकार और अकालियों के दावे हमेशा अलग-अलग ही रहेंगे। लेकिन इसमें तो कोई शक नहीं कि सरकार ने प्रेस को जो आँकड़े दिए, वे सर्वथा अविश्वसनीय हैं। खालिस्तान आन्दोलन को कुचलने के बजाय सरकार ने उसे वह सम्पोषण प्रदान कर दिया है जिसकी उसमें कमी थी। सरकार ने इस कार्रवाई से मेरे जैसे सिखों के हाथ कमजोर कर दिए हैं,

जो खालिस्तान का कड़ाई से विरोध करते रहे हैं।

अमृतसर के इतिहास में हुए दो कत्लेआमों की तुलना करने को जी चाहता है। पहला 13 अप्रैल, 1919 में बगल के जलियाँवाले बाग में 73 साल पहले हुआ था। वह दिन भी खालसा पन्थ के प्रवर्तक गुरु गोविन्द सिंह का जन्मदिन था, बैसाखी का दिन। हाल की घटना गुरु अर्जुनदेव के शहीदी दिवस के बाद ही हुई। गुरु अर्जुनदेव को सिख धर्म का प्रवर्तक कहा जा सकता है। जलियाँवाला बाग में हुए कत्लेआम में मरनेवालों की जो संख्या पंजाब सरकार ने दी थी, उसे इंडियन नेशनल कांग्रेस की बनाई कमेटी ने चुनौती देते हुए कहा था कि मरनेवालों की संख्या सरकार द्वारा बताए आँकड़ों से दुगुनी से भी ज्यादा थी। अधिकतर इतिहासकारों का मत है कि जलियाँवाला बाग कांड के मृतकों की संख्या 379 थी और 2000 से भी अधिक लोग घायल हुए थे।

दूसरी घटना में, तत्कालीन सरकार ने स्वीकार किया कि 300 से अधिक लोग मरे थे। अकाली कहते हैं कि औरतों और बच्चों को मिलाकर 1,000 से भी अधिक लोग मरे। इन दोनों घटनाओं में जो एक महत्त्वपूर्ण अन्तर है, वह यह है कि जनरल डायर ने अपनी गोरखा पलटन को एकदम निहत्थे और शान्तिपूर्वक सभा करते लोगों पर गोली चलाने का आदेश दिया था जबकि जनरल रनजीत सिंह दयाल (जिस नाम के महाराजा ने हरिमन्दिर को संगमरमर और स्वर्ण से बनवाया था) ने अपनी फौजों को स्वर्ण मन्दिर के उस परिसर पर धावा बोलने का आदेश दिया था जिसको किले के रूप में बदल दिया गया था और जिसकी रखवाली अत्याधुनिक हथियारों से लैस आततायी कर रहे थे। एक महत्त्वपूर्ण निष्कर्ष जो दोनों घटनाओं से निकलता है, वह यह है कि जिस तरह जलियाँवाला बाग कांड भारत के स्वाधीनता संग्राम के इतिहास का नियामक मोड़ बना, उसी तरह हरिमन्दिर में हुआ कत्लेआम भी खालिस्तान आन्दोलन के इतिहास का संक्रान्ति काल बना।

पिछले कई महीनों से लगातार खाड़कू गतिविधियों के बावजूद सरकार ने मई, 1984 के अन्त तक नहीं सोचा था कि स्वर्ण मन्दिर पर धावा बोलने और भिंडराँवाले तथा उसके अनुयायियों को मन्दिर परिसर से निकालने से ही राज्य में हिंसा का अन्त हो जाएगा। लेकिन चूँकि अकालियों

ने यह निर्णय ले लिया था कि वे राज्य से खाद्यान्नों का जाना रोककर अपने आन्दोलन को और तेज करेंगे, इसलिए सरकार ने सोचा कि इससे खाड़कू गतिविधियाँ और तेज हो सकती हैं और वह इस निष्कर्ष पर पहुँची कि अब बहुत हो गया, अब और इनके दबाव में नहीं आना। सरकार ने निस्सन्देह यही सोचा था कि हिंसा के इस कैंसर को और अधिक फैलने देने से रोकने के लिए बड़े भारी 'सर्जिकल ऑपरेशन' की जरूरत है।

हिन्दुस्तान के अधिकतर लोग भी यही मान रहे थे कि सरकार मामले को बद से बदतर बनते दिए जा रही थी। वे भी भिंडराँवाले के दंशरोम को लौह-हस्त से पकड़ने के उसके (सरकार के) निर्णय का स्वागत कर रहे थे। अगर सरकारी प्रवक्ताओं की मानी जाए तो आम जनता ने इस कार्रवाई से राहत की ही साँस ली थी। देश के सभी बड़े पत्रों और राजनीतिक दलों ने इस कार्रवाई का समर्थन किया। अपवाद केवल सिख ही थे। अकालियों ने तो स्वाभाविक ही था कि कार्रवाई की भर्त्सना की। कोई भी स्वाभिमानी सिख ऐसा नहीं था जिसने सरकार के या उस सिख जनरल के लिए भले शब्द कहे हों जिसके हाथों यह कार्रवाई करवाई गई। मारे गए निर्दोष लोगों की संख्या बढ़ती गई और परिक्रमा तथा अकाल तख्त के अपवित्रीकरण के किस्से बढ़ा-चढ़ाकर बयान किए जाने लगे। इससे हुआ यह कि खालसा पन्थ की घायल स्मृतियों में एक चिरस्थायी चोट लगती गई।

संक्षेप में कहें तो सिख स्वयं को बाकी लोगों से कटा हुआ महसूस करने लगे। आनन्दपुर साहिब प्रस्ताव इसी को लेकर तो था। अकाली लोग जिस लक्ष्य को लोगों को भड़काकर और आन्दोलनों के बल पर भी प्राप्त नहीं कर पा रहे थे, 6 जून, 1984 की इस कार्रवाई ने सहज ही यह उन्हें थमा दिया था। यह संकट का अन्त तो नहीं ही था, उलटे और भी बड़े संकटों की शुरुआत थी। तभी से हमने कई बार अपने-आपसे पूछा है कि क्या यह जरूरी था?

हरिमन्दिर पर धावा बोलने और उन तमाम हत्याओं का त्वरित प्रभाव यह हुआ कि श्रीमती गांधी के पास अब ऐसा कोई भी नहीं बचा था जो उनसे सिखों के प्रतिनिधि के रूप में बात कर पाता। यही नहीं, सत्ताधारी कांग्रेस अब अपने चुनाव अभियानों में भी सिखों के सहयोग से वंचित हो गई थी।

मैंने भविष्यवाणी की थी, सिखों के वोट पूरी तरह अकाली दल को जाएँगे। यह तो अन्दाजा ही लगानेवाली बात थी कि श्रीमती गांधी और उनकी पार्टी को इसकी क्षतिपूर्ति हिन्दुओं के वोटों से हो सकेगी या नहीं; लेकिन यह हिन्दू-सिखों के सम्बन्धों के बीच आई दरार की तुलना में बेहद मामूली बात थी। अकालियों ने और उनसे भी ज्यादा तो भिंडराँवाले और उसके गुंडों ने इन दो समुदायों के बीच दीवार खड़ी कर एक बहुत बड़ा कुकृत्य किया था। सिखों और हिन्दुओं का हमेशा से साँझा इतिहास रहा, साँझी भाषा रही और साँझी ही धार्मिक विरासतें रहीं। अकालियों और भिंडराँवाले ने हिन्दुओं को सिखों से जुदा करने की जो शुरुआत की थी, उसे सरकारी कार्रवाई ने पूरा कर दिखाया और हिन्दुओं-सिखों को एक-दूसरे से दूर कर दिया। अधिकांश अशिक्षित सिखों ने यही सोचा कि उनके गुरुद्वारे का अपवित्रीकरण एक हिन्दू सरकार ने किया है। भारत के विभिन्न भागों में सिख फौजियों ने बगावत कर दी और अपने ही हिन्दू अफसरों को मार डाला। अनेक सिख सांसदों और राज्य विधानसभा के सदस्यों ने इस्तीफे दे दिए। एक डिप्लोमैट और अनेक प्रशासनिक अधिकारियों ने भी यही किया। मेरे समेत चार सिख बुद्धिजीवियों ने सरकार द्वारा दी गई उपाधियों को लौटा दिया। मैंने लिखा :

''संगमरमर की परिक्रमा और हरिमन्दिर के इर्द-गिर्द की इमारतों से खून के धब्बे मिटाने में बहुत समय लगेगा। सिख समुदाय के दिलों में सुलगती नाराजी की आग को बुझाने में तो और भी ज्यादा समय लगेगा। शायद वक्त ही घावों को भर सके, लेकिन वह भी तब जबकि सिखों की भावनाओं को भड़काने के लिए आगे कुछ और न किया जाए।'

''स्वर्ण मन्दिर पर धावा बोलने की इस कार्रवाई से एक सबक तो यह मिला कि ऐसी विस्फोटक स्थिति से निबटने का यह सबसे खराब तरीका था। दूसरा यह कि राजनीतिक, आर्थिक और सामाजिक समस्याओं को बन्दूक की नोक पर नहीं सुलझाया जा सकता, उन्हें तो समझा-बुझाकर और लेन-देन के आधार पर ही निबटाया जा सकता है।

''आज वक्त की ताकीद यह है कि घावों पर मरहम लगाया जाए। यह इस बात पर निर्भर करता है कि सत्ता में बैठे लोग कितनी तपस्या करने को तत्पर हैं।

"मैं जो कहना चाहता हूँ, उसे पंजाब में दो साल से जारी हिंसा और हरियाणा में जारी कानून और अव्यवस्था की अधोगति से समझा जा सकता है। लोगों को इसकी खबर वैसी नहीं है जैसी होनी चाहिए कि पंजाब में हत्याओं के दौर के जारी रहने का प्रमुख कारण यह है कि पुलिस अपराधियों को पकड़ने और उन्हें न्यायिक हिरासत में देने में अक्षम रही है। इसके बजाय, पुलिस ने आसान तरीका अपना रखा है और वह है नकली मुठभेड़ों में उन्हें समाप्त करने का। इस प्रक्रिया में कई निर्दोषों की भी जानें गईं, जिसमें आम आदमी की सहानुभूति और सद्‌भावना पुलिस से जाती रही तथा निर्दोष मृतकों के मित्रों और रिश्तेदारों में पुलिस से बदला लेने की भावना जगी। यह तो 'जंगल का न्याय' हुआ। जब कानून को लागू करनेवाली संस्था ने ही 'जंगल के न्याय' के साथ हाथों में हाथ डाल लिए हों तो हत्याओं और प्रतिहत्याओं के इस दुश्चक्र से त्राण कहाँ?

"पंजाब में जो कुछ हुआ और जो हो रहा है तथा हरियाणा में जिस तरह घटनाएँ घट रही हैं—इन दोनों में एक बहुत बड़ा फर्क यह है कि पंजाब में हत्याएँ अलग-अलग व्यक्तियों द्वारा और बदमाशों के छोटे-छोटे गिरोहों द्वारा हो रही हैं, जबकि हरियाणा में आम जनता पंजाब में हुई घटनाओं के जवाब में हिंसा करती है। लेकिन उन्हें शीघ्र ही पता चल जाएगा कि 'बदला लेने से बढ़कर महँगा एवं निष्फल और कुछ नहीं होता (चर्चिल)।

"संक्षेप में, पंजाबियों और हरियाणवियों ने सारे मुल्क को अपनी 'हिट लिस्ट' में रख दिया है।"

व्हाइट पेपर और मेरी शान्ति-योजना

10 जुलाई, 1984 को पंजाब-आन्दोलन पर एक व्हाइट पेपर (श्वेतपत्र) जारी किया गया। मैंने लगभग दर्जन-भर डिक्शनरियाँ और एन्साइक्लोपीडिया यह जानने के लिए छान मारे कि व्हाइट पेपर को व्हाइट पेपर कहते क्यों हैं। लेकिन मेरे हाथ कुछ भी नहीं लगा। डिक्शनरियों में मुझे 'व्हाइट ऐंट' (दीमक), व्हाइट कॉलर वर्कर (क्लर्क), व्हाइट एलीफेंट (बेकार वस्तु), व्हाइट फेदर एंड फ्लैग (पराजय की निशानी), व्हाइट लाइ (सफेद झूठ) और अनेक दूसरी 'व्हाइट' चीजें मिलीं, लेकिन 'व्हाइट पेपर' का कोई भी पर्याय नहीं मिला। 'व्हाइट पेपर' के बारे में बस यही लिखा था कि 'यह ब्रिटिश सरकार द्वारा एक विषय-विशेष पर जारी की गई रपट थी।'

सरकार की हर रपट को 'व्हाइट पेपर' नहीं कहा जा सकता। सरकारी विभागों की रिपोर्टों को 'ब्लू बुक' कहा जाता है। 'व्हाइट पेपर' केवल किसी असामान्य अथवा अन्तर्राष्ट्रीय महत्त्व के मुद्दे पर ही जारी किया जाता है। इसे नितान्त प्रामाणिक, वस्तुपरक एवं विस्तारपूर्ण होना चाहिए क्योंकि यह उस मुद्दे पर एक प्रकार का अन्तिम निर्णय होता है।

सरकार के कारनामों के साथ बेरंगापन क्यों जोड़ा गया—यह तो मुझे पंजाब की गड़बड़ी पर जारी 'व्हाइट पेपर' पढ़कर ही पता चला। अकालियों, भिंडराँवाले, निर्दोष लोगों की हत्याओं, हथियारों की स्मगलिंग, अकाल तख्त की किलेबन्दी और ऑपरेशन ब्लूस्टार के बारे में मैं जितना जानता था,

उससे कुछ अधिक उनके बारे में इसमें नहीं मिला। इस 'व्हाइट पेपर' में जो कुछ था, वह हमारे यहाँ के अखबारों में पहले ही छप चुका था। खैर, यह बड़ी कुशलता से काट-छाँटकर बनाया गया था। अब किसी को अखबारों की 'कटिंग' देखने या 'रेफरेंस फाइल' खोलने की जरूरत नहीं थी। सभी नाम और तिथियाँ एक छोटी-सी पुस्तिका में एक जगह उपलब्ध हो गए, मय चित्रों के, यद्यपि भिंडराँवाले का चित्र ही इसमें नदारद था, जबकि ज्यादातर लोगों को उसी को देखने की उत्सुकता होगी।

यह कहना न्यायसंगत नहीं होगा कि यह 'व्हाइट पेपर' केवल प्रशासन की कमियों-खामियों पर लीपापोती मात्र था; बल्कि इसके विपरीत इसमें कुछ विशेष स्तरों पर गुप्तचर सेवाओं की असफलता और महत्त्वपूर्ण प्रश्नों के उत्तर देने में स्पष्ट उपेक्षा की निष्कपट स्वीकारोक्ति थी। प्रधानमन्त्री तथा राज्य स्तर के उच्च पदाधिकारियों ने सामान्य जन में यही ढिंढोरा पीटा था कि पंजाब में अशान्ति पैदा करने में विदेशी शक्तियों का हाथ था। अतः यह अपेक्षा की जाती थी कि 'व्हाइट पेपर' उस विदेशी हाथ को बेनकाब करेगा और समर्थन में साक्ष्य पेश करेगा। लेकिन ऐसा इसमें कुछ भी नहीं था। इसमें यह भी नहीं बताया गया था कि क्यों पुलिस ने पहले भिंडराँवाले को हत्या के अपराध में गिरफ्तार किया था और फिर क्यों उसको छोड़ दिया गया। न ही यह बताया गया था कि उसे पुनः उस वक्त क्यों गिरफ्तार नहीं किया गया जब ऐसा करना आसान था और फिर क्यों उस पर उस वक्त अपराध के अभियोग लगाए गए जब उसे हिरासत में लेने के लिए 'वारंट' जारी करना लगभग असम्भव-सा हो गया था। सबसे महत्त्वपूर्ण बात जो इसमें नहीं थी, वह यह थी कि क्योंकर स्वर्ण मन्दिर में सादी वर्दी में कमांडो-कार्रवाई नहीं की जा सकती थी और क्या कारण था कि ईंधन सामग्री और खाद्यान्नों की आपूर्ति को रोककर उनकी घेराबन्दी कर लेने को अव्यावहारिक समझा गया और इतने बड़े स्तर पर टैंकों के साथ धावा बोलना जरूरी हो गया। इसमें सेना तथा भिंडराँवाले और उसके आदमियों के बीच गोलाबारी से स्वर्ण मन्दिर परिसर में हुई सम्पूर्ण क्षति का भी उल्लेख नहीं है। केवल अकाल तख्त की क्षति का ही विवरण है। जो लोग स्वर्ण मन्दिर में कार्रवाई के बाद गए हैं, वे जानते हैं कि दरबार साहिब के गर्भगृह हरिमन्दिर साहिब पर गोलियों के लगभग 200 निशान हैं। यह तो किसी

को कभी भी पता नहीं चलेगा कि ये निशान भिंडराँवाले के लोगों द्वारा चलाई गोलियों के थे या सेना की गोलियों के। न ही कभी हम यही जान पाएँगे कि इनमें से किसने यह अग्न्यास्त्र छोड़ा जिसने गुरुद्वारे के अकाल तख़्त स्थित अभिलेखागार को ध्वस्त कर दिया जिसमें गुरुग्रन्थ साहिब की सैकड़ों हस्तलिखित प्रतियों तथा गुरुओं के हस्ताक्षरोंवाले हुक्मनामों का अपूरणीय खजाना सँजोया हुआ था। इस सूचना को 'व्हाइट पेपर' में क्योंकर छुपाया गया?

'व्हाइट पेपर' के अन्त में तीन प्रश्न पूछे गए हैं—क्या पूजा के स्थान को शस्त्रागार में बदलना उचित है? क्या इसको अपराधियों की शरणगाह बनाना उचित है? और, अपनी धर्मनिरपेक्षता की आधारशिलाओं को धसकने से बचाने के लिए हम क्या करें? पहले दो प्रश्नों के उत्तर तो निर्विवाद रूप से 'नहीं' हैं, 'कतई नहीं'। और तीसरे प्रश्न को लेकर मैं तब भी और अब भी साफ-साफ कह सकता हूँ कि धर्म पूर्ण रूप से एक व्यक्तिगत मामला होना चाहिए। राष्ट्रपति, प्रधानमन्त्री, मुख्यमन्त्रियों एवं अन्य राजनीतिक नेताओं का सार्वजनिक रूप से अपनी धर्मपरायणता का प्रदर्शन बेशक उन्हें चुनावों में कुछ अस्थायी लाभ दे दे, लेकिन इससे देश को अपूरणीय क्षति पहुँचती है। उन्हें इस प्रकार के प्रदर्शनों से हर हालत में बचना चाहिए।

जब यह 'व्हाइट पेपर' सार्वजनिक रूप से जारी किया गया, उसी समय मैंने भी पंजाब पर अपनी एक शान्ति-योजना बनाई, जो कई अखबारों में छपी। यह इस प्रकार थी :

1. मैं इस मसौदे को सभी पंजाबियों के विचार के लिए प्रस्तुत कर रहा हूँ, चाहे वे सिख हों, हिन्दू हों, मुसलमान हों या क्रिश्चियन हों, ताकि सेना के हटने के बाद आपसी भाईचारे को बहाल किया जा सके और जो नए नेता आएँ, वे वर्गीय अथवा जातीय हितों के बनिस्बत राज्य की समृद्धि को ध्यान में रखें। इसके लिए पिछले कुछ महीनों की घटनाओं के सन्दर्भ को ध्यान में रखना चाहिए।

2. संसद के दोनों सदनों में विपरीत भाव से दिए गए आश्वासनों के बावजूद स्वर्ण मन्दिर पर 5 और 6 जून, 1984 को धावा बोला गया, जिसके

परिणामस्वरूप सैकड़ों निर्दोष स्त्री, पुरुष और बच्चे हताहत हुए एवं अकाल तख्त तथा वहाँ सुरक्षित पवित्र स्मृतिचिह्नों को भारी नुकसान हुआ। इसी के साथ-साथ पंजाब के और भी अनेक गुरुद्वारों में कार्रवाई की गई जिससे विश्व-भर में फैले लगभग एक करोड़ चालीस लाख सिखों के सम्पूर्ण समुदाय की धार्मिक भावनाओं को गहरी चोट पहुँची। दूसरे धार्मिक समुदायों के पंजाबियों, जिन्हें सिखों के दुख से सहानुभूति है, को चाहिए कि वे उनकी भावनाओं पर लगे घावों को भरने के लिए आगे बढ़ें।

3. हम सरकार के इस दावे को स्वीकार नहीं करते कि भिंडराँवाले और उसके साथियों को पकड़ने के लिए इतनी भारी तादाद में सेना के उपयोग के सिवा उनके पास और कोई विकल्प नहीं बचा था। आज तक देश में अन्य किसी भी अन्दरूनी कार्रवाई के लिए इतना अधिक बल-प्रयोग नहीं किया गया था। सरकार द्वारा दिए गए मृतकों के आँकड़ों, कार्रवाई से हुए नुकसान तथा गुरुद्वारे से मिले तथाकथित अस्त्र, गोला-बारूद और नशीले पदार्थों के परिमाण के ब्यौरों पर भी हमें सन्देह है। सरकारी प्रवक्ता के वक्तव्य की अनेक विसंगतियों से यह साफ जाहिर है कि सरकार का इरादा कार्रवाई में मरे लोगों की छवि को और फलतः समूचे सिख समुदाय की छवि को और कलंकित करने का था। हमारी माँग है कि कार्रवाई में मरे लोगों के नाम मय फौजियों के प्रकाशित किए जाएँ।

4. हम सारे पंजाबियों का आह्वान करते हैं कि वे स्वर्ण मन्दिर परिसर के तबाह हिस्सों को सरकार द्वारा मरम्मत करके ठीक करने के प्रयत्न का विरोध करें और सिख समुदाय के सभी वर्गों की जबरदस्त अपीलों के बावजूद सरकार द्वारा व्यापक पैमाने पर किए जा रहे मरम्मत-कार्य की भर्त्सना करें। सिखों का इतिहास गवाह है कि यह परम्परा रही है कि मरम्मत का काम करने का विशेषाधिकार सिर्फ संगत को है। अतः अगर सिखों की भावनाओं का खयाल रखना है तो यह 'कारसेवा' द्वारा ही सम्पादित होना चाहिए।

5. आज से सभी पंजाबियों को 6 जून के दिन को उन लोगों की याद में 'प्रार्थना दिवस' के रूप में मनाना चाहिए जिनकी 5 और 6 जून, 1984 को जानें गईं। स्वर्ण मन्दिर को हुई क्षति के प्रायश्चित के लिए भी इस दिवस को मनाना चाहिए। लेकिन साथ ही हमें इस सच्चाई को भी स्वीकार

करना होगा कि मन्दिर के पहले-पहल अपवित्रीकरण के लिए स्वयं सिख समुदाय का एक हिस्सा, अकाली दल और कुछ बड़े धार्मिक नेता जिम्मेदार हैं जिन्होंने स्वर्ण मन्दिर में सशस्त्र लोगों को रहने की और इसके एक हिस्से की किलेबन्दी की इजाजत दी तथा इसे शत्रुतापूर्ण कृत्यों का अड्डा बनने दिया। 6 जून को विश्व-भर के पंजाबियों को इस रूप में भी प्रार्थना दिवस के रूप में मनाना चाहिए कि वे इस दिन अपने गुरुओं के उपदेशों और उनके बताए आदर्शों को ग्रहण करने की कसम खाएँ।

6. अमृतसर को एक तीर्थनगर घोषित कर दिया जाना चाहिए। शहर में तम्बाकू, मांस, मदिरा आदि पर प्रतिबन्ध लगा दिया जाना चाहिए। अमृतसर को भी हरिद्वार, वाराणसी और तिरुपति आदि के 'पैटर्न' पर धार्मिक मान्यता मिलनी चाहिए।

7. इस दर्दीले अनुभव से गुजरने के बाद सिखों को अपने समुदाय के सभी पक्षों के आत्मविश्लेषण का गहन श्रम करना चाहिए। इसके अन्तर्गत उन्हें भारत के नागरिक के रूप में अपनी स्थिति पर विचार करना होगा तथा विभिन्न राजनीतिक दलों, विशेषकर अकाली दल द्वारा मिलनेवाले नेतृत्व की छानबीन करनी होगी। अकाली दल को सिखों का एकमात्र राजनीतिक दल होने के कारण सिखों के अधिसंख्य मत प्राप्त होते हैं। साथ ही सिखों को शिरोमणि गुरुद्वारा प्रबन्धक कमेटी की संरचना और उसकी भूमिका पर भी गौर करना चाहिए।

सिखों को अब अपना एक नया धार्मिक नेतृत्व विकसित करना ही चाहिए। जाहिर है कि इसके लिए गम्भीर और मौलिक परिवर्तन लाने की जरूरत है। इस समय उन्हें एक गहन अन्वेषी विश्लेषण करने और यह पता लगाने की जरूरत है कि हालात क्योंकर भला वर्तमान स्थिति तक आ पहुँचे। सिखों को यह अहसास हो जाना चाहिए कि यह संकट उनके सारे समुदाय को आन्तरिक रूप से प्रभावित कर रहा है और इससे इस देश में उनका भावी स्तर भी प्रभावित होनेवाला है। इन सब विषयों पर पुनर्विचार करने की जरूरत है और इसके लिए हमें अपने-आपमें कुछ सुधार भी लाने पड़ें तो उसको कोई ऐसा गम्भीर मुद्दा नहीं समझना चाहिए।

8. कांग्रेस और अकाली दल, दोनों ने पंजाबियों को धोखा दिया है। कांग्रेस ने अगर सिख समुदाय को उसकी परीक्षा की घड़ियों में कोई सहयोग

नहीं दिया है और स्वतन्त्रता-प्राप्ति के समय उनको दिए गए अपने आश्वासनों को पूरा नहीं किया है तो अकालियों ने भी समुदाय के हित की कीमत पर उनकी धार्मिक भावनाओं का शोषण ही किया है। अकाली दल हमेशा राज्य में सत्ता हथियाने और एस.जी.पी.सी. पर नियन्त्रण बनाए रखने के फेर में सिखों की धार्मिक भावनाओं को उभारता रहा। अकाली दल ने केन्द्र के सामने पंजाब की माँगों को रखने की प्रक्रिया में पंजाबी हिन्दुओं को अपने विश्वास में नहीं लिया और इस प्रकार अपनी सफलता की सम्भावनाओं को धूमिल किया। अगर उन्होंने धार्मिक दल की तरह नहीं, वरन् एक क्षेत्रीय दल की तरह काम किया होता तो शायद आज के हालात को टाला जा सकता था। अकालियों ने मूल रूप से पंजाबी माँगों में धार्मिक भावनाओं को ठूँसकर एक ऐसा रास्ता चुन लिया जो हिन्दुओं और सिखों के बीच की खाई को चौड़ा ही करता है। इस प्रकार उन्होंने हिन्दू साम्प्रदायिक तत्त्वों का ही खेल खेला।

9. अकालियों के साथ मिलीभगत के कारण ही भिंडराँवाले और उसके अनुयायी अकाल तख्त तथा स्वर्ण मन्दिर के अन्य भागों की किलेबन्दी कर सके। अकाली नेताओं ने भिंडराँवाले के आदमियों द्वारा की गई खाड़कू कार्रवाइयों की निन्दा भी नहीं की जिससे हिन्दू और सिख और दूर होते गए। इस प्रकार पंजाबियों की साँझी माँगों की सम्भावना और कमजोर हो गई। अकालियों की इस मुद्रा ने देश के दूसरे भागों में बसे अन्य तत्त्वों की सहानुभूति से उन्हें वंचित कर दिया, अन्यथा वे पंजाबी माँगों का अवश्य समर्थन करते।

10. लोकतान्त्रिक परम्पराओं के विपरीत दो सालाना मोर्चा शुरू करने के बाद अकाली दल और शिरोमणि गुरुद्वारा प्रबन्धक कमेटी यही मानकर सारे निर्णय करने लगे कि सारा सिख समुदाय ही उनके साथ है, जबकि सच्चाई यह नहीं थी। 'धर्मयुद्ध' को जीवित रखने के लिए अकालियों ने इसका नियन्त्रण अपने हाथों से आतंकवादियों के हाथों में खिसक जाने दिया और इस प्रकार सरकार को स्वर्ण मन्दिर पर कब्जा करने और इसे अपवित्र करने का बहाना दे दिया।

11. यद्यपि बहुत बड़ी बहुसंख्या में सिख समुदाय पिछले दो साल से स्वर्ण मन्दिर में खाड़कू तत्त्वों की बढ़ती उपस्थिति का अनुमोदन नहीं करता

था, फिर भी सिखों की सामान्य निष्क्रियता का आज भी दुखद स्थिति को बनाने में बहुत बड़ा हाथ था। इन सभी कारणों से अब यथास्थिति को स्वीकार नहीं किया जाना चाहिए; या तो अकाली दल का इसके लिए सम्पूर्ण कायाकल्प किया जाए (या उस पर दबाव डाला जाए) कि वह अपनी पारम्परिक कार्य-निर्वाहक व्यवस्था को बदले या फिर हमें अपना कोई और राजनीतिक विकल्प खोजना होगा। इस तरह के बल का पुनर्निर्माण करने की व्यापक कठिनाइयों को देखते हुए व्यावहारिक तो यही लगता है कि अकाली दल के अन्दरूनी चरित्र को ही बदला जाए।

12. अकालियों द्वारा की गई गलतियों का सुधार करने के लिए सिखों को चाहिए कि वे :

अ. पूर्ण रूप से अपनी भारतीय पहचान का पुनः पुष्टीकरण करें। वे कहें कि वे भारतीय हैं, वे भारत के अंग हैं और वे अलग सिख राज्य की स्थापना के किसी भी प्रस्ताव का विरोध करेंगे।

ब. आनन्दपुर प्रस्ताव की उन सभी धाराओं में सुधार करें जो सिखों को अलग राष्ट्र बताती हैं या फिर यह स्पष्ट करें कि 'कौम' से मतलब राष्ट्र से नहीं है।

स. फिर से कहें कि सिखों को अलग 'पर्सनल लॉ' नहीं चाहिए जो उत्तराधिकार एवं विवाह आदि पर ऐसी व्यवस्था को प्रतिपादित करता है जिससे सिख समुदाय मध्ययुग में धकेल दिया जाएगा और सिख स्त्रियों को सम्पत्ति, विवाह, तलाक आदि के सम्बन्ध में मिले समानाधिकारों से वंचित कर दिया जाएगा जो उन्हें हिन्दू कोड बिल के अन्तर्गत प्राप्त हैं। यह स्त्री-पुरुष की समानता के सिख सिद्धान्त के खिलाफ होगा। सिखों को भारतीय संविधान की धारा 25 के सुधार को लेकर किए जानेवाले किसी भी प्रयत्न का विरोध करना होगा। वैसे भी तो सिखों को संविधान में एक अलग धार्मिक समुदाय की मान्यता मिली ही हुई है।

13. हमें चाहिए कि हम ऐसे हिन्दुओं और सिखों की आपस में मीटिंगें करवाएँ जो राज्य में शान्ति और साम्प्रदायिक सद्भाव की इच्छा रखते हैं। हमें चाहिए कि हम अपने हिन्दू भाइयों के साथ खुली बातचीत करके अपने मन की सारी भड़ास निकालकर सभी गलतफहमियों को दूर

कर लें और पंजाब के लिए अपनी प्रमुख माँगें उनके साथ मिलकर रखें। इन माँगों में ये शामिल होंगी :

क. फजिल्का और अबोहर की स्थिति में कोई तब्दीली किए बिना चंडीगढ़ को तुरन्त पंजाब को सौंप दिया जाए। सीमाओं में थोड़ी-बहुत हेर-फेर करने के लिए हरियाणा, राजस्थान और हिमाचल प्रदेश के साथ सुलह-सफाई से बातचीत कर फैसले पर पहुँचा जाए या फिर इसे किसी ट्रिब्यूनल को सौंप दिया जाए।

ख. अकालियों और दूसरे दलों द्वारा पहले से मंजूर किए गए आधार पर पंजाब को उचित हिस्सा देते हुए नदियों के पानी के बँटवारे का समझौता (इसका मसौदा तथ्यों के आधार पर बन सकता है) किया जाए।

14. पंजाब में औद्योगिक इकाइयाँ लगाना तथा भारी उद्योगों की व्यवस्था करना। पंजाब की यह शिकायत सही है कि इसका कोई समुचित औद्योगिक विकास नहीं किया गया है। यहाँ की कृषि-पैदावार को तैयार माल में बदलने के लिए कारखानों की भारी कमी है। पंजाब में आटा, कपड़ा और चीनी मिलें लगाने की बहुत अधिक आवश्यकता है। उद्योगों की कमी के कारण राज्य में गम्भीर असन्तोष फैला है और शिक्षित वर्ग में बेरोजगारी बढ़ी है। जब हरित क्रान्ति अपनी चरम सीमा पर पहुँच गई तो बेरोजगार युवाओं को खेती में खपाने की सम्भावनाएँ घटती गईं। केन्द्रीय सरकार को ऐसे उद्योगों के लिए अविलम्ब लाइसेंस जारी करने चाहिए और प्राथमिकता के आधार पर राज्य में भारी उद्योग लगाने की योजनाएँ बनानी चाहिए ताकि सन्तुलित अर्थव्यवस्था कायम की जा सके। इससे बड़ी संख्या में बेरोजगार युवाओं को काम मिल सकेगा जिनके असन्तोष ने भिंडराँवाले को मदद पहुँचाई।

15. सशस्त्र सेना में हमेशा सिखों को विशेष स्थान मिलता रहा है। लेकिन उनका अनुपात अंग्रेजों के जमाने के एक-तिहाई से गिरकर अब दस प्रतिशत मात्र रह गया है। असन्तोष का एक जरिया यह भी बना है और इस बात का भय है कि यह अनुपात अभी और गिरेगा क्योंकि अब भर्ती की नई नीति के तहत जनसंख्या के अनुपात में ही लोगों को फौज में लिया जाएगा। फौजियत सिख परम्परा का एक अभिन्न अंग है और

रोजी का एक महत्त्वपूर्ण साधन भी, इसलिए यह अत्यावश्यक है कि सशस्त्र बलों में सिखों का प्रतिशत न घटाया जाए।

सरकार को ऐसे उपाय करने चाहिए कि ऑपरेशन ब्लूस्टार पर सिखों की प्रतिक्रियास्वरूप जो 'विद्रोह' भड़का, उसे असामान्य परिस्थितियों के सन्दर्भ में देखा जाए। इसको देखकर सिखों पर अविश्वास करने की रीति न बना ली जाए। यदि ऐसा हुआ तो यह बहुत दुर्भाग्यपूर्ण होगा क्योंकि इससे सिख समुदाय और भी अलग-थलग पड़ जाएगा।

मुझे पूरा विश्वास है कि सिखों की आहत भावनाओं को शान्त करने का और हिन्दुओं तथा सिखों को करीब लाने का केवल एक ही उपाय है और वह यह है कि अतीत को दफना दिया जाए और अमृतसर में जो कुछ भी घटित हुआ, उस पर असहमति जताई जाए। सिख इसे कतई उस नजर से नहीं देख सकते जिससे और बाकी के लोग देख सकते हैं, फिर भी मैंने वकालत की कि हमें कड़वाहट की भट्ठी में नहीं जलना है और न ही एक-दूसरे पर इल्जाम लगाते रहना है, बल्कि इस अनुभव से ऐसा सबक लें कि जो हमें आगे आनेवाले समय में और अधिक विवेक से सोच-विचार करने में सहायक हो।

मुझे इसमें तनिक भी सन्देह नहीं कि पंजाबी अगर एकजुट होकर, पंजाबी होकर नहीं रहे तो उनका कोई भविष्य नहीं है। लगभग हर पंजाबी राजनीतिक और हर राजनीतिक दल लोगों की नजरों में गिर चुका है, इसलिए एक ऐसा शून्य पैदा हो गया है जिसे भरा जाना जरूरी है। सिखों ने अकाली दल का समर्थन किया, लेकिन उनका अपने नेताओं से उनकी अदूरदर्शिता एवं संकीर्ण वर्गीय विचारधारा के कारण पूरी तरह मोहभंग हो चुका है। बाकी के राजनीतिक दलों की अपेक्षा अकाली दल ही पंजाब को उसकी मौजूदा दुर्गति तक पहुँचाने का ज्यादा जिम्मेदार है। सिख राजनीति तथा गुरुद्वारों की वित्त-व्यवस्था पर उनकी पकड़ तोड़नी होगी। अपने अनेक लेखों और वक्तव्यों में मैंने बारम्बार जोर देकर कहा है कि सिखों में अब जो भी नेतृत्व उभरे, उसमें पंजाबी हिन्दुओं को भी सम्मिलित करना जरूरी है। अपनी जो भी माँगें सिख रखें, अपने साथ पंजाबी हिन्दुओं को भी

सम्मिलित करें—चाहे चंडीगढ़ को लेकर या सीमाओं के पुनर्गठन को लेकर अथवा नदियों के पानी के ज्यादा उचित बँटवारे को लेकर, यहाँ तक कि जिन्हें वे पूरी तरह धर्म सम्बन्धी माँगें समझते हों, जैसे कि अमृतसर को तीर्थस्थान घोषित करना, गुरुवाणी के प्रसारण को अधिक समय मिलना अथवा अखिल भारतीय गुरुद्वारा अधिनियम की माँग आदि। इसी तरह हिन्दू साम्प्रदायिक दलों को भी स्वयं ही विघटित हो जाना चाहिए और नए तौर पर अपना पुनर्गठन करना चाहिए जिसमें उतने ही सिखों को लिया जाए जितने हिन्दू हों।

यद्यपि पंजाबियत के नाम मेरी यह अपील तेलुगुदेशम के पंजाबी संस्करण की तरह प्रतीत होगी, लेकिन मैं अनुभव करता हूँ कि मुसीबतों से ग्रस्त पंजाब के राजनीतिक जीवन में लगे साम्प्रदायिकता के घुन को निकालने के लिए और इसे पुनः सुख-समृद्धि की ओर ले जाने के लिए केवल यही एक आशा की किरण बच रही है। हालाँकि मैं जानता हूँ कि यह 'मन में फूटे लड्डुओं' की तरह खयाली लग सकता है, लेकिन खयाल इसका कितना सुखकर है!

मैं अक्तूबर, 1984 के प्रारम्भ में पंजाब गया। वहाँ जाते ही मेरी तमाम आशाओं पर पानी फिर गया। कोई नया राजनीतिक दल गठित नहीं हुआ था, कोई नए नेता वहाँ के क्षितिज पर नहीं उभरे थे और आम सिख जनता पर अकाली दल का प्रभाव घटने के बजाय उलटे और अधिक बढ़ गया था। मुझे ऐसा लगा कि यह सम्भव था कि जैसे ही इनके नेता जेलों से छूटेंगे, बदनाम होने के बजाय वे और अधिक लोकप्रिय होकर लौटेंगे और फिर से वे अपने विघटनकारी अभियान में जुट जाएँगे। एक बार पुनः आनन्दपुर साहिब प्रस्ताव, चंडीगढ़, नदी-पानी विवाद, धारा-25, सिखों का अलग 'पर्सनल लॉ', धर्मयुद्ध मोर्चा और ऐसे ही अनगिनत न जाने कितने मुद्दों को लेकर उनका केन्द्रीय सरकार के प्रतिनिधियों के सामने शर्तें रखना शुरू हो जाएगा। मुझे स्पष्ट दिखाई दे रहा था कि पिछले कुछ महीनों से हमने जो कुछ भी किया था, वह मात्र साँप-सीढ़ी का खेल सिद्ध हुआ था। हमारी गोटी हिंसा के साँप के मुँह में जा पड़ी थी और हम जहाँ से चले थे वहीं पर वापस आ पहुँचे थे।

मेरा लहूलुहान पंजाब

मुसीबतों के मारे इस प्रदेश में यात्रा करते हुए मुझे पंजाबी की एक कहावत याद हो आई :

सहनी पैंदी मार दुलत्तियाँ दी,
जे कुर्सी बहाइए खोत्तियाँ नूँ।
(कुर्सी पर बैठाया अगर गदहों को,
मार भी अब फिर खाओ दुलत्तियों की)

तब मुझे इतना नहीं पता था कि माह का अन्त आते-आते मामला इतना बढ़ चुका होगा।

इन्दिरा गांधी की हत्या और उसका भावी परिणाम

एक हिन्दुस्तानी मुहावरा है कि 'जरा-सी गलती का फल सदियों भुगतना पड़ता है।' 31 अक्तूबर की सुबह कुछ सेकेंड के भीतर हुई घटना के कारण भारत के इतिहास की सम्पूर्ण धारा ने एक निर्णायक मोड़ ले लिया।

भारत में अक्तूबर के महीने में अनेक त्योहार पड़ते हैं। मानसून की बारिश खत्म हुई होती है। धान की रबी की फसल को कटने में कुछ ही हफ्ते बाकी होते हैं। किसानों को अपनी कमरतोड़ काम से कुछ थोड़ी फुर्सत मिली होती है। कृषि-प्रधान देश होने के कारण अधिकतर लोगों के लिए यही एक वक्त होता है जब वे विश्राम करते हैं और दीवाली तक एक के बाद एक धार्मिक त्योहार मनाते हैं। दीवाली पर हिन्दू और सिख अपने घरों में दीये जलाते हैं और आतिशबाजियाँ तथा पटाखे छोड़ते हैं।

उस साल अक्तूबर में त्योहार उतनी उमंग से नहीं मनाए जा रहे थे क्योंकि हिन्दू और सिखों के बीच तनाव की स्थिति ने पंजाब में हिंसा का विस्फोटक रूप ले रखा था। सिख स्वर्ण मन्दिर पर कार्रवाई के कारण आहत थे। उस साल सिखों के घरों में दीवाली के दीये नहीं जलाए गए थे। अफसोस मनाते हुए कई सिखों ने मातम की प्रतीक काली पगड़ियाँ पहनीं। वे प्रधानमन्त्री इन्दिरा गांधी और सिख राष्ट्रपति ज्ञानी जैल सिंह से नाराज थे क्योंकि वे इन्हीं को स्वर्ण मन्दिर में हुई सैनिक कार्रवाई का दोषी मानते

थे। इन दोनों के लिए सुरक्षा-व्यवस्था बहुत कड़ी कर दी गई थी। श्रीमती गांधी के घर के चारों तरफ सुरक्षाकर्मियों के तीन घेरे बँधे थे। 1,800 से भी अधिक सुरक्षाकर्मी वहाँ तैनात थे और एक विशेषज्ञ के निर्देशों के तहत घुसपैठियों को रोकने के लिए आधुनिकतम इलेक्ट्रॉनिक उपकरण लगाए गए थे। श्रीमती गांधी को ताकीद की गई थी कि वे बाहर जाते समय बुलेटप्रूफ जैकेट जरूर पहना करें।

श्रीमती गांधी अपने रख-रखाव और वेशभूषा के प्रति काफी सजग रहती थीं। अपनी साड़ियाँ और 'मैच' करते ब्लाउज वे खुद चुना करती थीं। उस सुबह को उन्होंने खासतौर से एक रंगीन साड़ी पहनी थी। बुलेट प्रूफ बास्कट पहनने की उन्होंने खास परवाह नहीं की थी। नाटककार-अभिनेता पीटर उस्तिनोव एक बी.बी.सी. कार्यक्रम के लिए उनकी शूटिंग करने को अपनी पूरी टीम के साथ खड़े इन्तजार कर रहे थे। वे बाग में लगे कैमरे के पास जाने के लिए अपने घर से निकलीं। जैसे ही उन्होंने 'हैज' (झाड़ियों की बाड़) में बने रास्ते को पार किया, उनके दो सुरक्षाकर्मियों ने उन पर गोलियाँ दागनी शुरू कर दीं। दोनों सुरक्षाकर्मी सिख थे।

''आपने सुना, प्रधानमन्त्री को किसी ने गोली मार दी?'' आवाज एक महिला की थी जिनके कोई मित्र श्रीमती गांधी के घर कार्य करते थे। सुबह के साढ़े नौ बजे थे। दिन था बुधवार। तारीख 31 अक्तूबर, 1984।

''गुडलॉर्ड,'' मैं चिल्लाया, ''किसने?''

''सिखों ने। और किसने? आप कुछ देर घर के भीतर ही रहिएगा,'' उसने सलाह दी।

मैंने 10 बजेवाली खबरें सुनने के लिए अपना रेडियो खोला। ऑल इंडिया रेडियो पर कहा गया कि श्रीमती गांधी पर घातक हमला किया गया है और वे गम्भीर रूप से घायल हो गई हैं। बस, इतना ही। गीत-संगीत का सामान्य कार्यक्रम पूर्ववत् चलता रहा और इस्लामाबाद में भारत और पाकिस्तान के बीच खेले जा रहे मैच की कमेंट्री भी जारी रही। आमतौर पर ऐसा तो नहीं होता। सैंतीस साल पहले जब महात्मा गांधी की हत्या हुई और जब प्रधानमन्त्री जवाहरलाल नेहरू और लालबहादुर शास्त्री मरे, ऑल इंडिया रेडियो ने उनकी मृत्यु की खबर मिलते ही शोकपूर्ण धार्मिक संगीत प्रसारित करना शुरू कर दिया था जो उनकी अन्त्येष्टि समाप्त होने

तक चलता रहा। इसकी तो कतई सम्भावना नहीं थी कि 67 वर्षीय एक वृद्ध महिला करीब से दागी गई 18 गोलियों का वार सहकर भी बची रही होगी। लगता था कि उनकी मृत्यु की घोषणा राष्ट्रपति के मॉरीशस से और उनके पुत्र राजीव गांधी के कलकत्ता से लौटने पर ही की जाएगी। दोनों को दोपहर तक दिल्ली वापस लौटना था। मध्यकालीन भारत में राजा की मृत्यु की सार्वजनिक घोषणा तब तक नहीं की जाती थी जब तक उसका उत्तराधिकारी नहीं तय हो जाता था। उसी रीति का पालन सन् 1984 के अक्तूबर में भी किया गया।

संकट के समय में अधिकतर भारतीय अपने रेडियो पर बी.बी.सी. या वॉयस ऑफ अमेरिका को ही सुनते हैं। दोनों प्रसारणों ने श्रीमती गांधी की मृत्यु की पुष्टि की और कहा कि उनके हत्यारे उनके अपने ही दो सुरक्षा गार्ड थे, जो सिख थे। एक को तो घटनास्थल पर ही मार डाला गया और दूसरा गम्भीर रूप से घायल है, पर फिर भी उसके बच जाने की आशा है।

दोपहर होते-होते अखिल भारतीय आयुर्विज्ञान संस्थान में भीड़ इकट्ठी होनी शुरू हो गई। कहा जा रहा था कि शल्य चिकित्सकों का एक दल उन्हें बचाने की कोशिश में लगा है। भीड़ इन्दिरा गांधी जिन्दाबाद के नारे लगा रही थी। उस भीड़ में सिख एक भी नहीं था। बल्कि बताया गया कि कुछ सिख मिठाइयाँ बाँटते, नाचते-गाते, पटाखे छोड़ते इस घटना का जश्न मना रहे थे। जैसे ही श्रीमती गांधी की मृत्यु की पुष्टि हुई, सिखों के खिलाफ हिन्दुओं का क्रोध उफन पड़ा। भीड़ का नारा बदलकर 'खून का बदला खून' हो गया। अखिल भारतीय आयुर्विज्ञान संस्थान से भीड़ आसपास की मुख्य सड़कों, गलियों और बाजारों में बिखरने लगी। सिखों की दुकानें लूटनी शुरू कर दी गईं और फिर उनमें आग लगा दी गई। सिख दुकानदारों को पीट-पीटकर अधमरा कर दिया गया। कारों और बसों को रोक-रोककर सिखों को बाहर निकाल पीटा गया। अगर कार-मालिक सिख हुआ तो उसी की पेट्रोल टंकी से पेट्रोल निकालकर गाड़ी की सीटों पर छिड़क उसे आग लगा दी गई। दिल्ली की आधी से ज्यादा टैक्सियाँ, ट्रक और प्राइवेट बसें तो सिखों की ही थीं, शाम होते-होते शहर के विभिन्न भागों में हजारों की तादाद में उनको जलते देखा जा सकता था। सिख राष्ट्रपति जैल सिंह के काफिले को भी नहीं बख्शा गया था। अखिल भारतीय आयुर्विज्ञान संस्थान

से लौटते हुए उनकी गाड़ी पर पथराव हुआ और उनके सिख प्रेस अधिकारी की जान बाल-बाल ही बची।

अभी और भी बहुत कुछ होना था। उस रात कांग्रेस पार्टी के स्थानीय राजनीतिकों ने एक बैठक बुलाई जिसमें निश्चित किया गया कि 'सिखों को एक ऐसा सबक सिखाया जाए जो वे कभी न भूल पाएँ।' पार्टी-संगठन गतिशील हुआ। झुग्गी-झोंपड़ियों और पड़ोसी गाँवों के असामाजिक तत्त्वों से सम्पर्क किया गया। सिखों के घरों और दुकानों को निशाना बनाया गया। ट्रकों को अधिगृहीत कर लिया गया। लोहे की छड़ें, मिट्टी के तेल और पेट्रोल के डिब्बे इकट्ठे किए गए। अफवाहें फैलाई गईं कि सिखों द्वारा कत्ल किए हिन्दुओं की लाशों से भरी गाड़ी पंजाब से आई है। शहर में शोर हो गया कि सिखों ने दिल्ली की जल-आपूर्ति में जहर डाल दिया है।

पहली नवम्बर को पौ फटने पर पूर्व आयोजित सिख-विरोधी हत्याकांड पूरे जोरों पर चालू था। ट्रक भर-भर गुंडे लोहे की छड़ें, मिट्टी के तेल के डिब्बे और पेट्रोल से भरे जेरी-कैन लिए गुरुद्वारों में आग लगाते फिर रहे थे। मेरे घर के पासवाले गुरुद्वारे पर भी एक गिरोह ने धावा बोला और उन्होंने भीतर से कालीन, चंदोवे और छतरीसमेत गुरुग्रन्थ साहिब को भी बाहर ला पटका और आग लगा दी। गुरुद्वारे के 65 वर्षीय ग्रन्थी से वे बुरी तरह पेश आए। ये गुंडे जाते-जाते 'इन्दिरा गांधी जिन्दाबाद' के नारे लगाते हुए गुरुद्वारे की रुपयों की हुंडी भी उठा ले गए।

दो घंटे के रहस्यमय अन्तराल के बाद वे फिर वैसे ही नारे लगाते हुए वापस लौटे। अबकी वे एक सिख मोटर मैकेनिक के गैराज की तरफ गए। इस मैकेनिक के सभी ग्राहक उसका बड़ा सम्मान करते थे क्योंकि वह व्यवहार का बहुत अच्छा था। गुंडों ने एक गाड़ी में से पेट्रोल निकाला और उसकी सीटों पर छिड़ककर आग लगा दी। आग की लपटें पकड़ते ही वे चले गए। इस बार पड़ोसी आग बुझाने के लिए अपने घरों से बाहर निकले कि कहीं उनके अपने घर और कारें आग की चपेट में न आ जाएँ। जली हुई कार के सुलगते अंगारों ने ढलती हुई शाम को और भी अवसादमय बना दिया था। शाम के धुँधलके के साथ ही रहस्यमय नीरवता वातावरण में छा गई। रात को वे फिर आ गए—इस बार मोटर टायरों से भरे गोदाम को आग लगाने के लिए, जिसका मालिक एक सिख था। और एक बार पुनः आए,

सवेरे तड़के ही, एक और कार को आग लगाने और पड़ोस की मार्किट में सिखों की दुकानों को लूटने।

हजारों सिखों ने अपनी दाढ़ियाँ और केश काट डाले। सिखों के लिए इससे ज्यादा शर्मिन्दगी की बात और क्या होगी? सैकड़ों युवा सिखों को पेट्रोल डालकर आग लगा दी गई। मारने का एक अधिक परिष्कृत तरीका यह था कि कार के टायर में पेट्रोल भरकर आग लगा दी जाए और इस जलती हुई माला को शिकार के गले में डाल दिया जाए। शहर की बाहरी बस्तियों में पड़ोसी गाँवों के छोकरों ने छितरे-छितरे सिखों के घरों में जाकर मर्दों को मार डाला, जो लूट सकते थे लूटा और बाकी चीजों को आग लगा दी। जवान औरतों के साथ सामूहिक बलात्कार हुए और कुछ के अपहरण हुए। दिल्ली से जाती या दिल्ली की ओर आती रेलगाड़ियों और बसों को रोका गया और सिख यात्रियों को बाहर घसीटकर जिन्दा जला दिया गया। हताहतों में कितने ही वर्दियाँ पहने सेना के अफसर भी थे। सिखों की तरफ से प्रतिरोध न के बराबर हो रहा था क्योंकि दिल्ली में सिखों की संख्या यहाँ की कुल आबादी का केवल 7 प्रतिशत ही थी। मुसलमानों की यहाँ अपनी अलग बस्तियाँ हैं, लेकिन सिखों को हिन्दुओं के साथ रहते कोई असुरक्षा नहीं लगती थी। जिन हिन्दुओं ने अपने सिख पड़ोसियों की मदद करने की कोशिश की, उन्हें हिंसक कार्रवाई की धमकियाँ मिलीं। फिर भी उन्होंने बहुत-से सिखों की जानें बचाईं।

लूट मचानेवालों और हत्यारों में अधिकतर लोग सफाईवाले, मोची, दिहाड़ी-मजदूर तथा भिखारी वगैरह थे। ये लोग झुग्गी-झोंपड़ियों से आए थे या फिर उन गाँवों से जिनकी कृषि योग्य भूमि सरकार ने दिल्ली की बढ़ती आबादी के लिए आवास बनाने को अधिगृहीत कर ली थी। इनमें से ज्यादातर की उम्र 12 से 30 वर्ष के बीच थी। इन्होंने मुख्य रूप से रेडियो, टेलीविजन, साइकिलें, घड़ियाँ, कपड़े, बर्तन और फर्नीचर आदि लूटे। सिखों को पीटना और उनको जलते हुए देखना उनके लिए हँसी-खेल की बात थी, असली चीज तो लूटमार थी। ज्यादातर मामलों में श्रीमती गांधी की कांग्रेस पार्टी का हाथ था, जिनमें कुछ संसद सदस्य भी शामिल थे। ड्यूटी पर तैनात पुलिसकर्मियों ने अपने मुँह फेर रखे थे। सुना कि लूट में से उन्होंने भी अपना हिस्सा लिया। सिखों के घरों और दुकानों को ठीक उसी

तरह निशाना बनाया गया था, जैसे जारों के रूस या नाजी जर्मनी में यहूदियों के घरों-दुकानों को बनाया गया था। उच्च वर्ग के रियायशी मुहल्लों के सशस्त्र गार्डों द्वारा रक्षित कुछेक अमीरों के घरों को छोड़कर किसी सिख की सम्पत्ति को नहीं बख्शा गया। नई दिल्ली के मुख्य 'शॉपिंग सेंटर' कनॉट प्लेस में सिखों की फर्नीचर की दुकानों को लपटों में देखकर भीड़ खुश हो रही थी और पुलिस तमाशा देख रही थी। लोगों के मन में अपने प्रधानमन्त्री की मृत्यु का दुख उतना नहीं था जितना कि सिखों के प्रति नफरत और जलन। उनका दिमाग ठिकाने लगा देख उन्हें एक प्रकार का शरारत-भरा मजा मिल रहा था।

मैं अपनी बारी का इन्तजार कर रहा था। मुझे लग रहा था कि निशाने के लिए बन्द तीतरों में से मैं भी एक तीतर था जो ढक्कन के खुलने और अपने निशाना बनने का इन्तजार कर रहा था। जिन्दगी में पहली बार मैंने अनुभव किया कि नाजी जर्मनी में यहूदियों को कैसा लगता होगा और भिवंडी, जलगाँव, मुरादाबाद, राँची और अन्य जगहों में जब दंगे हुए थे तो मुसलमानों पर क्या गुजरी होगी। जीवन में पहली बार मुझे मालूम हुआ कि पूर्वआयोजित हत्याकांड, अग्निकांड, जाति-संहार आदि शब्दों के असली मायने क्या होते हैं। मैं अब एक विशेषाधिकारों से युक्त समुदाय का सदस्य नहीं रह गया था, बल्कि एक ऐसे समुदाय का सदस्य हो गया था जो अत्यधिक घृणा का पात्र था। मेरा फोन सारा दिन बजता रहता, 'लोग हमारा गुरुद्वारा जला रहे हैं। आप क्या कुछ नहीं कर सकते?...लोगों ने हमारी दुकानें लूट ली हैं। आप क्या कुछ नहीं कर सकते?...उन्होंने हमारे मुहल्ले के सारे सिखों को मार डाला है। आप क्या कुछ नहीं कर सकते? ...रेलवे लाइन के पास सिखों की बीसियों लाशें पड़ी हैं। आप क्या कुछ नहीं कर सकते?...'

अपनी तरफ से मैंने उन सबको फोन किए जिन-जिनको मैं जानता था—पुलिस कमिश्नर, उपराज्यपाल, गृहमन्त्री से लेकर राष्ट्रपति भवन तक। मदद की जगह मुझे सिर्फ एक नसीहत मिली, "आप अपने घर से निकलकर अपने किसी हिन्दू मित्र के यहाँ जा छुपिए। कम-से-कम आप अपनी तो जिन्दगी बचाइए। प्रधानमन्त्री की अन्त्येष्टि से पहले ही आप भाग जाइए क्योंकि तब तक भीड़ के और अधिक हिंसक होने के आसार हैं।"

मूर्खों का जमघट इस नपुंसक सलाह के सिवा और दे भी क्या सकता था! ब्रिटिश शासन के दौरान क्या कभी ऐसा हुआ था? हिंसा की शुरुआत होते ही पुलिस स्थिति को सँभाल लेती थी। गोली चलती थी तो सीधे लगती थी लोगों को। यह नहीं कि दिखाने के लिए चले। सेना को बुलाया जाता था तो वह कड़ाई से कुछ ही मिनटों में दंगों को बन्द कर देती थी।

लेकिन दो दिन तक भारत की इस राजधानी में न कोई कानून था, न कोई व्यवस्था। यही हाल कानपुर, लखनऊ, बोकारो और कुछ अन्य बड़े शहरों का था। नए प्रधानमन्त्री राजीव गांधी, उनके सलाहकार, कैबिनेट स्तर के सभी मन्त्री, राज्यों के मुख्यमन्त्री और वरिष्ठ प्रशासनिक अधिकारी—सभी तो श्रीमती गांधी की अन्त्येष्टि में भाग लेने आनेवाले विदेशी राज्य-प्रमुखों का स्वागत करने में व्यस्त थे। इस बीच दूरदर्शन पर केवल एक ही चीज दिखाई जा रही थी—श्रीमती गांधी के पार्थिव शरीर को श्रद्धांजलि अर्पित करते शोकाकुल लोगों की आवाजाही और 'इन्दिरा गांधी अमर रहें' के नारे लगाती बाहर खड़े लोगों की भीड़। दूसरे दिन रेडियो और अखबारों ने खबर दी कि रात का कर्फ्यू और पाँच या इससे अधिक लोगों के एक जगह इकट्ठा होने पर पाबन्दी लगानेवाली धारा 144 लागू कर दी गई है और पुलिस को हुक्म दिया गया है कि कानून भंग करनेवाले लोगों को देखते ही गोली मार दी जाए। बहरहाल, लूटमार वैसे ही जारी रही और किसी पर गोली नहीं चलाई गई। अन्ततः सेना को बुलाया गया। सबसे बुरी मारकाट का अन्देशा तो तब था जब भीड़ श्रीमती गांधी की अन्त्येष्टि स्थल से अपने घरों को लौटनेवाली थी। हो सकता था कि वे अभागे सिखों पर एक बार फिर धावा बोलते। अधिकतर सम्पन्न सिखों ने अपने हिन्दू मित्रों के घर या होटलों में जाकर शरण ली।

दिल्ली में सरकार को यह जानने में 24 घंटे लगे कि पुलिस एवं अर्द्धसैनिक बल दंगाइयों को रोकने में अनिच्छुक थे (असमर्थ नहीं, अनिच्छुक)। कर्फ्यू की घोषणा-भर की गई थी, उसे लागू नहीं किया गया था। देखते ही गोली मारने का आदेश दिया गया था, पर हुक्म की तामील नहीं हो रही थी। 'जोर-शोर से 'पेट्रोलिंग' हो रही है'—यह बात रेडियो और दूरदर्शन पर ज्यादा देखी-सुनी जा रही थी, असलियत में कम। हत्याओं ने सिख जाति के संहार का रूप ले लिया था।

"अपने घर से निकल भागिए," मुझे लगातार यही सलाह मिल रही थी। पर कहाँ जाएँ और कैसे जाएँ? वे तो सिखों को बसों, ट्रेनों, टैक्सियों, स्कूटरों सब कहीं मार रहे थे।

मुझे अपना सामान बाँधने में आधा घंटा लगा। अपने दरवाजे से मैंने अपना नामपट्ट उखाड़ दिया। मैं सोचने लगा कि अपने घर से मैं क्या-क्या उठाऊँ जहाँ पर पाकिस्तान से निकाले जाने के बाद से रहता आ रहा हूँ? अन्ततः मैंने तय किया कि मैं यहाँ से कुछ भी नहीं उठाऊँगा, सब कुछ यहीं रहने दूँगा। एक छोटे-से बैग में मैंने अपने अधूरे उपन्यास की पांडुलिपि डाली। बाकी का सब ज्यों का त्यों रहने दिया। जिसका जो जी चाहे, ले जाए, मेरी लिखी चालीस किताबें, कुछेक हजार दूसरी किताबें जो मैंने इकट्ठी की थीं, टी.वी. सेट, टेप रेकॉर्डर, घड़ियाँ, कपड़े, कालीन, फर्नीचर, पेंटिंग—कुछ भी। जिसका जो जी चाहे, लूट ले। आज से सैंतीस साल पहले ऐसे ही अपना सबकुछ पाकिस्तान में छोड़ आया था, अब हिन्दुस्तान में ही सही।

रोमेश थापर ने हमें एक राजनयिक की कार में ठूँसा और यहाँ से निकाला। हमें स्वीडिश दूतावास के अधिकारी रॉल्फ और जीनी गॉफिन के यहाँ शरण मिली। अपने ही देश में हम शरणार्थी बन गए थे। अपने प्रधानमन्त्री की हत्या पर मातम मनाने का जन्मसिद्ध अधिकार भी मुझसे छीन लिया गया था। इसके बदले मैं उन हजारों इनसानों की मृत्यु का मातम मना रहा था जिन्हें अकारण ही केवल इसलिए मार डाला गया था क्योंकि वे उस समुदाय के थे जिस समुदाय के वे हत्यारे थे जिन्होंने प्रधानमन्त्री की हत्या की थी।

श्रीमती गांधी की अन्त्येष्टि पर बहुत कम लोग दिखाई दे रहे थे क्योंकि बसें वगैरह बहुत कम चल रही थीं और जली हुई इमारतों के धुएँ की तरह शहर पर आतंक का साया फैला हुआ था। उस रात राजीव गांधी ने शहर का दौरा किया और अपनी आँखों चारों ओर फैली तबाही का आलम देखा। फिर भी एक सार्वजनिक सभा में अपनी माता को श्रद्धांजलि अर्पित करते हुए उन्होंने कहा, "हम श्रीमती गांधी की मौत का बदला लेंगे," और फिर कुछ क्षण रुककर वे पुनः बोले, "लेकिन इस तरह नहीं।" उनकी बातों से सिख बहुत आश्वस्त नहीं थे। उन्होंने सिखों के कत्लेआम

का कुछ इस तरह स्पष्टीकरण किया मानो यह कोई ऐसी बात थी जो अपेक्षित ही थी, "जब कोई बड़ा वृक्ष गिरता है तो उसके आसपास की धरती हिलती ही है।"

कोई नहीं जानता कि श्रीमती गांधी की हत्या के बाद के तीन दिन में कितनी जानें गईं। पहले सरकार ने कहा कि 1000 से कुछ ज्यादा लोग मरे, जिसमें से आधे दिल्ली में। दो महीने बाद मृतकों की सरकारी संख्या 2000 से ऊपर तक पहुँची। गैर-सरकारी अनुमानों के अनुसार पूरे देश में 6000 से भी अधिक सिख मारे गए जिनमें से आधे से अधिक तो दिल्ली में ही। एक दर्जन से ज्यादा शरणार्थी कैम्पों में 50,000 सिखों ने शरण ली हुई थी, जिनमें से 1300 के करीब वे महिलाएँ थीं जो उन पहले तीन दिन के दौरान विधवा हुई थीं।

'पीपुल्स यूनियन फॉर डेमोक्रेटिक राइट्स' तथा 'पीपुल्स यूनियन फॉर सिविल लिबरटीज' ने अपनी संयुक्त रिपोर्ट 'अपराधी कौन हैं?' में मरनेवालों की संख्या और अधिक बताई और जिन सौ लोगों को कसूरवार ठहराया उनमें राजीव गांधी की कैबिनेट के एक वरिष्ठ सदस्य एच.के.एल. भगत भी थे और उन्हीं की पार्टी के चार सांसद तथा दिल्ली महानगर परिषद के अनेक सदस्य एवं नगर निगम के कई सदस्य थे—सबके सब शासक कांग्रेस दल के सदस्य। सुप्रीम कोर्ट के अवकाश-प्राप्त मुख्य न्यायाधीश एस.एम. सीकरी की अध्यक्षता में एक और जाँच आयोग बैठाया गया। इसके पैनल पर जाने-माने प्रशासनिक अधिकारी जैसे बदरुद्दीन तैयबजी, राजेश्वर दयाल तथा गोविन्द नारायण थे जिन्होंने कांग्रेसी नेताओं, पुलिस और दिल्ली प्रशासन पर फटकार-भरा अभियोग लगाया। एक तीसरी रपट 'सिटिजंस फॉर डेमोक्रेसी' के अध्यक्ष, सुप्रीम कोर्ट के अवकाश-प्राप्त मुख्य न्यायाधीश वी.एम. तारकुंडे ने 29 जनवरी, 1985 को जारी की। न्यायाधीश तारकुंडे नागरिक अधिकार आन्दोलन की एक बहुत बड़ी हस्ती हैं। यह रपट पीड़ित व्यक्तियों और प्रत्यक्षदर्शियों से व्यापक साक्षात्कारों के आधार पर तैयार की गई थी। इसका सार भी यही था कि 'हत्याएँ कांग्रेस पार्टी के इशारे पर हुई थीं।' इसके अनुसार, यद्यपि श्रीमती गांधी की मृत्यु की घोषणा के बाद भारी हिंसा भड़की थी, लेकिन कोई भी सिख तब तक मारा नहीं गया था जब तक कि 31 अक्तूबर की रात को कांग्रेस पार्टी के

नेताओं ने मिलकर सिखों के कत्लेआम की योजना नहीं बना ली थी। 'यह साफ था कि लोगों का गुस्सा इस हद तक नहीं बढ़ा था कि वे एक आदमी को जिन्दा जला देते और उसकी दर्दीली चीखों एवं जलते हुए मांस पर आँखें सेंकते,' इसमें लिखा था। रिपोर्ट के अनुसार, 'मिट्टी का तेल इकट्ठा किया गया, हत्यारों को मुहल्लों के भीतर और बाहर से–झुग्गी-झोंपड़ियों से इकट्ठा किया गया और सिखों के घरों की शिनाख्त करा दी गई।' जाहिर था कि सरकार स्वयं जाँच आयोग बैठाने में क्यों आनाकानी कर रही थी। संसद के दोनों सदनों को सम्बोधित करते हुए राष्ट्रपति ने कहा कि ''कड़े और प्रभावी कदम उठाए गए और हिंसा को जल्द ही काबू में लाया गया।''

यह तो स्पष्ट ही था कि अपराधी छूट जाएँगे और इससे एक ऐसा दृष्टान्त कायम होगा जो देश को महँगा पड़ेगा। कलकत्ता से निकलनेवाले एक बड़े साप्ताहिक 'संडे' ने इस विषय पर राजीव गांधी की चुप्पी को उनकी साफ-सुथरी छवि पर लगा एक 'धब्बा' बताया। एक वरिष्ठ प्रशासनिक अधिकारी ने मुझसे कहा, ''शेर के मुँह में खून लग चुका है। इस बार सिखों का खून था, इसके बाद हर समुदाय के अमीरों का होगा।'' शेर से उनका मतलब झुग्गी-झोंपड़ियों तथा सुविधाओं से वंचित गाँवों के असामाजिक तत्त्वों से था। संसद में 22 जनवरी, 1985 को मैंने सरकार से अपील की कि इन्दिरा गांधी की हत्या के बाद हुई हिंसा पर एक उच्च स्तरीय न्यायिक जाँच बैठाई जाए। मुझे लगता था कि जब तक अपराधियों की शिनाख्त कर उन्हें सजा नहीं दी जाती, तब तक पंजाब-समस्या पर कोई निर्णय नहीं लिया जा सकता था और न ही देश में शान्ति की कल्पना की जा सकती थी। इसके पाँच दिन पहले भी मैंने संसद को सम्बोधित किया था। इस बार श्रीमती गांधी को श्रद्धांजलि देने के लिए। मैंने कहा :

''दिवंगत नेता को श्रद्धांजलि देने का जो अवसर मुझे दिया गया है, उसके लिए मैं आप सबका आभारी हूँ। मैं उनके बारे में चार रूपों में बोलूँगा। एक तो उस शख्स के रूप में जिसे भले ही थोड़े अरसे के लिए, लेकिन उनकी दोस्ती का अवसर मिला और उन्हीं के कारण मैं आज आपके सामने इस गरिमामय सदन में खड़ा हूँ। दूसरे, उनकी नीतियों के आलोचक के रूप में, खासकर उन नीतियों को लेकर जिनका सम्बन्ध पंजाब से था और जिसके कारण मैं उनका कोपभाजन बना। तीसरे, एक सिख और उस

समुदाय के सदस्य के रूप में जिससे उनके हत्यारे सम्बन्धित थे। मैं भी उस लांछन को ओढ़े बैठा हूँ जो अनेक देशवासियों ने हमारे समुदाय पर थोपे हैं। और अन्त में, एक हिन्दुस्तानी के रूप में, जो शिद्दत से यह महसूस करता है कि इस महान नारी को जो सबसे उचित श्रद्धांजलि दी जा सकती है वह यह कि हम उनकी कल्पना के अखंड, शक्तिशाली, समृद्ध तथा सुखी भारत के अधूरे सपने को पूरा करने की दिशा में प्रयत्न करें।

''इतिहास में श्रीमती गांधी का स्थान निश्चित है। दुनिया के इतिहास में जीवित या मृत, स्त्री या पुरुष, ऐसा कोई भी व्यक्ति नहीं है जिसने इतने लम्बे समय तक इतने सारे लोगों की किस्मत की डोर अपने हाथ में थामे रखी हो। किसी भी सम्राट् या शासक ने इतने विशाल भूखंड पर, जहाँ विविध जातियों, धर्मों-पन्थों, भाषाओं और रहन-सहन के तरीकोंवाले इतने बहुसंख्यक जनगण निवास करते हैं, शासन नहीं किया होगा जितने विशाल भूखंड पर इन्दिरा गांधी ने किया। उनको उत्तराधिकार में कोई साम्राज्य नहीं मिला था, न ही उन्हें दरबारियों की टोली ने सिंहासन पर बैठाया था। उन्हें जनता की स्वेच्छा ने सत्ता सौंपी थी। उनके सिर पर काँटों के ताज के सिवा और कोई ताज नहीं था जो शासकों को अक्सर पहनना पड़ता है। उन्होंने प्रधानमन्त्री पद का भारी दायित्व बड़ी ईमानदारी, कर्तव्यनिष्ठा, सहनशक्ति और प्रसन्नता के साथ निभाया जो अपने-आपमें एक मिसाल है। मुझे याद है कि कैसे 1979 के चुनाव अभियान के दौरान उन्होंने देश के दौरे किए–कभी हवाई जहाज से, कभी जीप से, कभी बैलगाड़ियों से और कभी पैदल ही, बिना रुके, छत्तीस-छत्तीस घंटे तक बिना आराम किए। फिर भी जब सभाओं में पहुँचतीं तो एकदम तरोताजा, वैसे ही मुस्कराती हुई, वैसी ही सुन्दर जैसी वे हमेशा दिखती थीं। मैंने ऐसी और कोई स्त्री नहीं देखी जिसके व्यक्तित्व में राजसी भव्यता और सुलभ सौन्दर्य का इतना सुन्दर सामंजस्य हो, जैसा उनमें था। वे हिलेयर बेलॉक के सुन्दर स्त्री के इस वर्णन का साक्षात् उदाहरण थीं :

'सम्राट् की कमान पर खिंची तलवारें,
वैसा ही सुन्दर उसका मुख।'

''उन्होंने जीवन के खतरों को अतुलनीय साहस के साथ झेला और अन्ततः इसका मोल अपने स्वयं के जीवन से चुकाया। जैसाकि बार्ड ने

कहा था, 'उनकी किसी से तुलना करना निन्दनीय है।' उनके सामने इतिहास के महान नायक रोम के सीजर, रूस के जार, फ्रांस के बोनापार्ट, जर्मनी के कैसर, इंग्लैंड के सम्राट, हमारे जमाने के प्रधानमन्त्री और राष्ट्रपति कोई भी नहीं टिकते।' वे इस युग की नहीं थीं, चिरन्तन थीं। हम उनके जैसी दूसरी प्रतिभा इस जीवनकाल में नहीं देख पाएँगे। उनके बारे में हम दावे से कह सकते हैं कि वे हमेशा सम्माननीय रहेंगी और उनके लिए हमेशा शोक मनाया जाता रहेगा।

''श्रीमती गांधी किसी हठधर्मिता में विश्वास नहीं करती थीं। उनका एक ही राजनीतिक लक्ष्य था और वह था—इस देश को संयुक्त रखना। उनका वही दृढ़ विश्वास और उनकी आस्था प्रगाढ़ होकर उनका धर्म बन गई थी और वही धर्म एक भावावेगपूर्ण अन्तःप्रज्ञा।

''श्रीमती गांधी को अपनी व्यक्तिगत श्रद्धांजलि देते हुए मैं इस सच्चाई को कहने से नहीं चूक सकता कि उनके हत्यारे वे लोग थे जिन्हें उनकी सुरक्षा के लिए लगाया गया था। उन्होंने अपने पावन विश्वास का हनन सम्भवतः इसलिए किया क्योंकि वे गत जून के पहले हफ्ते में अमृतसर में घटित घटनाओं के बाद धर्मान्ध घृणा से अन्धे बन गए थे। वे सिख थे, मेरे ही समुदाय के। मैंने अनेक अवसरों पर कहा है कि ऑपरेशन ब्लू स्टार एक गलत निर्णय था और मुझे पूरा विश्वास है कि यदि वह एक गलत निर्णय न लिया गया होता तो आज हमें अपने बेहद प्रिय और सम्मानीय प्रधानमन्त्री के जीवन से इसका इतना बड़ा मोल न चुकाना पड़ा होता और न ही उनकी मृत्यु के बाद का वह भयावह परिणाम भुगतना पड़ा होता जिसमें हजारों निर्दोषों की जानें गईं। शासकों को कड़े निर्णय लेने ही पड़ते हैं और श्रीमती गांधी ने काफी सोच-समझकर ही वह दुर्भाग्यपूर्ण निर्णय लिया होगा। फिर भी मुझे अपने मन में तनिक भी सन्देह नहीं है कि उन्हें इससे अधिक दुख कभी नहीं होता कि केवल दो या अधिक व्यक्तियों द्वारा किए गए अपराध की सजा सारे समुदाय को दी जा रही है और उन्हें कलंकित किया जा रहा है। मैं विश्वास के साथ आशा करता हूँ कि हमारे नए शासक हमारे नेता की स्मृतियों का सम्मान इस प्रकार करेंगे कि सिखों को अपनी मातृभूमि के प्रति वफादार और विश्वसनीय नागरिकों की तरह पुनर्प्रतिष्ठित किया जाए।

इन्दिरा गांधी की हत्या और उसका भावी परिणाम

"और अन्ततः, राष्ट्र ने श्रीमती गांधी के पुत्र को देश का भार सौंपने के लिए चुना है, मैं उनको आश्वस्त करना चाहता हूँ कि जब तक वे सही मार्ग पर चलते रहेंगे, हम उन्हें पूरा सहयोग देंगे ताकि वे इस देश को समृद्धि की राह पर ले जाएँ। राजीव के लिए हमारी प्रार्थना है कि 'आज उनमें आशा की जो कोंपले हैं, कल वहाँ फूल खिलें और वे यश के फलों से लद जाएँ'।"

मई, 1980 में हुई एक हवाई दुर्घटना में अपने छोटे बेटे संजय की मृत्यु के बाद श्रीमती गांधी ने अपने बड़े बेटे राजीव को एयरलाइन पायलट की अपनी नौकरी छोड़ने और अपना राजनीतिक उत्तराधिकारी बनने के लिए बड़ी मुश्किल से राजी किया। अपनी मृत्यु के साल-भर पहले ही उन्होंने उसको कांग्रेस पार्टी का जनरल सेक्रेटरी निर्वाचित करवाया था। कई कैबिनेट मन्त्री तथा कांग्रेस-शासित प्रदेशों के मुख्यमन्त्रियों को राजीव गांधी ने ही नामजद किया था। अतः उन्हें प्रधानमन्त्री का पद सौंपना उन लोगों के लिए कोई अनोखी बात नहीं थी। इन्दिरा गांधी की मृत्यु के कुछ घंटों के भीतर ही राजीव को प्रधानमन्त्री घोषित कर दिया गया। राजीव गांधी ने सोचा कि अपने इस नामांकन को वैध बनाने का सबसे अच्छा समय वही था जब लोगों में उनके प्रति सहानुभूति की लहर चरम सीमा पर थी। और चुनाव में जनता का समर्थन लेने का सबसे अच्छा तरीका था सिख खाड़कुओं की जघन्य भूमिका का बढ़-चढ़कर बखान और भारत की एकता को नष्ट कर प्रभुसत्तासम्पन्न सिख राज्य खालिस्तान बनाने का उनका षड्यन्त्र।

राजीव गांधी ने नियत समय से एक माह पहले ही चुनावों की घोषणा करवा दी। रेडियो नेटवर्क (90 प्रतिशत से अधिक आबादी तक पहुँचनेवाला दुनिया में सबसे बड़ा) और दूरदर्शन (183 रिले केन्द्र) पर, अखबारों और पोस्टरों द्वारा व्यापक चुनाव अभियान शुरू कर दिया गया। चुनाव अभियान का मुख्य मुद्दा था हिन्दुओं द्वारा बदला लेना। हर दिन भारत की 15 भाषाओं के सभी अखबार पूरे के पूरे पृष्ठों के कांग्रेस के विज्ञापन छापते जिनमें कँटीले तारों के जाल दिखाए जाते और लिखा होता, 'क्या देश की सरहदें आपके दरवाजे तक आ पहुँचेंगी!' और यह भी कि 'आपको दूसरे

राज्य से सम्बन्धित टैक्सी ड्राइवर की टैक्सी में बैठने में असुविधा क्यों?' सड़कों पर ऐसे 'होर्डिंग' लगाए गए जिनमें भारत के नक्शे की पृष्ठभूमि में दो वर्दीधारी सिखों को खून से लथपथ श्रीमती गांधी पर गोली चलाते और कांग्रेस प्रत्याशी को उनके पार्थिव शरीर को श्रद्धांजलि देते दिखाया गया था।

इस प्रचार का बहुत लाभ हुआ। राजीव गांधी को संसद में इतनी सीटें (508 में से 401) मिलीं जितनी उनकी माता और नाना पंडित नेहरू को भी अपने लोकप्रियता की चरमसीमा पर नहीं मिली थीं। चुनाव के बाद के विश्लेषण से साफ पता चला कि इस भव्य विजय के पीछे चार कारक थे—सिख-विरोधी हिन्दू जवाबी कार्रवाई, विभाजित विपक्षी दल, शोकसन्तप्त युवा बेटे के लिए सहानुभूति की लहर तथा एक युवा एवं सुदर्शन प्रधानमन्त्री के नेतृत्व में परिवर्तन की आशा। राजीव को अपने भाई की विधवा मेनका के मुकाबले भारी बहुमत से विजय मिली। मेनका की अपनी 'जमानत' भी जब्त हो गई। उनके बाद सबसे अधिक मत उनके कैबिनेट मन्त्री एच.के.एल. भगत को मिले जिनके निर्वाचन क्षेत्र में सबसे अधिक सिख मारे गए थे।

राजीव गांधी की चाहे जो भी झिझक रही हो, निर्णय लेने में वे जितने भी कमजोर रहे हों, उन्होंने बहुत ही कम समय में अपनी इन दोनों कमजोरियों पर विजय पा ली। उनका व्यक्तित्व बहुत लुभावना था। वे गुस्सा नहीं होते थे और सबसे अधिक आश्चर्यचकित करनेवाली बात तो यह थी कि वे अपनी माता और नाना से भी बेहतर वक्ता सिद्ध हुए। अपनी माता की मृत्यु पर रेडियो और दूरदर्शन पर दिया उनका भाषण बहुत गरिमामय था। चुनाव जीतने के बाद राष्ट्र के नाम उनका पहला प्रसारण भी उतना ही प्रभावशाली था और इससे आम जनता में यह धारणा बनी कि अब राष्ट्र की बागडोर एक युवा प्रधानमन्त्री के हाथों में है जो अच्छे नतीजे दिखाएँगे। उनकी तुलना जैक कैनेडी से की जा सकती थी। वे कैनेडी जैसे ही सुदर्शन थे और उनमें भी वैसी ही करिश्मा कर दिखाने की योग्यता थी। उनकी पत्नी भी खूबसूरत थी। केमलॉट की भाँति राजीव गांधी में शब्दों का प्रयोग करने और दूरदर्शिता से काम करने के गुण थे।

क्या राजीव गांधी भारत को अथाह गरीबी के स्तर से बिना इसका लोकतान्त्रिक ढाँचा नष्ट किए समृद्धि की ओर ले जा सकेंगे? किस प्रकार वे भारत की तेजी से बढ़ती जनसंख्या द्वारा पैदा की गई समस्याओं से

निबटेंगे? किस प्रकार वे चारों तरफ फैले भ्रष्टाचार और काले धन पर अंकुश लगा पाएँगे जबकि उनके अपने ही समर्थक भ्रष्ट समझे जाते थे? अथवा, कैसे वे स्वच्छ एवं कार्यक्षम सरकार देने का अपना वादा निभा पाएँगे? ये सब प्रश्न किसी के भी मन में उठने सम्भव थे। लेकिन जिन-जिन लोगों से मैंने बात की और इस विषय पर उनके विचार माँगे, उन सबने स्वीकारात्मक उत्तर दिए, "इस वक्त तो उनको छोड़कर और कोई है ही नहीं।" एक ने कहा, "अगर राजीव गांधी ये सब नहीं कर पाएँगे तो कोई दूसरा भी नहीं कर पाएगा।" उनके आलोचकों तक ने कहा कि "हमें उनको मौका तो देकर देखना चाहिए।"

मैंने भी सोचा कि चलो, देखते हैं।

मैंने उनके लिए एक सूची बनाई कि उन्हें क्या करना चाहिए और क्या नहीं करना चाहिए। सबसे पहले उन्हें देश में कानून और व्यवस्था की स्थिति को ठीक करना होगा। देश के अनेक भागों में तब कानून और व्यवस्था की स्थिति बहुत बुरी थी। पंजाब पर सबसे अधिक ध्यान देने की आवश्यकता थी। उनको राजनीतिकों और राजनीतिक दलों की उपेक्षा कर जनता के साथ सीधा सम्पर्क करना चाहिए। उनको अकालियों से कोई मतलब नहीं रखना चाहिए क्योंकि मेरी समझ में उन्होंने अपने-आपको सिख जनता की आँखों में गिरा लिया है। कारण कि अकालियों ने सिख समुदाय को समृद्धि से कंगाली के कगार पर खड़ा कर दिया है, उन्होंने सिखों को इस देश की अखंडता की रक्षा करनेवाले पहरेदारों से बदलकर उस कोटि में लाकर खड़ा कर दिया है जहाँ उनकी देशभक्ति और वफादारी प्रश्नचिह्न बनकर रह गई है। मैंने लिखा कि अगर मैं राजीव गांधी होता तो मैं स्वर्ण मन्दिर जाता और हरिमन्दिर साहिब पर माथा टेककर सिखों से कहता कि 'अतीत को हमेशा के लिए दफना दिया गया है। अब आइए, हम सब मिलकर राज्य में शान्ति की बहाली के लिए और इसको अधिक समृद्धि के मार्ग पर ले जाने के लिए एकजुट होकर काम करें।' मैंने राजीव को आश्वासन दिया कि यदि वे ऐसा करेंगे तो सिख उन्हें निश्चय ही गले से लगा लेंगे। और हिन्दू भी। दोनों समुदाय अपने नफरत फैलानेवाले राजनीतिकों से तंग आ चुके हैं और वे एक ऐसे मसीहा का इन्तजार कर रहे हैं जो उनका उद्धार कर सके। राजीव वह मसीहा बन सकते हैं।

राजीव गांधी का प्रथम प्रदर्शन

राजीव ने पंजाब को प्राथमिकता देने की घोषणा कर सही दिशा में कदम उठाया। 27 मार्च, 1985 को मैंने राज्यसभा में दिए अपने भाषण में उनकी इस बात के लिए सराहना की, लेकिन साथ ही चेतावनी भी दी कि इसकी गति बहुत धीमी अपनाई गई थी, जिसे तेज करना होगा। मैंने कहा :

“मैं अपना भाषण नई सरकार की इस बात के लिए प्रशंसा करते हुए शुरू करना चाहता हूँ कि इसने पंजाब समस्या को सुलझाने के मामले में बड़ी अच्छी शुरुआत की है। प्रधानमन्त्री ने साफ-साफ कहा है कि पंजाब को सर्वोपरि प्राथमिकता दी जाएगी। उन्होंने कैबिनेट स्तर की एक उपसमिति भी गठित की है। लेकिन यह जनवरी में हुआ था और अब तो मार्च आ गया है। अभी तक केवल दो ही सकारात्मक उपलब्धियाँ मिली हैं जिन्हें उल्लेखनीय कहा जा सकता है—एक तो कुछ अकाली नेताओं की रिहाई और दूसरे, जिसे मैं अधिक महत्त्वपूर्ण समझता हूँ, हुसैनीवाला में प्रधानमन्त्री का राज्य के आर्थिक पुनरुत्थान के लिए कुछ निश्चित योजनाओं को लेकर दिया गया वक्तव्य। लेकिन, आप मेरे साथ सहमत होंगे कि तीन महीनों में इतना-भर होना काफी नहीं है। पिछले कुछ महीनों में जिस बात ने मुझे अधिक कष्ट दिया, वह यह है कि अकालियों के साथ बर्ताव करने में सरकार के प्रवक्ताओं ने जो रवैया अपना रखा है, उसका स्वर बनावटी और आक्रामक है। सरकार और कांग्रेस पार्टी हर मामले में अपने-आपको सही

जताती है और उनको गलत। सरकार जताती है कि उसके प्रतिनिधि हमेशा बातचीत करने के लिए तैयार रहते हैं, जबकि अकाली इसके लिए अनिच्छुक हैं; आप हमेशा बहुत विनम्र और सही रहे हैं, किन्तु अकाली रुकावट डालते हैं; आप उदार हैं, आपने अकालियों को रिहा कर दिया, पर वे अहसानफरामोश हैं क्योंकि छूट जाने के बाद उन्होंने आपके साथ फिर से पहले का-सा व्यवहार शुरू कर दिया; आप देशभक्त हैं, आपके कन्धों पर देश का भार है और वे अलगाववाद की बातें कर रहे हैं; आपके पास प्रचार-प्रसार का सरकारी तन्त्र है और चापलूस प्रेस है जो आपके विचारों को बढ़ा-चढ़ाकर बताते हैं और अकालियों की निन्दा करते हैं।

''दुर्भाग्यवश, जो आप दिखाते हैं, वह सच्चाई नहीं है। यह पंजाब को लेकर किसी समझौते पर पहुँचने में सहायक भी नहीं हो सकता क्योंकि जो रवैया आपने अख्तियार कर रखा है और जिस तरीके से आप व्यवहार करते हैं, वह उन्हें आपके प्रति अपना रुख और अधिक कठोर करने को मजबूर करता है। वे अब आपसे बात करने को उतने इच्छुक नहीं हैं। आपने घोषणा की कि कैबिनेट उपसमिति पंजाब जाएगी। अगर आपमें तनिक भी दूरदर्शिता और राजनीतिज्ञता होती तो वहाँ जाने से पहले आपने पंजाब के वास्ते कुछ कर दिखाया होता। आप अच्छी तरह जानते हैं कि आप जब पंजाब जाएँगे तो केवल कांग्रेस पार्टी के सदस्यों और अपने साथियों से ही मिलेंगे। जिन लोगों से आपको मिलकर बात करनी चाहिए, वे आपके पास बात करने नहीं आएँगे क्योंकि आपने रुख ही ऐसा अख्तियार कर रखा है।

''मुद्दे एकदम स्पष्ट हैं। हम अब इस मुद्दे पर बात नहीं कर रहे कि चंडीगढ़ किस राज्य को जाए या नदी-पानी का बँटवारा कैसे हो। हम अब तीर्थनगरों और कोई ऐसी ही घपलेवाली बातों को लेकर भी बात नहीं कर रहे। हम तो अब एक बड़े मुद्दे को लेकर चिन्तित हैं। यह तो एक करोड़ चालीस लाख लोगों के समुदाय की गरिमा और आत्मसम्मान की बात है, उन लोगों की गरिमा और आत्मसम्मान की, जिनकी भावनाओं को बहुत बुरी तरह चोट पहुँची है। आपको यह जानना होगा कि कैसे उनकी आहत भावनाओं पर मरहम लगाएँ और इस समुदाय को वापस उस समाज का हिस्सा बनाएँ जिससे मिलकर यह मुल्क बना है। आपको यह अच्छी तरह

मालूम है कि इसके लिए एक अनिवार्य शर्त है जिसके बिना अकालियों से या और किसी से भी व्यवहार करना सम्भव नहीं है और वह है—स्वर्गीय प्रधानमन्त्री की हत्या के बाद हुई घटनाओं के लिए एक उच्चाधिकार-प्राप्त जाँच आयोग बैठाना। गृहमन्त्री महोदय, आपने तो ऐसे दिखाया जैसे वह जाँच आयोग बैठाकर आप कोई बहुत बड़ा अनुग्रह कर रहे होंगे! आपने ऐसा आभास दिलाया जैसे यह भी अकालियों के साथ होनेवाले 'एकमुश्त समझौते' का एक हिस्सा हो! अगर आपको एकमुश्त समझौता ही करना है तो अकालियों से नहीं, बल्कि पूरे सिख समुदाय से करना होगा।

''गृहमन्त्रीजी, आपने देखा होगा कि इस मामले पर पहले ही तीन रपटें प्रकाशित हो चुकी हैं जिन्हें देश-भर में सम्मानित डॉ. कोठारी; सुप्रीम कोर्ट के एक अवकाश-प्राप्त मुख्य न्यायाधीश, जस्टिस तारकुंडे और अनेक अन्य न्यायाधीशों-जैसे विद्वान और ईमानदार लोगों ने मिलकर तैयार किया। उनमें एक भी सिख नहीं था। अगर आपने वे रिपोर्टें पढ़ी होंगी तो आपको मालूम होगा कि उन्होंने आपके प्रशासन और आपकी पार्टी पर कितना घातक प्रत्यारोपण किया है। आप अकालियों के प्रति जवाबदेह नहीं हैं, आप मेरे प्रति जवाबदेह नहीं हैं, लेकिन आपकी अपने-आपके प्रति और अपनी अन्तरात्मा के प्रति यह जवाबदेही बनती है कि आप इस मामले पर एक निष्पक्ष न्यायिक जाँच बैठाएँ। आपको इन रिपोर्टों द्वारा लगाए गए लांछन से स्वयं को मुक्त करना ही चाहिए और अगर आप ऐसा नहीं करते या ऐसा करने लायक ताकत आपके अन्दर नहीं है तो इतिहास में यह काला धब्बा आपके नाम के साथ अवश्य जाएगा।

''गृहमन्त्री महोदय, मुझे हाल ही में पंजाब जाने का अवसर मिला। उस राज्य की स्थिति का सार-संक्षेप आपको बताता हूँ। आपको भी शायद खबर होगी कि जहाँ तक सिख जनसमुदाय का सम्बन्ध है, ताकत अकालियों के हाथों से खिसककर उन युवा विचारशून्य लुटेरों के हाथों में चली गई है जिनको भले ही किसी का समर्थन न हो, लेकिन वे बड़े गुस्से से भरे पड़े हैं। आपको शायद यह नहीं बताया गया होगा कि आज बहुत बड़ी तादाद में सिख युवा भगवा पगड़ियाँ पहनने लगे हैं, नीली या सफेद नहीं। वे भगवा पगड़ियाँ इसलिए पहनते हैं कि उन्होंने बदला लेने की कसम खा रखी है। इसका मतलब क्या है, सोचते ही मैं काँप उठता हूँ। आप एक

ऐसे समुदाय से पंजा लड़ा रहे हैं जो पहले ही अपने-आपको अवांछित, अलग-थलग, उदास और खिन्न महसूस कर रहा है। आपको इन लोगों के पास जाना चाहिए और इन्हें अपनी तरफ मिलाने की कोशिश करनी चाहिए। आपको उन्हें नफरत और कड़वाहट के उस वातावरण से उबारना चाहिए जो पैदा कर दिया गया है। यद्यपि भिंडराँवाले मर चुका है, पर उसका भूत अब भी पंजाब के गाँवों पर मँडरा रहा है। मैं शायद अकेला ही सिख होऊँगा जिसने उसकी जीते-जी भर्त्सना की।

''अब मैं स्थिति के अधिक सकारात्मक पहलू पर आता हूँ। जैसाकि मैंने कहा, मैं प्रधानमन्त्री के हुसैनीवाला में दिए वक्तव्य का स्वागत करता हूँ। वे बिलकुल ठीक कहते हैं कि पंजाब समस्या की जड़ में आर्थिक कारण है। समृद्धि पंजाब से भागती नजर आ रही है। लेकिन आर्थिक योजनाएँ दीर्घकालीन उपाय हैं और उनको लागू करने में जितना अधिक समय लगेगा उतने समय तक हमें अस्थिरता के बीच जीना सीखना होगा।

''यह सुविदित है कि पंजाब की अर्थव्यवस्था अधिकांशतः कृषि पर आधारित है। यह देश का सबसे अधिक फलता-फूलता कृषिप्रधान राज्य रहा है। हरित क्रान्ति सर्वप्रथम पंजाब में ही आई। लेकिन अब लगता है कि हरित क्रान्ति अपने ठहराव के चरण में आ पहुँची है, जिससे आगे यह नहीं जा सकती। 83 प्रतिशत कृषि योग्य भूमि पर पहले से ही खेती हो रही है। हर पीढ़ी के साथ परिवार के सदस्यों की संख्या बढ़ जाती है और उनके हिस्से की भूमि भी कम-से-कमतर होती जाती है। सिख युवा किसानों के लिए पहले विदेशों में, जैसे इंग्लैंड, कनाडा, अमेरिका और मध्यपूर्व में जाने और वहाँ काम पाने के जो रास्ते थे, वे अब बन्द हो गए हैं। पंजाब को छोड़कर अन्यत्र कहीं भी उनका कोई भविष्य नहीं है। लेकिन इसके साथ ही पंजाब में एक बड़ी अनोखी बात हुई है जिस पर ज्यादा लोगों ने ध्यान नहीं दिया है। वह है शिक्षा का विस्फोट। गाँव-गाँव में स्कूल हैं। हर युवा कॉलेज की शिक्षा प्राप्त कर रहा है। वह पढ़कर निकलता है तो समझ नहीं पाता कि क्या करे। नौकरी कहीं उसे मिल नहीं पाती क्योंकि पंजाब में उद्योग नहीं हैं। पढ़-लिख जाने पर वह अपने बाप-दादा के पारम्परिक पैतृक धन्धे में भी लगना नहीं चाहता। आपकी सबसे बड़ी समस्या है इन पढ़े-लिखे नौजवानों को रोजगार देना जिनकी संख्या दिन-पर-दिन बढ़ती जा

रही है। इसको तभी सुलझाया जा सकता है जब राज्य में बड़े पैमाने पर उद्योग-धन्धे लगाए जाएँ। अगर आप ऐसा नहीं करेंगे तो वस्तुतः आप पिस्तौलों और बन्दूकों के प्रयोग में विश्वास रखनेवाले उग्रवादियों को तैयार माल की आपूर्ति कर रहे होंगे।

"मैं सिर्फ चार या पाँच उपाय ही सुझा सकता हूँ। मैं कोई अर्थशास्त्री नहीं हूँ और न ही मैं इस विषय का कोई विशेषज्ञ हूँ, लेकिन इतना तो मुझे भी स्पष्ट है कि पंजाब को और अधिक बिजली और पानी की जरूरत है। थेइन बाँध को लेकर कब से बात चल रही है। हम दो मुख्यमन्त्रियों—प्रकाश सिंह बादल और दरबारा सिंह के शासनकाल से थेइन बाँध की बातें सुनते आ रहे हैं। तम्बू लग गए थे, मजदूर इकट्ठे हो गए थे, नक्शे व खाके बन गए थे, और तब भी बाँध नहीं बना। अगर यह बाँध बन जाता तो पानी और जल-विद्युत ऊर्जा की कोई समस्या नहीं रहती। दूसरे, पंजाब को अपने यहाँ पैदा की गई जल-विद्युत ऊर्जा का और अधिक हिस्सा मिलना चाहिए। जो पंजाब से आते हैं, वे जानते हैं कि सर्दियों में कभी-कभी ऐसा भी वक्त आता है जब बेचारे किसानों को रात दो बजे उठना पड़ता है क्योंकि यही एक समय होता है जब वहाँ बिजली होती है। और यहाँ दिल्ली में उसी समय हमारे-जैसे लोग वातानुकूलित कमरों में सोते हैं। गणतन्त्र दिवस पर हमारे यहाँ सारी इमारतें बिजली से जगमगाती हैं। ये सारी ऊर्जा कहाँ से आती है? मुख्य रूप से पंजाब से और पंजाबियों की कीमत पर। अमृतसर-जैसे शहर में प्रतिदिन 6 से 7 घंटे बिजली की कटौती होती है।

"पंजाब में कृषि पर आधारित और ज्यादा उद्योग अवश्य लगाए जाने चाहिए। वहाँ गेहूँ, गन्ना, कपास आदि का आधिक्य है लेकिन आटा, चीनी और कपड़ा मिलें पर्याप्त नहीं हैं, उतनी तो निश्चित रूप से नहीं जितनी राज्य की सारी पैदावार को खपा लें। अब निजी उद्योगपति पंजाब में विनियोग करना नहीं चाहते तो यह सरकार का फर्ज बनता है कि वह राज्य के पढ़े-लिखे, बेरोजगार नौजवानों को खपाने के लिए वहाँ सरकारी उद्यम लगाए।

"पंजाब में कृषि तथा उद्योग में 10 प्रतिशत वृद्धि-दर को बनाए रखने की क्षमता है। पंजाब यह पहले भी साबित कर चुका है और अब भी साबित कर सकता है। अगर आप पंजाब में समृद्धि की बहाली कर सकें

तो आप पंजाब में शान्ति भी बहाल कर सकते हैं। शर्त सिर्फ यह है कि आपमें ऐसा करने की इच्छा होनी चाहिए और ऐसा करने के ईमानदार इरादे होने चाहिए। लेकिन, अतीत के अपने अनुभवों को देखते हुए मुझे ऐसी कोई आशा नहीं दिखती।''

पर आनेवाली घटनाओं ने जो साबित किया, उसने मेरी निराशा को बेमानी कर दिया।

राजीव-लोंगोवाल समझौता

बुधवार, 24 जुलाई, 1985 को राजीव गांधी और सन्त हरचन्द सिंह लोंगोवाल के बीच एक समझौते पर हस्ताक्षर हुए। यह देश को तोड़नेवाली शक्तियों पर एकता और अखंडता की शक्तियों की विजय का दिन था और राजीव गांधी के प्रधानमन्त्री के रूप में नौ महीनों की उपलब्धियों का फल। यह एक ऐसी उपलब्धि थी कि जिसके लिए पंजाब के राज्यपाल अर्जुन सिंह और राजीव गांधी दोनों को भारतरत्न का सम्मान दिया जाना चाहिए था। उल्लेखनीय बात तो यह है कि इस अन्तिम बातचीत में उन तमाम लोगों से सलाह नहीं ली गई जिन्होंने पंजाब के मामलों को लेकर महत्त्वपूर्ण भूमिकाएँ निभाई थीं। प्रधानमन्त्री ने राष्ट्रपति, कैबिनेट मन्त्री बूटा सिंह, पंजाब के भूतपूर्व मुख्यमन्त्री दरबारा सिंह आदि से सलाह नहीं ली। लोंगोवाल ने भी शिरोमणि गुरुद्वारा प्रबन्धक कमेटी के अध्यक्ष जी.एस. तोहड़ा और पंजाब के पूर्व मुख्यमन्त्री प्रकाश सिंह बादल को अपनी टीम में न रखकर दो वकील राजनीतिकों—एस.एस. बरनाला तथा बलवन्त सिंह (जो कभी पंजाब के वित्तमन्त्री थे) को रखा था।

लेकिन जब हम लोंगोवाल और राजीव गांधी के बीच हुए 24 जुलाई की शाम को इस ग्यारह-सूत्री समझौते को देखते हैं तो हमारा पूछने को जी होता है कि 'क्या यह पहले नहीं हो सकता था? इसके लिए तीन साल तक लगातार आन्दोलन और हिंसा क्योंकर करनी पड़ी जिससे हिन्दुओं और

सिखों के बीच के सम्बन्धों में इतनी कड़वाहट भर गई? विवाद के ज्यादातर मुद्दे तो तत्कालीन प्रधानमन्त्री इन्दिरा गांधी और अकाली दल के नेताओं के बीच हुई अनगिनत मुलाकातों के दौरान ही राजी-खुशी सुलझ चुके थे।'

उपरोक्त दोनों प्रश्नों के उत्तर यह प्रतिबिम्बित करते हैं कि श्रीमती गांधी और उनसे बातचीत करने के लिए दिल्ली आनेवाले अकाली नेताओं में दूरदर्शिता और राजनीतिज्ञता की कितनी कमी थी। ऐसा कई अवसरों पर हुआ जब लगभग हर मुद्दा हल हो चुका था, लेकिन बाद में या तो श्रीमती गांधी या अकाली अपने वादे से मुकर गए और दोष एक-दूसरे के सिर मढ़ने लगे। श्रीमती गांधी को बेवजह ही यह फिक्र लगी रहती थी कि कहीं वे पंजाब, हरियाणा, हिमाचल प्रदेश, दिल्ली और पड़ोसी राज्यों के हिन्दुओं का वोट न खो बैठें और वे यह भी नहीं चाहती थीं कि लोग कहें कि उन्होंने बाँहें मरोड़ने की अकालियों की चालों के आगे घुटने टेक दिए। इसी कारण वे उनके प्रति कड़ा रुख अपना बैठीं। इसका एक प्रत्यक्ष उदाहरण यह था कि उन्होंने पंजाब को चंडीगढ़ सौंपना तो मंजूर कर लिया लेकिन साथ यह शर्त भी रख दी कि अबोहर और फजिल्का की तहसीलें हरियाणा को जाएँगी। उन्होंने इस बात पर गौर करने से साफ इनकार कर दिया कि अबोहर और फजिल्का हरियाणा के साथ नहीं लगते थे। उन्हें हरियाणा से जोड़ने के लिए पंजाब के बीच से एक पट्टी बनानी पड़ेगी और पट्टियाँ केवल स्वतन्त्र प्रभुसत्तासम्पन्न राष्ट्रों के बीच ही बनाई जाती हैं, न कि एक राष्ट्र के राज्यों के मध्य। उन्होंने पंजाब, हरियाणा और राजस्थान के बीच सतलज और व्यास के पानी के वितरण को लेकर भी जिद पकड़ रखी थी, जबकि केवल पंजाब ही इन नदियों का स्वामी था। अकालियों ने एक नितान्त तर्कसम्मत बीच का रास्ता सुझाया था कि यह मामला सुप्रीम कोर्ट को सौंप दिया जाए। फिर न्यायपालिका जो भी निर्णय देगी, उन्हें मंजूर होगा। श्रीमती गांधी ने जिद पकड़ ली कि अगर इस मुद्दे को दोबारा खोलना है तो इसे नदी-पानी ट्रिब्यूनल को सौंपना होगा। यह आम धारणा है कि इन ट्रिब्यूनलों में मामले निर्णयों के लिए लम्बे अरसे तक लटके रहते हैं। श्रीमती गांधी वादे से मुकरने का बाना तलाशते हुए हरियाणा के मुख्यमन्त्री भजनलाल की ओर मुड़ती थीं जो आजादी के बाद के भारत का सबसे शरारती और बेईमान राजनीतिक है। अकालियों के

साथ हुए हर समझौते में टाँग अड़ाने के लिए वे भजनलाल का सहारा लेतीं। एक वक्त, जबकि सभी मुद्दे तय हो चुके थे, भजनलाल ने हरियाणा के कई शहरों में सिख-विरोधी हिंसा करवा दी और अकालियों ने खीजकर बातचीत बन्द कर दी।

देखा जाए तो अकाली भी कोई कम नहीं। वे भी अपने व्यक्तिगत राजनीतिक हितों को समुदाय और देश के हितों पर तरजीह देते रहे। थोड़े-थोड़े हफ्तों बाद वे अपनी सूची में नई माँगे जोड़ने लगे जब तक यह काफी लम्बी नहीं हो गई, यहाँ तक कि ऐसी मामूली माँगें भी कि अमुक ट्रेन का नाम बदलकर स्वर्ण मन्दिर एक्सप्रेस कर दिया जाए और अमृतसर को तीर्थनगर घोषित कर दिया जाए। उन्होंने अपना मोर्चा तो जारी रखा ही, भिंडराँवाले के गुंडों द्वारा फैलाई हिंसा की भी निन्दा नहीं की। केन्द्रीय अथवा राज्य मन्त्रिमंडलों के मन्त्री या मुख्यमन्त्री का पद सँभालते समय जिस संविधान की उन्होंने शपथ ली थी, उसी संविधान की प्रतियाँ जलाकर उन्होंने अपने-आपको भारत की मुख्य धारा से अलग कर लिया।

तथाकथित धर्मयुद्ध मोर्चे के आरम्भ तथा राजीव-लोंगोवाल समझौते के बीच के तीन साल स्वतन्त्रता-प्राप्ति के बाद पंजाब के इतिहास के सबसे बुरे दिन थे। अपनी माँ से विरासत में राजीव गांधी को खून-खराबा और नफरत का वातावरण मिला था। सिखों का विश्वास प्राप्त करना और पंजाब में सामान्य वातावरण बहाल करना तब लगभग एक असम्भव-सी बात लगता था।

राजीव गांधी को पंजाब के डंकरोम को दृढ़ निश्चय के साथ पकड़ने में कई चीजें सहायक हुईं। एक तो यह कि वे भारी बहुमत से चुनाव जीते थे। दूसरा बहुत बड़ा कारण था सिखों के अलगाववाद के विरुद्ध हिन्दुओं की जवाबी कार्रवाई। देश के पहले दर्जे के नागरिकों से सिख अब लगभग तीसरे दर्जे के नागरिक बना दिए गए थे और देश के प्रति उनकी वफादारी पर सन्देह किया जाने लगा था। रौब-दाबवाले सरदारों के दिन अब लद चुके थे और उनकी अकड़ भी कम हो गई थी।

आखिरकार अकालियों को समझ आ गई थी कि वे अपने समुदाय को काफी क्षति पहुँचा चुके हैं, अतः अब वे चीजों को सही दृष्टि से देखने को राजी हो गए थे। और उधर, राजीव गांधी और उनके सलाहकार भी इस

खतरे से आगाह हो गए थे कि देश की सर्वाधिक संवेदनशील सीमा पर बैठे ये एक करोड़ चालीस लाख सिख कहीं नाराज होकर बगावत ही न कर दें। इसलिए उनका पंजाब के मामलों को अधिक प्राथमिकता देना बिलकुल सही था। अकाली नेताओं को रिहा कर दिया गया और ऑल इंडिया सिख स्टूडेंट्स फेडरेशन पर से प्रतिबन्ध हटा लिया गया। विशेष अदालतें भंग कर दी गईं और सिख-विरोधी हिंसा पर जाँच बैठाई गई। लग रहा था कि ये सब कदम निराशा के वातावरण को आशा में बदल देंगे। पंजाब के सभी लोग चाहे हिन्दू हों या सिख, अब तनाव के वातावरण में जीने की निरन्तरता से इतना तंग आए हुए थे कि वे चाहते थे कि पुराना वक्त फिर लौट आए।

राजीव गांधी और शायद उनसे अधिक उनके मुख्य विश्वासपात्र राज्यपाल अर्जुन सिंह ने बड़ी सूझबूझ से अपनी योजना कार्यान्वित करनी शुरू की। उन्हें डर था तो सिर्फ भजनलाल का क्योंकि वे किसी भी तरह का रोड़ा अटकाने में सक्षम थे। लेकिन उनकी किस्मत से भजनलाल के खिलाफ भ्रष्टाचार के जबरदस्त आरोप लगे हुए थे। राजीव गांधी को इन आरोपों की जानकारी थी, लेकिन उन्होंने सही वक्त के लिए अपना हाथ रोक रखा था। भजनलाल समझ गए थे कि उनके सिर पर लटकती तलवार किसी भी क्षण गिर सकती है, इसलिए जब समझौते की घोषणा की गई तो अबोहर और फजिल्का पर हाय-तौबा मचाने के बजाय, जैसा कि उनसे अपेक्षा थी, उन्होंने उसे चुपचाप मंजूर कर लिया।

राजीव गांधी ने विपक्षी दलों के नेताओं को भी विश्वास में लिया। अकालियों से हुई सारी बातचीत पर उनसे विचार-विमर्श होते रहे। विपक्षी दलों की सहमति लेने के बाद ही उन्होंने सन्त लोंगोवाल को विस्तृत समझौते पर बातचीत के लिए आमन्त्रित किया।

इसमें कोई शक नहीं कि समझौते का व्यापक स्वागत हुआ, लेकिन फिर भी कुछ अटकलें अब भी बची रह गई थीं। सबसे महत्त्वपूर्ण तो यह था कि क्या सन्त लोंगोवाल अकाली पार्टी को अपने साथ मिला सकेंगे? बाबा जोगिन्दर सिंह और जगदेव सिंह तलवंडी के नेतृत्ववाले उग्रवादी गुट ने पहले ही 'बिक गया' कहकर समझौते की भर्त्सना करनी शुरू कर दी थी। यही सिख स्टूडेंट्स फेडरेशन कह रहा था। यद्यपि इन सबकी बातों

से अधिक फर्क नहीं पड़ता था, पर जी.एस. तोहड़ा और प्रकाश सिंह बादल की प्रतिक्रिया से फर्क पड़ता था। जब तक वे सन्त लोंगोवाल को अपना पूरा सहयोग देने को राजी नहीं होते, बात उतनी आसानी से नहीं निबट सकती थी। दोनों ही पंजाब के मुख्यमन्त्री बनना चाहते थे। मुझे लगता था कि बादल शायद पुनः मुख्यमन्त्री पद प्राप्त करने की आशा से लोंगोवाल का समर्थन करेंगे। तोहड़ा तो जाने-माने पक्के स्वार्थी थे। पिछले 13 सालों से वे एस.जी.पी.सी. के अध्यक्ष की कुर्सी से चिपके हुए थे और दो बार एम.पी. (संसद सदस्य) भी बन चुके थे। संसद के अधिवेशनों में या तो वे चुपचाप बैठे रहते या फिर अनुपस्थित रहते। जब तक उनको अपना हलवा-मंडा मिलने की आशा न होती, तब तक उनसे सीधी उँगली घी नहीं निकाला जा सकता था। अगर वे बाबा जोगिन्दर सिंह के खेमे में चले जाते तो अकाली दल ऐसे बँट जाता कि फिर से एकजुट होने की सम्भावना ही नहीं रहती।

फिर, तमाम खाड़कुओं से भी निबटने का सवाल था। उनको नियन्त्रित तो कर लिया गया था, पर पूरी तरह से समाप्त नहीं किया जा सका था। उनको अब भी विदेशों के खालिस्तान-समर्थकों तथा पाकिस्तान के कुछ लोगों से (सरकार से नहीं) आर्थिक मदद, हथियार और प्रोत्साहन मिलना जारी था। यद्यपि अब वे मुख्यधारा से काफी कट गए थे, पर वातावरण को दूषित करने की उनकी सामर्थ्य को कम महत्त्व नहीं दिया जा सकता था।

समझौते के आरम्भिक हर्षोन्माद को जाते देर नहीं लगी। महीने भर बाद ही (20 अगस्त) सन्त हरचन्द सिंह लोंगोवाल की पाठ करते वक्त हत्या कर दी गई। उन्होंने भविष्यवाणी की थी कि सिख उग्रवाद उनकी मृत्यु (शहादत) के साथ समाप्त हो जाएगा। लेकिन ऐसा नहीं हुआ। उम्मीद की गई थी कि जनता द्वारा निर्वाचित सरकार के आने से उग्रवाद की पतवार को हवा मिलनी बन्द हो जाएगी और बचे हुए गिरोहों को आसानी से पकड़ा जा सकेगा। सितम्बर, 1985 में अकालियों की भारी बहुमत से जीत हुई। उन्होंने पंजाब विधानसभा की कुल 117 सीटों में से 73 सीटें हासिल कर अपनी सरकार बनाई और सुरजीत सिंह बरनाला को मुख्यमन्त्री बनाया। लेकिन अभी अकाली दल ने शासन का जिम्मा सँभाला ही था कि पूर्व मुख्यमन्त्री प्रकाश सिंह बादल और जी.एस. तोहड़ा के समर्थन से अकाली

दल के एक धड़े ने बरनाला सरकार में अपना अविश्वास प्रकट किया। पुलिस उग्रवादियों को पकड़ने के लिए एक बार पुनः स्वर्ण मन्दिर में घुसी। उन्होंने विधिवत् प्रभुसत्तासम्पन्न स्वतन्त्र खालिस्तान राज्य की घोषणा करते हुए स्वर्ण मन्दिर के गुम्बदों और मीनारों पर खालिस्तानी झंडे फहरा दिए थे। इस कार्रवाई के बाद अकाली दल का बँटवारा अनिवार्य हो गया। बरनाला के मन्त्रिमंडल के छह मन्त्री—पटियाला के अमरिन्दर सिंह और स्पीकर रविन्दर सिंह (दोनों अपने विमानों में उड़नेवाले धनी-मानी व्यक्ति) समेत, बादल के असन्तुष्ट खेमे में जा मिले। बरनाला को मन्त्रियों के पद और राज्य-नियन्त्रित सार्वजनिक निगमों के अध्यक्ष पद उन्हीं लोगों को तुष्ट करने के लिए देने पड़े जो उनके साथ बने रहे थे। इसके बावजूद, उन्हें सत्ता में टिके रहने के लिए कांग्रेस पार्टी के समर्थन पर निर्भर रहना पड़ रहा था। असन्तुष्ट आक्रामक रुख अख्तियार करते हुए लगातार अपनी जड़ें जमाते जा रहे थे। आत्मरक्षा में जुटे बरनाला जानते थे कि सत्ता शनैः-शनैः उनके हाथ से खिसकती जा रही थी।

इस बीच लगभग रोज ही खाड़कू तीन से दस निरपराध लोगों की हत्याएँ कर रहे थे जिनकी उनसे कोई व्यक्तिगत शत्रुता नहीं थी। शिकार अधिकतर हिन्दू होते और हत्यारे—सिख। इससे भी गम्भीर दुष्परिणामों से भरी समस्या थी लोगों के स्थानान्तरण की। पाकिस्तान की सरहद पर पड़नेवाले जिलों के हिन्दू परिवार पंजाब से भाग रहे थे। जो नहीं भागते थे, उन्हें धमकियों-भरे पत्र मिल रहे थे कि भागो, नहीं तो परिणाम भुगतो! 2000 से लेकर 3000 हिन्दू अपने घर और दुकानें पंजाब में छोड़कर पड़ोसी राज्यों—दिल्ली, हरियाणा या हिमाचल प्रदेश में शरण ले चुके थे। तीसरी समस्या थी हिन्दुओं की जवाबी कार्रवाई। शिव सेना (बम्बईवाली नहीं) जैसी हिन्दू संस्था के पास लगभग 30,000 सशस्त्र युवकों का अर्द्धसैनिक बल हो गया था जबकि यह दो-ढाई साल पहले ही बनी थी। उनके प्रतीक थे शिव, बुराई के संहारक और शस्त्र था—त्रिशूल। वे आग्नेयास्त्र इकट्ठे करने में लगे थे और अपने को बब्बर खालसा जैसे खाड़कू संगठनों तथा ऑल इंडिया सिख स्टूडेंट्स फेडरेशन के खाड़कू हिस्से से बढ़-चढ़कर दिखना चाहते थे। 20 जून को 20,000 शिव सैनिकों ने दिल्ली की गलियों में सिख-विरोधी नारे लगाते हुए जुलूस निकाले। रात को उनकी महिलाओं ने

अपनी छतों पर जाकर बर्तनों पर बेलन बजाते हुए पंजाब से आए हिन्दू शरणार्थियों के प्रति अपनी सहानुभूति जताई। दिल्ली के सिखों को सन्देश मिल गया था। भारत के बाकी हिस्सों से सिखों का पंजाब में पलायन फिर से शुरू हो गया था जो पहले इन्दिरा गांधी की हत्या पर फैली सिख-विरोधी हिंसा के बाद आरम्भ हुआ था। हरियाणा संघर्ष समिति के आन्दोलन ने भी हरियाणा में सिखों का रहना मुहाल कर दिया था। हिन्दू मुहल्लों में रहनेवाले अनेक सिख परिवारों ने गुरुद्वारों के पास मकान तलाशने शुरू कर दिए। मुसलमानों के अलग मुहल्ले तो दिल्ली में थे, पर हिन्दू-सिख हमेशा साथ-साथ ही रहते चले आ रहे थे। दिल्ली के इतिहास में पहली बार यहाँ सिख मुहल्ले भी बनने शुरू हुए। ऐसा ही एक मुहल्ला बना फतेहगढ़, जहाँ एक सनातन धर्म मन्दिर के पास कुछ पंजाबी हिन्दू शरणार्थियों को आश्रय दिया गया था। पुलिस ने मौके पर आकर हिन्दुओं-सिखों के बीच एक भारी झगड़ा होते-होते बचाया।

उत्तर भारत प्रज्वलनशील गैस से भरा कक्ष बना पड़ा था जहाँ एक छोटी से छोटी घटना भी माचिस की तीली बनकर भयंकर विस्फोट का रूप ले सकती थी। पहले से ही खतरनाक बनी स्थिति को कानून और व्यवस्था बनाए रखनेवाली शक्तियों के पक्षपातपूर्ण रवैये ने और भी विकृत बना डाला था। पंजाबी हिन्दू पंजाब-पुलिस की शिकायत करते क्योंकि उसमें सिखों की तादाद अधिक थी, सिख लोग केन्द्रीय रिजर्व पुलिस बल और सीमा सुरक्षा बल की शिकायत करते जिनमें बहुसंख्या हिन्दुओं की होती। ये दोनों बल पंजाब में काफी तादाद में तैनात थे। सिखों का दिल्ली और हरियाणा की पुलिस में तो और भी कम विश्वास था क्योंकि उनका तो सिख-विरोधी दंगों के कारण भी बुरा रेकॉर्ड था।

डर था कि समझौता कहीं आया-गया ही न हो ज़ाए। इसका सबसे महत्त्वपूर्ण अंश था चंडीगढ़ का पंजाब को हस्तान्तरण और इसके लिए हरियाणा को जमीन और धन के रूप में मुआवजा दिया जाना। हरियाणा ने उम्मीद लगा रखी थी कि इसको कपास उगानेवाला हिन्दू-बहुल हिन्दी-भाषी क्षेत्र अबोहर और फजिल्का मिल जाएँगे और नई राजधानी बनाने के लिए पर्याप्त धन मिलेगा। समझौते के विस्तार में जाने के लिए बैठाए गए मैथ्यू कमीशन ने कंडूखेड़ा गाँव के कारण हरियाणा को ये दो तहसीलें देने से

इनकार कर दिया क्योंकि कंडूखेड़ा गाँव के लोगों ने स्वयं को पंजाबी घोषित कर दिया था।

जस्टिस मैथ्यूज ने हिन्दी-भाषी क्षेत्र की पहचान कराने से इनकार कर दिया और कहा कि इसके लिए एक अलग कमीशन बैठाया जाए। अतएव 26 जनवरी, (गणतन्त्र दिवस) 1986 के दिन चंडीगढ़ को पंजाब को हस्तान्तरित किए जाने का कार्यक्रम विलम्बित कर दिया गया। जस्टिस वेंकटरमैया की अध्यक्षता में एक दूसरा कमीशन बैठाया गया और उसने हिन्दी-भाषी गाँवों के 45,000 एकड़ क्षेत्र का पता लगाया और बाकी 25,000 का पता लगाने के लिए एक दूसरा कमीशन बैठाने की सिफारिश की–तो इस तरह 70,000 एकड़ जमीन हरियाणा की क्षतिपूर्ति के लिए काफी ही थी। अबकी 21 जून को होनेवाला चंडीगढ़ का हस्तान्तरण पुनः 15 जुलाई के लिए टाल दिया गया। एक तीसरा कमीशन (जिसे शुरू में आखिरी तारीख 15 जुलाई ही रखने के लिए 12 घंटे का समय दिया गया था) जस्टिस देसाई की अध्यक्षता में बैठाया गया। लेकिन इसकी कार्रवाई ही शुरू नहीं हो सकी क्योंकि बरनाला सरकार को इसकी शर्तें मंजूर नहीं थीं। एक चौथा आयोग बैठाने का वादा किया गया। 12 जुलाई, 1986 के अपने सम्पादकीय में टाइम्स ऑफ इंडिया ने लिखा :

...केन्द्र अन्ततः कृत्रिम आखिरी तारीखें तय करने की अपनी बचकानी चालबाजियों से बाज आ रहा है कि 'चंडीगढ़ का 26 जनवरी तक हस्तान्तरण', 'चंडीगढ़ का 21 जून तक हस्तान्तरण', 'चंडीगढ़ का 15 जुलाई तक हस्तान्तरण...आखिर इन सबका क्या मतलब निकला, सिवाय इसके कि इन तिथियों की प्रतीक्षा करते रहा जाए?

समझौते का सर्वाधिक महत्त्वपूर्ण भाग, जिसका प्रभाव इस क्षेत्र के किसानों के भविष्य पर पड़नेवाला था, वह था–पंजाब की नदियों से राजस्थान और हरियाणा को जोड़नेवाली नहर बनाना। पंजाब सरकार को अपने क्षेत्र की 35 मील लम्बी खुदाई करने की कोई जल्दी नहीं लग रही थी क्योंकि यहाँ के किसान इसका कड़ा विरोध कर रहे थे। बादल ने नदियों के पानी के इस समझौते की भर्त्सना की थी। पर उधर हरियाणा ने इस जोड़-नहर का अपने क्षेत्र में पड़नेवाला हिस्सा तैयार कर लिया था और प्यासा राजस्थान पानी आने का इन्तजार कर रहा था। लगता था कि इस

परियोजना को जल्दी पूरा करने के लिए केन्द्र सरकार इसे पंजाब सरकार के हाथों से अपने हाथों में ले लेगी।

27 फरवरी, 1986 को मुझे लगा कि मुझे राज्यसभा में कुछ जरूर बोलना चाहिए। मैंने एक बार फिर आतंकवाद में वृद्धि और निर्दोष लोगों की हत्याओं की भर्त्सना की और सरकार से अनुरोध किया कि वह स्वर्ण मन्दिर का प्रबन्ध पुनः अकाली दल को सौंप दे जो फिर से अपराधियों का अड्डा बनता जा रहा था। मैंने अपना यह तर्क भी दुहराया कि वह राजीव गांधी के वायदों के मुताबिक बरनाला के साथ ईमानदारी बरतते हुए उनके हाथ मजबूत करे। उसी रौ में मैंने सिख समुदाय का भी आह्वान किया, खासकर अकालियों का, कि वे आगे बढ़कर साफ-साफ कह दें कि 'खालिस्तान हमारी लाशों पर ही बनेगा।' मैंने अपना मत भी स्पष्ट शब्दों में जाहिर किया कि 'अगर हमें गृहयुद्ध ही लड़ना है तो गृहयुद्ध हम इसे रोकने के वास्ते ही लड़ेंगे। जिन्हें खालिस्तान चाहिए, वे जाकर इक्वेडोर में इसे बनाएँ या फिर दक्षिणी ध्रुव पर बनाएँ, लेकिन भारत में वे इसे कदापि नहीं बना सकते।'

यह मेरी इस भावना की पुनःदृष्टि ही थी कि लगभग साल-भर बाद, फरवरी, 1987 में बरनाला ने लोंगोवाल गाँव में एक सभा बुलाई।

1987-88 का परिदृश्य

जनसामान्य के जीवन में एक ऐसा समय भी आता है, जब वे अपने आपको इतिहास के चौराहे पर खड़ा पाते हैं, जब उनका लिया हुआ एक गलत निर्णय उन्हें विनाश के मार्ग पर ले जा सकता है और एक सही निर्णय निरन्तर समृद्धि और अपनी ऐतिहासिक नियति की प्राप्ति का मार्ग प्रशस्त करता है। सिखों के लिए ऐसा एक मौका 1987 में आया। अपने भीमकाय विरोधियों के प्रारम्भिक हमलों से निपटने के बाद बरनाला और उनके साथियों ने गाँव लोंगोवाल में एक सभा बुलाई। यह एक ऐसा क्षण था जब सिखों को अखंड भारत की राह और खालिस्तान की राह में से किसी एक को चुनना था। उनके पास निरपेक्ष रहने का तीसरा विकल्प तो था ही नहीं। खालिस्तान के नामवाली राह तो निश्चित रूप से एक अथाह गर्त तक जाती थी जो खालसा पन्थ और भारत दोनों के ही लिए खतरनाक साबित होनेवाली थी, और दूसरी तरफ, अखंड भारत के नामवाली राह उन्हें उस देश के नागरिक के रूप में पूरे अधिकार और आजादी की आश्वस्ति देती थी जिस देश में वे पैदा हुए और जिस देश के लिए उनके पूर्वजों ने अपना रक्त बहाया। मेरे खयाल से, जो अखंड भारतवाले मार्ग को चुनेंगे, उनके लिए लोंगोवाल की मीटिंग मील का पहला पत्थर साबित होगी। यहीं पर सिखों के लिए मौका था कि वे अपनी मातृभूमि के प्रति वफादारी की फिर से पुष्टि करते और उन सबके विरुद्ध एक धर्मयुद्ध छेड़ते जो उनके

समुदाय और देश के प्रति गद्दारी कर रहे थे। मैंने सभी सिखों से अपील की कि वे 'लोंगोवाल चलो' का 'युद्ध-नारा' लगाएँ और इस सभा को सफल बनाएँ और इस प्रकार वे मुख्यमन्त्री बरनाला के हाथ मजबूत करें।

यही वक्त था कि भुला दिए गए राजीव-लोंगोवाल समझौते और उसके लक्ष्यों पर पुनः ध्यान दिया जाता। राज्य में चुनाव-मतदान में अकालियों की जीत में कांग्रेस की साठ-गाँठ और बरनाला के नेतृत्व में अकाली सरकार की स्थापना आदि बातें इसका प्रमाण थीं कि राजीव पहले की भूल सुधारने में लगे थे। बरनाला की अकालियों और सिखों को भारत की मुख्यधारा में बनाए रखने की धैर्यपूर्ण कोशिशें इस बात की द्योतक थीं कि केन्द्र सरकार की पहल का सार्थक जवाब देने के प्रयास कर रहे थे। इस बढ़िया शुरुआत में पंजाब को चंडीगढ़ मिलने का निश्चित समय या नदियों के पानी के वितरण का मामला या राज्य की सरहदों के पुनर्गठन का प्रश्न मामूली महत्त्व के मुद्दे बनकर रह गए थे। सबसे अधिक महत्त्व की बात तो यह थी कि पुनः मैत्री स्थापित करने की यह प्रक्रिया जारी रहनी चाहिए।

जिस दिन से समझौते पर हस्ताक्षर हुए, अकाली दल का एक धड़ा तब से ही सुधार की प्रक्रिया में विघ्न डालने को उत्सुक रहा। यद्यपि राजनीतिक मुद्दों में वे कभी एकमत नहीं हो पाए लेकिन इस विघ्न डालने के मामले में वे एकजुट हो गए थे ताकि विघटन के फल में उन सबको हिस्सेदारी मिले। सबसे बड़े षड्यन्त्रकारी गुरचरन सिंह तोहड़ा थे। उनके साथ अपने-अपने निहित स्वार्थ तलाशनेवालों की पंचमेल खिचड़ी थी, जैसे प्रकाश सिंह बादल और अमरिन्दर सिंह। एकजुट होने का उनका एकमात्र उद्देश्य था बरनाला को सत्ता से हटाना और इसकी बागडोर अपने हाथ में लेना। विधानसभा में मतदान की लोकतान्त्रिक प्रक्रिया द्वारा वैध रूप से उन्हें हटाने में असमर्थ होने पर उन्होंने धार्मिक भावनाएँ जगाकर शिरोमणि गुरुद्वारा प्रबन्धक कमेटी का नियन्त्रण अपने हाथों में लेने की कोशिश की ताकि गुरुद्वारों के मुख्य ग्रन्थियों को वे अपनी पसन्द के मुताबिक बदल सकें और उनके हाथों जनता द्वारा निर्वाचित सरकार के खिलाफ हुक्मनामे और फरमान जारी करा सकें।

एस.जी.पी.सी. की स्थापना सिख गुरुद्वारों की व्यवस्था चलाने के लिए हुई थी, न कि राजनीतिक लड़ाइयाँ लड़ने के लिए अखाड़े बनाने को। मुख्य

ग्रन्थियों की नियुक्ति धार्मिक अनुष्ठानों को सम्पन्न कराने के लिए और धार्मिक मुद्दों पर फैसले देने के लिए हुई थी, न कि राजनीतिकों के हाथों में कठपुतली बनने को। न तो उन्हें, न अकाली पार्टी के किसी धड़े को और न ही एस.जी.पी.सी. को यह हक था कि वे धार्मिक कारणों को छोड़ अन्य किसी भी कारण से सरबत खालसा बुलवाएँ और हुक्मनामे जारी करें। उनको कोई हक नहीं था कि वे सिख धर्म के नियमों को मानने से सम्बन्धित बातों को छोड़कर अन्य किसी भी प्रकार के आचरण के लिए किसी को जाति अथवा धर्म से बहिष्कृत करने के फरमान जारी करवाएँ। लेकिन सर्वश्री तोहड़ा, बादल और उनके साथियों ने राजनीतिक प्रभुत्व प्राप्त करने के लिए इन प्रतिष्ठित परम्पराओं को तोड़ा। उन्होंने पहले एस.जी.पी.सी. का नियन्त्रण सँभाला और फिर इसकी सत्ता का दुरुपयोग कर मुख्य ग्रन्थियों को बदलकर अपनी पसन्द के मुख्य ग्रन्थी रखे। स्वर्ण मन्दिर में तैनात सुरक्षाकर्मियों को भी बदलकर उन्होंने अपने आदमी वहाँ रखे और हरिमन्दिर साहिब परिसर का नियन्त्रण पुनः खाड़कुओं को सौंप दिया।

अपनी पकड़ मजबूत कर लेने के बाद उन्होंने मुख्य ग्रन्थियों की निर्वाचिका सभा द्वारा ऐसा आदेश जारी करवाया कि सभी दल विघटित होकर एक संयुक्त अकाली दल में बदल जाएँ। उनका सोचना था कि इस प्रकार से बरनाला और उनके अकाली दल की कमर टूट जाएगी। संयुक्त अकाली दल के उद्देश्यों के बारे में किसी को कोई सन्देह नहीं था। इसकी अध्यक्षता खालिस्तान को खुलेआम समर्थन देनेवाले एक असन्तुष्ट पुलिस अफसर सिमरन जीत सिंह मान कर रहे थे। इसमें और भी लोग थे–जैसे भिंडराँवाले के पिता बाबा जोगिन्दर सिंह और श्रीमती गांधी के हत्यारे बेअन्त सिंह की विधवा बिमल खालसा। दर्शन सिंह रागी खालिस्तान के इन कट्टर समर्थकों के प्रवक्ता-मात्र ही थे। लेकिन बरनाला ने इनके जाल में फँसने से साफ इनकार कर दिया। अगर उन्हें तनखैया घोषित किया जाता है तो सिख समुदाय के उन अधिकांश लोगों को तनखैया घोषित करना होगा जो खालिस्तान का विरोध करते हैं। धार्मिक संस्थाओं का इतना दुरुपयोग पहले कभी नहीं हुआ जितना उन दिनों हो रहा था।

ऐसे में लोंगोवाल गाँव में लोगों का इकट्ठा होना एक महत्त्वपूर्ण बात थी क्योंकि इसमें अब तक चुप बैठे बहुसंख्यक सिखों को अपनी मातृभूमि

के प्रति वफादारी जताने का और उन मुख्य ग्रन्थियों की अवज्ञा करने का मौका मिला था जो अपने स्वामियों की सिखाई-पढ़ाई बातें बोल और कर रहे थे और प्रतिष्ठित धार्मिक परम्पराओं और संस्थाओं को अपमानित कर रहे थे।

मैंने सिखों से अपील की कि वे अपने देशवासियों के साथ अपनी पहचान को एकसार दिखाने के अलावा लोंगोवाल में इकट्ठे होकर सिखों के लिए आत्मघाती खालिस्तान की माँग की स्पष्ट भर्त्सना करें; निरपराध मर्दों, स्त्रियों और बच्चों के हत्यारों की अपराधियों के रूप में निन्दा करें और इस बात पर फिर से जोर दें कि गुरुद्वारों में कभी अपराधियों को शरण न दी जाए। इस वक्त इस सिद्धान्त की भी फिर से पुष्टि की जानी चाहिए कि न्याय के भगोड़े चाहे कोई भी हों, पुलिस को उन्हें पकड़ने का हक है। लोंगोवाल में सिखों को इस बात का मौका मिला था कि वे दुनिया को बता दें कि 'हम सिख हैं, हम भारतीय हैं और हमें सिख एवं भारतीय होने पर गर्व है।'

यद्यपि लोंगोवाल में भारी तादाद में लोग इकट्ठे हुए और उन्होंने बरनाला के प्रति अपना समर्थन भी प्रकट किया, लेकिन इस राज्य को जकड़े बैठी समस्याओं से उन्हें (बरनाला को) कोई राहत नहीं मिली।

उस साल हरिमन्दिर साहिब में दीवाली नहीं मनाई गई। पहले भी ऐसी दीवालियाँ आईं और बीती थीं जब अहमद शाह अब्दाली ने इसकी तबाही की थी या ऑपरेशन ब्लूस्टार के दौरान यहाँ विध्वंस हुआ था। लेकिन अगले वर्ष दीवाली मनाई जाती रही। 1987 की दीवाली का न मनाया जाना इतिहास के पन्नों पर इसलिए दर्ज नहीं हुआ था कि ऐसा हरिमन्दिर के अपवित्रीकरण का विरोध जताने के लिए किया गया था, बल्कि इसलिए कि अब हरिमन्दिर और कितने ही अन्य गुरुद्वारे उन नवयुवकों के हाथों में चले गए थे जिनमें से कोई भी परम्परा के अनुसार निर्वाचित होकर नहीं आया था। ये लोग जब जी में आता, ग्रन्थियों को नियुक्त करते और हटाते रहते और जिसको जी में आता, तनखैया घोषित कर देते, बगावत भड़कानेवाले भाषण देते और खालिस्तानी झंडे फहराते। ये समस्त सिख समुदाय की सभा—'सर्बत खालसा' बुलाते। यद्यपि आते सिर्फ उनके-जैसे कुछ थोड़े-से ही लोग, पर खालसा पन्थ के नाम पर प्रस्ताव पास करते। लोगों को इन

युवकों के नाम भी नहीं पता थे, पर ये पन्थिक कमेटी, संयुक्त अकाली दल और लोंगोवाल (बरनाला) दल आदि सबकी संयुक्त सत्ता से भी अधिक महत्त्वपूर्ण हो बैठे थे क्योंकि गुरुद्वारे इनके हाथों में आ गए थे और इनके हाथों में थमी थीं बन्दूकें।

एकदम जाहिर था कि गुरुद्वारों को इन विनाशकारी तत्त्वों से मुक्त कराना ही होगा और इससे भी अधिक तो यह बात स्पष्ट थी कि ऐसा करने का प्रमुख उत्तरदायित्व तो स्वयं सिख समुदाय का बनता था। विचारणीय प्रश्न तो यह था कि संगत को कितना समय अपने-आपको एकजुट करने और इन घुसपैठियों को बाहर निकाल गुरुद्वारों की पवित्रता बहाल करने में लगेगा। प्रश्न यह भी था कि सिख समुदाय के नए नेता कौन होंगे! इस नाजुक मोड़ पर सिखों ने पाया कि उनका ऐसा कोई नेता नहीं था जिसको वे सम्मान की दृष्टि से देख सकें और समझ सकें कि वह उनका मार्गदर्शन करेगा। ऐसा नेता या तो कोई ऐसा व्यक्ति हो सकता था जो दलगत सम्बद्धता से ऊपर होता जैसे कि बाबा और सन्त वगैरह या फिर कोई अकाली होता। यद्यपि ऐसे सन्त और बाबा तो अनेक थे जिनका लोग सम्मान करते थे लेकिन इस जिम्मेदारी को उठाने कोई आगे नहीं आया। वे लोग पवित्र सरोवर तथा क्षतिग्रस्त गुरुद्वारों की कार-सेवा कराने तो आगे आ जाते हैं लेकिन मनुष्य की बुराई को बुहारने कोई भी आगे नहीं बढ़ा। कांग्रेस या कम्युनिस्ट दल के सिख सदस्य गुरुद्वारों के मामले में दखल देने से परहेज करते थे, अतः जिम्मेदारी सारी अकाली दल पर ही आन पड़ी, जो उस समय धड़ों और उप-धड़ों में बिखरने की प्रक्रिया से गुजर रहा था।

इस बात से कोई खास फर्क नहीं पड़ता था कि कौन नया नेता बनकर उभरेगा। जो भी होगा, मुझे पक्का पता था कि कोई उग्र व्यक्ति ही होगा, अपने से भी उग्र व्यक्तियों द्वारा चुना गया। राज्य में राष्ट्रपति शासन को समाप्त करने के बाद सरकार को इसी परिदृश्य का सामना करना था। सरकार को शिरोमणि गुरुद्वारा प्रबन्धक कमेटी के चुनाव करवाने थे और उसके बाद विधानसभा के नए चुनाव। इससे खालसा पन्थ और बाकी पंजाबियों की मनःस्थिति का कुछ आभास मिलने की सम्भावना थी। पंजाब के भविष्य की योजनाएँ इसके बाद ही तो बनाई जा सकती थीं। इतना ही महत्त्वपूर्ण यह मुद्दा भी था कि अब समय आ गया है कि केन्द्रीय सरकार

राजीव-लोंगोवाल समझौते पर अपने इरादे स्पष्ट करे। अब तक इसकी शर्तों को पूरा करने को लेकर काफी टालमटोल होती रही थी और इस-उस बात को लेकर कमीशन बैठा-बैठाकर जनता को बेवकूफ बनाया जाता रहा था। पंजाबियों को अब यह शक होने लगा था कि सरकार अपने वचनों का पालन नहीं कर रही है।

बाकी बातों के साथ, मैंने सरकार से इस बात के लिए भी एक बार फिर जोर दिया कि पंजाब में स्कूलों-कॉलेजों से पढ़कर निकले बेरोजगार युवकों को खपाने के लिए यहाँ औद्योगीकरण की रफ्तार को बढ़ाया जाए, और जब तक यह न हो, तब तक उनको बड़ी तादाद में पुलिस और अर्द्धसैनिक संगठनों में खपाया जाना चाहिए और प्रशिक्षण तथा आरम्भिक सेवाकाल के लिए पंजाब से बाहर भेजा जाना चाहिए। मैंने महसूस किया कि यह जरूरी था कि पंजाबी, खासकर सिख युवकों को ऐसी जगहों पर भेजा जाना चाहिए जहाँ की हवा में साम्प्रदायिकता का जहर इतना ज्यादा घुला न हो और जहाँ वे अपने ही जहर में घुलते रहने और उग्रवाद का मार्ग अपनाने के बजाय राष्ट्रीय सन्दर्भों में चीजों को देखने के आदी बन सकें।

मई, 1988 में मैंने राज्यपाल सिद्धार्थ शंकर रे के साथ अपना जाम टकराया। हमने तभी-तभी सुना था कि स्वर्ण मन्दिर परिसर को खाड़कुओं से मुक्त करा लिया गया है। मेरे साथ दो विशिष्ट अवकाश प्राप्त जनरल भी थे—एक सिख और दूसरे हिन्दू। उन्होंने भी अपने-अपने गिलास उठाए लेकिन उतने उत्साह के साथ नहीं।

हिन्दू जनरल ने कहा, ''मुझे नहीं लगता कि इसमें खुशी मनाने की कोई खास बात है। हमें तब तक इन्तजार करना होगा जब तक पता न लग जाए कि आम सिखों ने इसे किस रूप में लिया है! पता नहीं, वे इसे अपने स्वर्ण मन्दिर की हत्यारों से मुक्ति के रूप में लेंगे या एक और ऑपरेशन ब्लूस्टार की तरह?''

सिख जनरल बोले, ''असल बात तो यह है कि यह ऑपरेशन ब्लूस्टार नहीं था, बल्कि इसने साबित कर दिखाया कि ऐसे काम पुलिस के द्वारा अधिक कार्य-कुशलता से किए जा सकते हैं बनिस्बत कि सेना के। उन्होंने

बिना गुरुद्वारे में घुसे अनेक लोगों को पकड़ लिया। टैंकों से तबाही नहीं मचाई गई। इसीलिए सिख किसानों में कोई उत्तेजना नहीं फैली, न ही सेना के सिखों ने कोई बगावत की। मुझे डर है तो सिर्फ इतना ही कि कहीं अकाली नेता इसे भी दूसरा 'ब्लूस्टार' बनाने की कोशिश न करने लगें। उनको तो कोई नैतिक संकोच है नहीं।''

मैंने हामी भरी। नैतिक संकोच तो किसी भी राजनीतिक में नहीं होता। आकालियों में तो कतई नहीं। जब तक खाड़कुओं का नियन्त्रण रहा, उनमें से एक ने भी, चाहे अकाली हो या कांग्रेसी, गुरुद्वारे के करीब तक भी जाने की हिम्मत नहीं की। अब जबकि गुरुद्वारा मुक्त करा दिया गया था तब अकाली नेता सरकार को ही दोष देते रहे कि पवित्र स्थल का अपवित्रीकरण किया गया। उधर कांग्रेसी सीना ठोंककर कहनेवाले बन गए कि हमने ही गुरुद्वारे को मुक्त कराया, चाहे इसके बाद कभी गुरुद्वारे की मर्यादा बहाल करने या इसके रखरखाव के लिए वे कुछ भी न करें। सबसे बड़ा खतरा तो यह था कि यद्यपि अधिकतर सिख यह जानते थे कि गुरुद्वारे से खाड़कुओं को हटाया जाना चाहिए और यह भी मानते थे कि पुलिस ने इस दिशा में असाधारण काम किया है, लेकिन साथ ही उन्हें यह भी लग रहा था कि इससे सिख समुदाय की अवमानना हुई है। दूरदर्शन पर सिख युवकों को मारे-पीटे जाते अथवा आत्मसमर्पण में सिर के ऊपर हाथ उठाए दिखाया जाना उनके सम्मान और सिखों की छवि के खिलाफ़ जाता था। यह मान्यता है कि सिख को कभी आत्मसमर्पण नहीं करना चाहिए, चाहे वह कातिल ही क्यों न हो। भिंडराँवाले तक अन्तिम साँस तक लड़ता रहा।

मुझे डर था कि यद्यपि लोगों में इन हत्यारों के प्रति सहानुभूति नहीं थी, लेकिन अपमानित किए जाने का अहसास उन्हें अपमानकर्ताओं के प्रति कुपित कर दे सकता था। सरकार का यह दावा कि पुलिस कार्रवाई ने खाड़कू संगठनों की कमर तोड़ दी है, मान्य नहीं लगता था। सतलज-यमुना लिंक नहर पर बिहार और उड़ीसा के चालीस से ज्यादा अभागे मजदूरों की हत्या और हिमाचल तथा हरियाणा के बम-विस्फोटों ने बता दिया था कि खाड़कुओं के पास एक ऐसा भंडार है जिससे वे नए रंगरूटों को निकालते रहते हैं। पेंटा, मनोचहल और ब्रह्मा की जगह उनसे भी ज्यादा क्रूर हत्यारे

लेते रहेंगे जब तक कि नफरत के भंडार को आखिरी बूँद तक खाली न कर दिया जाए।

हमारी बहस देर रात तक चलती रही। इस संवेदनशील उद्‌देश्य के लिए की गई कार्रवाई की सफलता से पैदा हुआ हमारा हर्षोन्माद इस सम्भावना से समाप्त हो गया था कि इससे राजनीतिज्ञों को अपने हितसाधन का मौका मिल जाएगा। हम तीनों दो मुद्‌दों पर तो सहमत हो गए थे। एक तो यह कि पुलिस कार्रवाई को बार-बार दोहराया नहीं जाना चाहिए और उपासना-स्थलों से अपराधियों को निकालने का काम उपासकों के संगठनों पर छोड़ देना चाहिए। दूसरा यह कि इसके लिए विशेष कानून बनाने की जरूरत है कि उपासना-स्थलों का प्रबन्ध सँभालनेवालों का यह जिम्मा बनता है कि वे देखें कि पूजा के ये स्थान भगोड़े हत्यारों के शरणस्थल न बनें। एक बार अगर गुरुद्वारों के दरवाजे खाड़कुओं के लिए बन्द कर दिए जाएँ और किसान उन्हें शरण देने से इनकार कर दें तो उनको छुपने के लिए जंगलों और ऊँची फसलों के सिवाय और कहीं ठौर नहीं रह जाएगा और वहाँ छिपे अपराधियों तक तो पुलिस पहुँच ही सकती है।

यह सूक्ति सिद्धार्थ शंकर रे की गढ़ी हुई है कि 'जिसके हाथों में स्वर्ण मन्दिर का नियन्त्रण है, वही पंजाब का भी नियन्त्रण करता है।' मई, 1988 में तो स्वर्ण मन्दिर और राज्य दोनों का नियन्त्रण उन्हीं के हाथ में था। जब तक राष्ट्रपति शासन लागू था उन्हें मालूम था, कि वे पंजाब को नियन्त्रित रख सकते थे। लेकिन स्वर्ण मन्दिर परिसर पर यही बात लागू नहीं की जा सकती थी। उन्हें इसका नियन्त्रण तो देर-सबेर छोड़ना ही था। जितनी जल्दी छोड़ते उतना ही बेहतर था। वे जानते थे कि जितनी देर तक पुलिस दर्शनार्थियों के प्रवेशाधिकार को प्रतिबन्धित किए रहेगी, उन्हें 'मेटल डिटेक्टरों' के रास्ते गुजारती रहेगी, उतना ही सरकार की दखलन्दाजी के प्रति उनका रोष बढ़ेगा। गुरुद्वारे की मर्यादा की बहाली तब तक नहीं होती जब तक दर्शनार्थियों को बेरोकटोक गुरुद्वारे के भीतर जाने को न मिले और जब तक यह काम ग्रन्थियों और रागियों द्वारा न किया जाए जिन्हें जनसमुदाय ने चुना है, न कि सरकार ने। कोई बूटा सिंह या कोई निहंग सन्ता सिंह हरिमन्दिर साहिब और अकाल तख्त के मामले में दखल नहीं

दे सकते। केवल एक ही सुरक्षा उपाय किया जा सकता था और वह यह था कि गुरुद्वारे के मुख्य ग्रन्थी और अकाल तख़्त के जत्थेदार की अनुमति से यह किया जा सकता था कि धार्मिक परम्परा द्वारा अनुमोदित कृपाण को छोड़कर किसी अन्य अस्त्रधारी को भीतर न जाने दिया जाए। आग्नेयास्त्रों को गुरुद्वारे के भीतर ले जाने पर हमेशा के लिए प्रतिबन्ध लगा दिया जाए।

रे की तत्काल मुश्किल यह थी कि किसी स्वतन्त्र संगठन को गुरुद्वारे का प्रबन्ध कार्य सौंपा जाए। उनके पास विकल्प अधिक नहीं थे। शिरोमणि गुरुद्वारा प्रबन्धक कमेटी तो पहले से ही चरमराई हुई थी। जी.एस. तोहड़ा ने जब से भिंडराँवाले और उसके कातिल जत्थों को स्वर्ण मन्दिर सौंपकर अपनी सत्ता का त्याग कर दिया था तब से ही मुख्य ग्रन्थियों एवं विभिन्न खाड़कू गुटों के नेताओं की तूती बोल रही थी। सरकार इसका नियन्त्रण शिरोमणि गुरुद्वारा प्रबन्धक कमेटी को सौंपने का खतरा उठाना नहीं चाहती थी जिसके अध्यक्ष अब भी जी.एस. तोहड़ा ही थे, यद्यपि वे जेल में थे। सरकार तुरत ही एस.जी.पी.सी. के नए चुनाव भी नहीं करा सकती थी। पिछले 16 सालों से तोहड़ा इसके अध्यक्ष थे और अपने कार्यकाल में उन्होंने अपने लोगों को वोट बैंक पैदा करने के लिए लगा रखा था। अतः पुनः चुनाव होने की दशा में 17वीं बार अध्यक्ष उन्हें ही बनना था।

दूसरा विकल्प जसवीर सिंह रोडे और दर्शन सिंह रागी थे। सरकार ने रोडे को कैसे बनाया, यह भी एक पहेली ही रहेगा। यह व्यक्ति दमदमी टकसाल का सदस्य और भिंडराँवाले का करीबी था। इसका आपराधिक रेकॉर्ड भी था और यह खालिस्तान का समर्थक था। सालों तक पीछा करने के बाद सरकार ने इसे पुनः पकड़ा था। हथकड़ियाँ पहनाकर इसे जोधपुर जेल में डाला गया था। एक दिन अचानक ही इसे छोड़ दिया गया और अकाल तख़्त का जत्थेदार बन जाने दिया गया। रोडे किसके दिमाग की उपज था? न तो बूटा सिंह और न ही सिद्धार्थ शंकर रे के दिमाग की। संयुक्त राज्य अमेरिका में रहनेवाले सुशील मुनि ने राजीव गांधी के सलाहकारों को समझाया कि रोडे को छोड़ दिया जाए और उसके जरिए खाड़कुओं से बातचीत की जाए। यह प्रयोग बेहद असफल साबित हुआ। जेल से छूटने पर रोडे सिख राजनीति में एक बेहद खतरनाक और शक्तिशाली तत्त्व सिद्ध हुआ। वह जहाँ भी जाता, बहुत बड़ी संख्या में लोग उसे सुनने आते। मुझे

डर था कि कहीं वह कांग्रेस पार्टी और सरकार द्वारा उत्पन्न दूसरा भिंडराँवाले ही न बन जाए। भिंडराँवाले को भी तो कांग्रेस पार्टी की सरकार ने ही उत्पन्न किया था।

रोडे के ही कद का एक और सिख था जिसको वैसा ही साम्प्रदायिक सम्मान प्राप्त था, वह था दर्शन सिंह रागी। स्वर्ण मन्दिर परिसर खाड़कुओं से मुक्त हो ही चुका था। मैंने अनुभव किया कि रागी को वहाँ लौटने को मनाया जा सकता है। अब तक उसको यह भी मालूम चल ही गया होगा कि 'रागी' के रूप में वह ज्यादा अच्छा था बनिस्बत राजनीतिक के। शिरोमणि गुरुद्वारा प्रबन्धक कमेटी तो लगभग ठप्प हुई पड़ी थी। उसका विकल्प संस्था का प्रमुख बनाकर उसे हरिमन्दिर साहिब की सेवा में भजन-कीर्तन में लगने को मनाया जा सकता था। वही एक व्यक्ति था जो सिखों और सरकार को समान रूप से स्वीकार्य था।

अकाली दल पूरी तरह अस्त-व्यस्त की स्थिति में था। सदस्य-संख्या के हिसाब से अमरिन्दर सिंह वाला संयुक्त अकाली दल ज्यादा महत्त्वपूर्ण था। पर मुझे शक था कि अमरिन्दर सिंह अपने पुराने प्रतिद्वन्द्वी प्रकाश सिंह बादल को अपनी चालों से पछाड़ सकेंगे। अमरिन्दर सिंह को सरकार का पिट्ठू समझा जाता था जिनकी इच्छा इस मुसीबत के समय अपनी पार्टी का नेतृत्व करने के बजाय मुख्यमन्त्री बनने की अधिक थी। ऑपरेशन ब्लूस्टार के बाद जेल से छूटने पर सभी चीजें बादल के पक्ष में थीं—अनेक बार जेल गए व्यक्ति की वीरोचित छवि (आपातकाल के दौरान भी वे जेल गए थे), दो बार मुख्यमन्त्री बनना, पंजाबी हिन्दुओं और जाट सिख किसानों दोनों का समर्थन आदि। ताश की बाँट में सभी इक्के, बादशाह और बेगमें उनके पास आ गए थे। अगर उन्होंने अक्लमन्दी से चाल चली होती तो सरकार और जनता दोनों का समर्थन उन्हें मिल गया होता। लेकिन सिखों के बीच लोकप्रियता प्राप्त करने के फेर में उन्होंने खाड़कुओं की तारीफ करनी शुरू कर दी और झूठी मुठभेड़ों का आरोप लगाकर सरकार की बखिया उधेड़ने लगे। भिंडराँवाले ने सरेआम बादल के प्रति अपना तिरस्कार-भाव व्यक्त किया था। अब रोडे के दल में मिलने के बादल के प्रयास से उन्हें और तिरस्कार मिला और साथ ही उनमें हिन्दुओं का जो विश्वास था, वह भी जाता रहा। अपने सारे ट्रम्प कार्ड फेंककर वह खुद ही

जोकर बन बैठे थे।

अकाली दल के लोंगोवाल गुट में अब बचा ही क्या था? उनमें से एक को भी अगले चुनाव में अपनी सीट जीतने की उम्मीद नहीं थी। बरनाला ठगों के झुंड में शरीफ आदमी होने के कारण हारे और इसलिए भी कि राजीव-लोंगोवाल समझौते की शर्तों को पूरा करने में असफल केन्द्र सरकार के खिलाफ खड़े होने में वे कतराते रहे। बलवन्त सिंह अपनी जाति (वह जाट नहीं थे) और अपनी तिकड़मबाजियों के कारण किसी सम्मान का हकदार नहीं थे और मुख्यमन्त्रियों का पिछलग्गू बनने के अलावा और कुछ हासिल नहीं कर सकते थे। बरनाला के दल में एक ही उभरता सितारा था—प्रेमसिंह चन्दूमाजरा। उन्होंने भी खाड़कुओं को शरण देकर अपना रास्ता बन्द कर लिया था और मन्त्री के रूप में छोटी-सी अवधि में ही व्यापक भ्रष्टाचार के आरोपों से घिर गए थे।

अन्य कारणों से भी लोंगोवाल अकाली दल का चुनाव के सन्दर्भ में कोई भविष्य नहीं रहा था। 'ऑपरेशन फ्लश आउट' के दस दिनों के भीतर ही यह कलई भी खुल गई कि ये लोग किस धातु के बने थे। इनमें से कोई भी रोडे के रहते अमृतसर जाने की हिम्मत नहीं कर सका था। उनके बहादुरी भरे वक्तव्य सिर्फ सरकार और जनता के लिए ही थे। वे दिखाना तो यही चाहते थे कि पन्थ के लिए कुछ कर रहे हैं। लेकिन पुलिस के साथ वाक्‌युद्ध करने के पहले यह जरूर देख लेते थे कि अखबारवाले सामने हों। साथ ही पुलिसवालों को चुपके-चुपके फोन करके यह भी विनती करते रहते थे कि उनको चंडीगढ़ जेल में न भेजा जाए क्योंकि वहाँ खाड़कू बहुत थे, जिससे उनकी जान को खतरा हो सकता था और फिर चंडीगढ़ जेल में पंखों और वातानुकूलित कमरों की भी तो व्यवस्था नहीं थी। भाषण तो खूब गुस्से भरे देते, दोस्त-यार उनके गलों में फूल-मालाएँ डालते और दिखावे के लिए पुलिस को चुनौतियाँ देते हुए उनकी फोटो वगैरह खींची जाती, फिर उनको राज्य के गेस्ट हाउस में ले जाया जाता जहाँ एयरकंडीशंड कमरों को ही उनकी जेल घोषित कर दिया जाता। अकबर इलाहाबादी ने शायद इन्हीं-जैसे लोगों के लिए लिखा होगा—

कौम के ग़म में डिनर खाते हैं हुक्काम के साथ,
रंज लीडर को बहुत है मगर आराम के साथ।

तो इन-जैसे विदूषकों के प्रति आम जनता में क्या आदर-भाव हो सकता था!

इस प्रकार पहली प्राथमिकता यह थी कि स्वर्ण मन्दिर तथा दूसरे गुरुद्वारों की प्रबन्ध-व्यवस्था को पुनः संगठित किया जाए। जब तक 1925 के गुरुद्वारा अधिनियम की जगह नया अधिनियम नहीं पारित होता तब तक एक अध्यादेश द्वारा यह किया जा सकता था कि कुछ सम्मानित सिखों के संगठन (जिनकी सरकार के साथ साठगाँठ न हो) को गुरुद्वारों की प्रबन्ध-व्यवस्था का कार्यभार सौंप दिया जाए। दूसरी प्राथमिकता थी आतंकवाद को समाप्त करने की। यद्यपि हाल की घटनाएँ बहुत भयानक थीं, फिर भी मैं सोचता था कि हरिमन्दिर साहिब की सफाई से आतंकवाद की रीढ़ टूट जाएगी। तीसरे, मुझे लगा कि राष्ट्रपति शासन को और अधिक नहीं बढ़ाया जाना चाहिए और पंजाब में चुनाव यथासम्भव जल्दी ही कराए जाने चाहिए। मुझे पूरा भरोसा था कि पुराने नेता समाप्त हो जाएँगे और उम्मीद थी कि उनकी जगह नए लोग ले लेंगे। अब यह राजीव गांधी का काम था कि वे अपना चिर-प्रतीक्षित मैत्री-भाव प्रदर्शित करते जिसका सिखों को बेताबी से इन्तजार था। उनसे यह भी अपेक्षा की जा रही थी कि वे 1984 के दंगों से जुड़े मन्त्रियों को बरखास्त करें और हरिमन्दिर साहिब में जाकर खालसा पन्थ का स्नेह पुनः प्राप्त करने की कोशिश करें।

राजीव ने इनमें से एक भी काम नहीं किया, यद्यपि स्वयं उन्होंने, पंजाब के राज्यपाल ने एवं उनके सलाहकार ने हमें बताया कि पंजाब में हालात तेजी से सामान्य होने लगे हैं। यह भी कि आतंकवाद पर नियन्त्रण रखा जा रहा है और शीघ्र ही यह अतीत की बात हो जाएगा। उन्होंने हमें जो आँकड़े दिखाए, उससे हम सन्तुष्ट थे। लेकिन उसी समय अकाली नेताओं ने हमें बताया कि स्थिति बद से बदतर होती जा रही है, हत्याएँ बढ़ रही हैं और आतंकवाद शीघ्र ही अर्द्धसैनिक बलों की पहुँच से बाहर हो जाएगा। अकालियों के बताए आँकड़े सरकारी आँकड़ों से सर्वथा भिन्न थे। समझ में नहीं आ रहा था कि किस पर विश्वास करें।

1989 से 1992 तक का पंजाब का रोजनामचा

पिछले कुछ सालों से मुझे पंजाब की घटनाओं पर डायरी लिखने की आदत हो गई है। उनमें से कुछ पृष्ठों को यहाँ ज्यों का त्यों दे रहा हूँ। इनमें पंजाब के परिदृश्य के उतार-चढ़ाव दर्ज हैं और इनमें मिलेंगी आपको मेरी प्रतिक्रियाएँ—अक्सर आशाभरी, पर अधिकतर हताशाभरी ही।

मई, 1989

दिल्ली में मेरा एक सिख मित्र है जो अपनी माँ की अस्थियाँ विसर्जित करने पंजाब के माँड क्षेत्र में पड़नेवाले अपने पैतृक गाँव गया जिसे राज्य में खाड़कुओं का सबसे बड़ा अड्डा कहा जाता है। बाकी सिखों की तरह यह मित्र भी ऑपरेशन ब्लूस्टार को लेकर बहुत उत्तेजित था। नवम्बर, 1984 के दंगों में बच जाने के बाद वह गम्भीरता से सोच रहा था कि संयुक्त राज्य अमेरिका में जा बसे। उसको पंजाब की स्थिति के बारे में सरकारी प्रचार के एक शब्द पर भी भरोसा नहीं था। वह अकालियों की फैलाई एक-एक अफवाह पर विश्वास करता था कि अधिकतर युवा सिख पंजाब

छोड़कर चले गए हैं या जेलों में हैं और यह भी कि हिन्दू सिखों को समाप्त करना चाहते हैं क्योंकि वे सिखों से नफरत करते हैं। मुझे उससे स्थिति का वस्तुपरक मूल्यांकन मिलने की कोई उम्मीद नहीं थी।

उसने माँड में कुछ समय बिताया। पुलिस ने उसको परेशान नहीं किया और वह बेरोक-टोक अपनी कार में वहाँ काफी घूमा। वह स्कूलों और कॉलेजों में भी गया। उसने पाया कि वहाँ उपस्थिति पूरी थी। उसे यह जानकर हैरानी हुई कि जो क्षेत्र पिछले साल बाढ़ में डूब गया था, अब वहाँ खेती हो रही थी। वहाँ की एक-एक इंच पर फसलें खड़ी थीं। उसने बताया कि "मुझे कोई शक नहीं कि वहाँ के किसान पैदावार के सारे रेकॉर्ड तोड़नेवाले हैं।" एक चीज जो उसे विचित्र लगी, वह यह कि वहाँ हर गाँव में बड़े-बड़े नए गुरुद्वारे खुल गए थे। "वे सवेरे-सवेरे लाउडस्पीकर लगा देते हैं। सभी प्रार्थनाएँ और कीर्तन टेप किए हुए होते हैं। ग्रन्थी सिर्फ बटन दबा देते हैं और फिर सोने चले जाते हैं। मुझे तो यह माजरा कुछ समझ में नहीं आया," उसने कहा।

समझ तो मुझे भी नहीं आया।

मैंने उसे यकीन दिलाया कि सिर्फ गुरुद्वारे ही नहीं, मन्दिर, मस्जिद और चर्च भी देश में हर कहीं धड़ाधड़ बन रहे हैं। इसका मतलब यह नहीं कि लोगों में धार्मिकता की भावना बढ़ रही है। पूजा के स्थान अब व्यावसायिक संस्थाएँ बन गए हैं जहाँ से निहित स्वार्थवाले लोग अपना खूब हित-साधन करते हैं। एक गुरुद्वारे का प्रबन्ध करना सिनेमा हॉल, पेट्रोल पम्प या गैस एजेंसी के प्रबन्ध के मुकाबले ज्यादा फायदेमन्द है और वह भी 'टैक्स फ्री'।

उसने बताया कि "पंजाब में हालात उतने खराब नहीं हैं जितने कि सुनने में आते हैं। पंजाब से बाहर रहनेवाले हम लोग वहाँ की भयंकर स्थिति की विकृत कहानियाँ सुन-सुनकर विश्वास कर लेते हैं। उधर पंजाब में रहनेवाले सिख सोचते हैं कि पंजाब के बाहर के हम लोगों पर बुरी बीत रही है। मैंने अपनी कार जहाँ-जहाँ भी रोकी, लोग मेरा दिल्ली का नम्बर देखकर उत्सुकतावश पूछने लगते कि बाकी राज्यों में सिखों का क्या हाल है?"

उसने मेरे इस विश्वास का समर्थन किया कि आखिरकार पंजाब में हालात सुधर रहे थे और अगर कुछेक महीने वहाँ कोई आन्दोलन, मोर्चे और

जून, 1980

पंजाब से अच्छी और बुरी दोनों तरह की खबरें मिली हैं। पहले बुरी खबरें। खालिस्तानी खाड़कुओं ने हिन्दुओं और सिखों में अलगाव डालने के अपने कुत्सित इरादों से जालन्धर और दिल्ली से निकलनेवाले 'हिन्द समाचार' पत्र-समूह की ओर अपनी बन्दूकों की नोकें तान दी हैं। यह कोई नई बात नहीं है क्योंकि पहले भी वे इस पत्र-समूह के संस्थापक लाला जगतनारायण और उनके पुत्र रमेश चन्द्र तथा कुछ संवाददाताओं को अपनी गोलियों का निशाना बना चुके हैं। अब उन्होंने अपनी बन्दूकें बेचारे हॉकरों पर तान दी हैं जो उसके अखबार बाँटते हैं। वे आसान शिकार हैं क्योंकि उनकी सुरक्षा की कोई व्यवस्था नहीं है। उन बेचारों को राजनीति से कोई लेना-देना नहीं, उनमें से ज्यादातर तो उन अखबारों को पढ़ भी नहीं पाते होंगे जिनको वे बाँटते हैं। अखबार तो वे अपना और अपने परिवार का पेट पालने के लिए बेचते हैं। इनको मारकर 'हिन्द समाचार' को नहीं मारा जा सकता; बल्कि ज्यादा सम्भावना तो इस बात की है कि यह सुनकर लोग ज्यादा से ज्यादा 'हिन्द समाचार' को पढ़ना चाहेंगे कि देखें, इसमें क्या छपा है जिसे पढ़ने से खाड़कू रोकना चाहते हैं! उसकी प्रसार संख्या तो राज्य में पहले ही सबसे अधिक है। इससे तो और बढ़ेगी ही।

'हिन्द समाचार' समूह पर आरोप है कि वे सिख-विरोधी हैं। यह सही नहीं है। उनका रुख अकाली-विरोधी है, पर सिख-विरोधी नहीं और अकाली-विरोधी होना एक बिलकुल ही अलग बात है। मेरे भी उनके साथ बहुत सारे मतभेद रहे हैं। मैं सोचता हूँ कि उनकी यह बात गलत थी कि उन्होंने पंजाबी हिन्दुओं को अपनी मातृभाषा हिन्दी बताने को कहा, पंजाबी सूबे का विरोध किया और ऑपरेशन ब्लूस्टार को जायज ठहराया। लेकिन अगर वे इसमें अपने-आपको सही कहते हैं तो यह उनका हक है और यही प्रेस की आजादी कहलाता है।

अब आप इस बात पर ध्यान दीजिए कि मैंने भाषा-समस्या या सूबा आन्दोलन या ऑपरेशन ब्लूस्टार पर जो कुछ भी अपने स्तम्भों में लिखा, उसे उन्होंने बिना एक शब्द भी काटे ज्यों का त्यों छापा। उनके ऊपर दबाव डलवाया गया कि वे मेरा स्तम्भ लेना बन्द कर दें, पर उन्होंने यह मानने से इनकार कर दिया। वे लगातार सिख गुरुओं और सिख धर्म पर लम्बे-लम्बे

प्रशस्तिपूर्ण लेख आदि छापते रहते हैं। 'अजीत' के बाद सिख लोग 'हिन्द समाचार' को ही सबसे ज्यादा पढ़ते हैं। मुझे उम्मीद है कि वे इस ब्लैकमेल के आगे नहीं झुकेंगे।

अब अच्छी खबरें। पंजाब में दो अलग-अलग गाँवों में गाँववालों ने खुद ही खाड़कुओं के गिरोहों को पकड़ा। पुलिस का आसपास नामोनिशान नहीं था और दोनों ही गाँवों में गाँववालों ने अपनी भावी हत्यारों को पीट-पीटकर मार डाला। सभ्य समाज के लिए खतरा बने आतंकवाद से मुक्ति के लिए यही साहस गाँववालों को दिखाना है।

सबसे अच्छी खबर तो यह थी कि बस में सफर कर रहे दो सिख युवकों ने उसी बस में सफर कर रहे हिन्दू यात्रियों के कत्लेआम को रोकने के लिए अपनी जान दे दी। इसी को सच्चा शौर्य कहते हैं। इसी प्रकार की वीरता को गुरुओं की आशीष मिलेगी। उनके नाम आनेवाले बरसों में हमेशा याद किए जाएँगे। मीर अनीस की ये पंक्तियाँ उन्हीं के लिए हैं :

सब हैं वहीदे-अस्र ये गुल
चार सू उठे,
दुनिया में जो शहीद उठे
सुर्खरू उठे।

दिसम्बर, 1989

पंजाब में नए राज्यपाल आ गए हैं—निर्मल मुखर्जी और देश में नई सरकार। एक बार फिर उम्मीद जग रही है कि पंजाब की अस्त-व्यस्तता को सुधारने के लिए एक नई दृष्टि अपनाई जाएगी क्योंकि जनता दल की पंजाब में शान्ति-बहाली की योजनाएँ सामने आने लगी हैं। चौधरी देवीलाल और इन्द्रकुमार गुजराल के साथ प्रधानमन्त्री की स्वर्ण मन्दिर यात्रा सिखों के मन से ऑपरेशन ब्लूस्टार द्वारा गुरुद्वारे के अपवित्रीकरण की कड़वी स्मृतियों को मिटाने की दिशा में एक बड़ा कदम समझा जाना चाहिए। इस प्रक्रिया में चौधरी देवीलाल की महत्त्वपूर्ण भूमिका हो सकती है और इन्द्रकुमार गुजराल इसलिए महत्त्वपूर्ण हैं क्योंकि इन्हें सिखों और पंजाबी हिन्दुओं दोनों का समान आदर और स्नेह प्राप्त है। इनके वहाँ जाने से सिखों और सरकार के बीच बातचीत की सम्भावना बनी है। लेकिन हमें झट से यह विश्वास

कर लेना भोलापन होगा कि अब सबकुछ एकदम आसानी से निबट जाएगा। अनेक विस्फोटक स्थितियाँ प्रकट हो सकती हैं और जब तक सरकार अपने उद्देश्यों और उन्हें प्राप्त करने के साधनों को साफगोई से प्रकट नहीं करेगी तब तक उसकी नाव डगमगाती ही रहेगी और हो सकता है कि उलट भी जाए।

मुझे उम्मीद है कि सरकार साफ-साफ स्पष्ट करेगी कि वह किनके साथ बात करेगी और किनके साथ नहीं करेगी। जिनके साथ संवाद नहीं किया जाना है, उनको अलग कर देना ही अच्छा है। जिनके हाथों में बन्दूकें हों और जो खालिस्तान का नाम लेकर देश को बाँटना चाहते हों, उन्हें बातचीत की मेज पर बैठने का कोई हक नहीं है जब तक कि वे अपने हथियार नहीं डाल देते और जब तक वे अलग राज्य की माँग नहीं छोड़ देते। प्रमुख अकाली नेता के रूप में उभरे सिमरनजीत सिंह मान से बात शुरू करने के पहले क्या सरकार उनसे पूछेगी कि उनका असली मकसद क्या है? ये दोनों बातें तो नहीं हो सकतीं कि एक तरफ तो वे खालिस्तान की माँग करें और दूसरी तरफ देश की अखंडता बनाए रखने के लिए संविधान की शपथ लें। उनकी इस बात का क्या मतलब है, जब वे कहते हैं कि वे भिंडराँवाले के आदर्शों के अनुरूप कार्य करेंगे? क्या भिंडराँवाले खालिस्तान-समर्थक था? यद्यपि उसने स्पष्ट शब्दों में यह नहीं कहा था लेकिन उसने जो कुछ कहा था, उसका मतलब तो यही निकलता था। वह हिन्दू और सिखों के अलगाववाद का समर्थक था। वस्तुतः उसने हिन्दुओं के लिए अनेक घृणित बातें कहीं, यहाँ तक कि उसने पंजाब से हिन्दुओं को मटियामेट करने तक की बातें कहीं। यही बात तो आनन्दपुर साहिब प्रस्ताव के साथ है। इसके एक हिस्से का मतलब यही निकलता है कि उन्हें एक अलग राज्य चाहिए। बातचीत की मेज पर रखे जाने से पहले इस प्रस्ताव में सुधार करना आवश्यक है।

सबसे बड़ी समस्या तो होगी यह देखना कि पंजाब की ओर से बातचीत के लिए किस व्यक्ति या व्यक्तियों को तय किया जाए। न तो सिमरनजीत सिंह मान, न बादल, न तोहड़ा और न ही तलवंडी इसके लिए उपयुक्त होंगे क्योंकि ये सब केवल अकालियों के भिन्न-भिन्न धड़ों का प्रतिनिधित्व करते हैं, न कि पूरे पंजाब का। सभी सिख अकाली नहीं हैं,

न ही एक भी पंजाबी हिन्दू उनकी साम्प्रदायिक विचारधारा से सहमत है। पंजाब विधानसभा के ताजा चुनाव कराने होंगे ताकि हमें पता चले कि असली नेता कौन हैं। लेकिन यह तभी होना चाहिए जब वहाँ के नागरिकों को यह भरोसा हो कि वे निडर और स्वतन्त्र होकर अपना मत दे सकते हैं। हाल के लोकसभा चुनावों में वे ऐसा नहीं कर सके थे जैसाकि विजयी सांसदों को देखकर स्पष्ट हो जाता है। यह पहली बार हुआ है कि पंजाब में, जहाँ जाटों की संख्या सबसे ज्यादा है, लोकसभा के चुनावों में जाट नहीं जीते, बल्कि वे पुरुष और महिलाएँ विजयी हुए जो पुलिस-जुल्म के शिकार रहे और जिनका नाम इन्दिरा गांधी की हत्या के षड्यन्त्रकारियों और इंडियन एयरलाइंस के विमान के अपहरणकर्ताओं के साथ जुड़ा है। किसी भी बातचीत में पंजाबी सिखों के साथ पंजाबी हिन्दुओं की आवाज भी अवश्य सुनी जानी चाहिए।

लोंगोवाल-राजीव समझौते को तो स्वयं राजीव गांधी ने ही कत्ल कर दिया। उसकी जगह अब एक नया समझौता उसी आधार पर बनाया जाना चाहिए। पंजाब और हरियाणा से ताल्लुक रखनेवाले मुद्दों को इन दोनों राज्यों के मुख्यमन्त्रियों द्वारा सुलझाया जाना चाहिए और उन्हें आसानी से सुलझाया भी जा सकता है। इस सम्बन्ध में चौधरी देवीलाल शान्ति-स्थापक निर्णायक भूमिका निभा सकते हैं। बादल के साथ समझौता करने में वे सफल हो गए थे। अब एक बार फिर वे सफल हो सकते हैं।

जून, 1990

पिछले तीन सालों से मैं यही कहता आ रहा हूँ कि पंजाब के खाड़कुओं की प्रेरणा-शक्ति का कोई धार्मिक अथवा राजनीतिक आधार अब नहीं रहा है, बल्कि वे डाकुओं के गिरोह मात्र हैं। लूटपाट, नशीले पदार्थों की स्मगलिंग, धनीमानी लोगों का अपहरण और फिर उनके रिश्तेदारों से फिरौती की माँग करना, खानदानी दुश्मनियाँ उतारने के लिए हत्याएँ करना और पुलिस को खबर करनेवालों का खात्मा करना—बस, यही सब उनके काम रह गए हैं। चाहे जो भी नाम वे अपने संगठनों का रख लें—भिंडराँवाले टाइगर फोर्स, खालसा लिबरेशन आर्मी या और कुछ, इनमें से अधिकतर न तो खालसा हैं (अधिकांश ने दाढ़ी-केश मुँड़ा रखे हैं) और न ही इन्हें

खालिस्तान से कोई खास मतलब है। बूढ़ी औरतों और बच्चों की हत्याएँ और कर ही कौन सकता है? इनके ऊपर किसी भी अकाली नेता का कोई नियन्त्रण नहीं है—चाहे वह सिमरनजीत सिंह मान हों, तोहड़ा हों, तलवंडी हों या बादल हों। बल्कि इसके विपरीत, ये लोग उनसे डरते हैं, उनके खिलाफ एक शब्द भी कहने की हिम्मत नहीं करते कि कहीं उनका कोप इन्हीं पर न बरस जाए। आप इनको जो भी चाहें दे दें—चंडीगढ़, सारा का सारा नदियों का पानी, उनके मन-मुताबिक सीमाओं का पुनर्गठन, फिर भी उनको कोई फर्क नहीं पड़नेवाला। इन खाड़कुओं की ठगी का सिर्फ एक ही जवाब है—रिबेरो की गोलियाँ, लेकिन इसके साथ ही एक और जरूरी बात यह है कि लोगों को खुद भी खाड़कुओं की गोलियों के जवाब में गोलियाँ चलाकर अपनी आत्मरक्षा करनी होगी। न तो पुलिस और न ही अर्द्धसैनिक बल इनका पूरी तरह खात्मा करने में सफल हो सकते हैं, जब तक कि आम किसान इस जेहाद में साथ नहीं देते। पुलिस के बारे में तो, बल्कि, कुछ और ही किस्से सुनने में आते हैं। कहते हैं कि खाड़कुओं से सर्वाधिक प्रभावित क्षेत्रों में पुलिसवाले किसानों को खाड़कुओं की दया पर ही छोड़कर रात को अपनी चौकियाँ भीतर से बन्द किए रहते हैं। और जब किसान अपनी जान के डर से उन्हें खाना-पानी या आश्रय दे देते हैं तो यही पुलिस उन पर अपना कोप बरसाती है। सरकार को चाहिए कि किसानों को हथियार मुहैया कराए, ताकि इन लुटेरों से अपने गाँवों की रक्षा वे खुद कर सकें। यह आजमाइश खाड़कुओं द्वारा सर्वाधिक प्रभावित कुछ गाँवों में की भी जा चुकी है।

कुछ दिन हुए, मैंने एक फिल्म देखी—'कभी न छोड़ें खेत'। मुझे बड़ा अच्छा लगा कि इसमें आतंकवाद का मुकाबला करने के पक्ष को इतनी अच्छी तरह उभारा गया था। पहली बार दूरदर्शन ने भी इस दिशा में कदम उठाया। पुरानी प्रथम विश्वयुद्ध के जमाने की अपनी .303 रायफलों और पुरानी किस्म की बन्दूकों से अपने घरों की रक्षा करते लोगों के साथ 'सूर्या' के राजीव के. बजाज को बातचीत करते दिखाया गया था। कुछ तो बेशक फिल्माने के लिए ही नकली बहादुरी का प्रदर्शन किया गया होगा, पर फिर भी लोगों को सन्देश तो मिल ही गया था : अपनी रक्षा के लिए केवल पुलिस पर ही भरोसा मत करो और अपनी लड़ाई खुद लड़ो। आपके मकसद

सही हैं और इसीलिए गुरु आपको फतह देंगे।

मुझे इस बात पर ज्यादा यकीन नहीं है कि नकली मुठभेड़ों में लोगों को मारा जाता होगा। इसमें कोई शक नहीं कि जिन-जिन गुंडे-बदमाशों के खिलाफ किसी के भी अदालत में गवाही देने की सम्भावना नहीं होती होगी, उनसे पीछा छुड़ाने के लिए शायद कुछ नकली मुठभेड़ें आयोजित की जाती होंगी। अदालती प्रक्रिया से बचना सभ्य समाज में चाहे जितना भी निन्दनीय कहलाता हो, लेकिन पंजाब के कुछ हिस्सों में फैली युद्ध-जैसी स्थिति में इसे न्यायोचित ही समझा जाएगा। ऐसी मुठभेड़ों में मरे लगभग सभी लोगों के आपराधिक रेकॉर्ड थे और उनके सिर पर सरकार ने इनाम घोषित किए हुए थे। यह सब अब एक घिसी-पिटी लड़ाई का हिस्सा बन चुका है और अब इसे इसके ही नियमों से लड़ना होगा।

अगस्त, 1990

पंजाब के राज्यपाल वीरेन्द्र वर्मा पंजाबियों से बार-बार कहते रहे कि ऑपरेशन ब्लूस्टार एक बहुत भारी गलती थी। उनके पूर्ववर्ती निर्मल मुखर्जी भी अपने अल्पावधि शासन के दौरान यही कहते रहे। यह सोचा जा सकता है कि इन दोनों राज्यपालों को राष्ट्रीय मोर्चा सरकार से ऐसा कहने की अनुमति मिली होगी। लेकिन यह बात केवल सिखों के तुष्टीकरण के लिए ही नहीं कही जा रही थी, वरन् सभी भारतीयों को वास्तविकता बताने के लिए कही जा रही थी। उनके पहले के राज्यपाल सिद्धार्थ शंकर रे ने भी व्यक्तिगत बातचीत में इस बात को स्वीकार किया था कि राज्य में आतंकवाद के जारी रहने का मुख्य कारण स्वर्ण मन्दिर पर सेना का कब्जा और कांग्रेस के नेताओं की मिलीभगत से हुए 1984 के दंगों के अपराधियों को सजा न दिया जाना था। चलिए, कम-से-कम इतना तो हुआ कि पंजाब-समस्या के दिग्भ्रमित करनेवाले तमाम कारणों में से असली कारण का पता तो चला।

जब मैंने अपनी पद्मभूषण की उपाधि लौटाते हुए औपचारिक रूप से ऑपरेशन ब्लूस्टार का विरोध किया तो लोगों ने सिख सम्प्रदायवादी कहकर मेरी निन्दा की थी। मेरे नाम गालियों से भरी चिट्ठियों, टेलीफोनों और तारों का ताँता लग गया। तब लोगों को यह तनिक भी याद न रहा कि मैंने

भी भिंडराँवाले की भर्त्सना की थी जिसके लिए मुझे उसके समर्थकों से जान से मार डालने की धमकी मिली हुई थी। अब मुझे लगता है कि मैंने हिसाब बराबर कर दिया। लेकिन मुझे ज्यादा खुशी इस बात की होगी कि अगर यह मान लिया जाए कि मैं जो कुछ भी लिखता और बोलता रहा हूँ, वह एक सिख की तरह नहीं, बल्कि एक हिन्दुस्तानी की तरह ही लिखता और बोलता रहा हूँ।

पहले से कहीं अधिक दृढ़ता के साथ मैं अब महसूस करता हूँ कि श्रीमती गांधी की सरकार ने पंजाब की गड़बड़ी पर जो श्वेतपत्र (व्हाइट पेपर) जारी किया था और संसद के दोनों सदनों ने जिसका अनुमोदन किया था, उसमें उचित सुधार किया जाना चाहिए या फिर उसे रद्दी की टोकरी में फेंक दिया जाना चाहिए। उसका पहला हिस्सा, जिसमें अकाली मोर्चों, भिंडराँवाले की हिन्दू-विरोधी मुहिम, उसके आदमियों द्वारा भड़काई हिंसा आदि का वर्णन है, तो अब इतिहास का अंश बन चुका है, जिसको नकारा नहीं जा सकता। लेकिन हमें यह भी स्वीकार करना होगा कि इन पृष्ठों में जो नहीं दिया गया है, वह यह कि कैसे सरकार की मिलीभगत ने ही भिंडराँवाले को बनाया और कैसे स्वर्ण मन्दिर परिसर में हथियारों को चोरी-छिपे ले जाना सम्भव हुआ और यह भी कि कैसे अकाली नेताओं के साथ सभी मुद्दों पर समझौतों पर पहुँचकर भी सरकार मुकर गई। (लोंगोवाल-राजीव गांधी समझौता लगभग पूरी तरह इन पहले के फैसलों पर ही आधारित था।) सरकार के मनगढ़न्त किस्सों का सिलसिला भिंडराँवाले के मोर्चाबन्द समर्थकों के साथ स्वर्ण मन्दिर परिसर में हुई सशस्त्र सेना की भिड़न्त से शुरू होता है, जैसे कि–दोनों तरफ के हताहतों की संख्या, निर्दोषों की हत्याएँ और गुरुद्वारे की पवित्र धरोहरों की क्षति आदि को लेकर। यह तो अब एकदम स्पष्ट हो गया है कि सेना ने फूहड़पन से काम लिया है। मृतकों की संख्या श्वेतपत्र में वर्णित आँकड़ों से कहीं अधिक थी। अकाल तख्त की बर्बादी, हरिमन्दिर साहिब के प्रवेश-द्वार तथा अभिलेखागारों की क्षति–ये सभी किसी अँधेरी खामोशी तले हमेशा-हमेशा के लिए दबे रहेंगे और इसी प्रकार मुठभेड़ों में मारे गए निर्दोष स्त्री-पुरुषों और बच्चों के नाम। यह समझ में नहीं आता कि इतनी सब जानकारी होने के बावजूद कैसे राष्ट्रपति जैल सिंह ऑपरेशन ब्लूस्टार में भाग लेनेवाले अफसरों को

बाद में तरह-तरह के बहादुरी के तमगे देने को राजी हो गए? ऑपरेशन ब्लूस्टार के खिलाफ लगे आरोप तो ऑपरेशन ब्लैक थंडर की सफलता से ही सिद्ध हो जाते हैं। ऑपरेशन ब्लैक थंडर के तहत स्वर्ण मन्दिर परिसर से खाड़कुओं को निकालने में न तो हरिमन्दिर साहिब को तनिक नुकसान हुआ और न ही अधिक जानें गईं। केवल दो व्यक्ति मारे गए। इस कार्रवाई से सिखों की भावनाओं को तनिक भी ठेस नहीं लगी।

राष्ट्रीय मोर्चा सरकार ने एक भारी वायदा किया था जो अभी तक पूरा नहीं किया गया और सत्ता में अपने सात महीनों के कार्यकाल में इस सरकार ने इस दिशा में जो कुछ भी किया, उससे तो नहीं लगता कि यह कभी इसे पूरा कर पाएगी। मेरा इशारा नवम्बर, 1984 के सिख-विरोधी हत्याकांड के जिम्मेदार लोगों को सजा दिलाने की तरफ है। आजादी के बाद के भारत के इतिहास के इस सर्वाधिक कुत्सित कर्म के खिलाफ कदम उठाते यह सरकार आखिर क्यों हिचकिचा रही है?

इन घटनाओं की तरफ हमें हिन्दू, मुसलमान, ईसाई या सिख की तरह न देखकर सिर्फ एक भारतीय की तरह देखना चाहिए। भिंडराँवाले एक कुत्सित व्यक्ति था, अकालियों ने अपनी माँगों को बढ़ाते चले जाने की बेईमानी की थी, ऑपरेशन ब्लूस्टार एक बहुत भारी गलती थी जबकि ऑपरेशन ब्लैक थंडर ऐसा नहीं था, 1984 में निरपराध सिखों की हत्याएँ एक पैशाचिक कृत्य थीं और अपराधियों को दंडित न किया जाना अपराध को जारी रखना ही है।

दिसम्बर, 1990

तथाकथित पन्थिक कमेटी (पता नहीं, इस प्रकार की कितनी कमेटियाँ हैं!) ने प्रेसवालों को एक आचार-संहिता का अनुसरण करने का आदेश दिया है। मुझे अफसोस है कि इसका विरोध करनेवालों में से उग्रवादियों के पहले शिकार चंडीगढ़ में ऑल इंडिया रेडियो के केन्द्र निदेशक राजेन्द्र कुमार तालिब हुए। वे तो सिर्फ अपनी 'डयूटी' ही निभा रहे थे। उस वार्ता से उनका कोई लेना-देना नहीं था जो 'स्टेट्समैन' के दिल्ली संस्करण के पूर्व सम्पादक एस. सहाय, ऑल इंडिया रेडियो तथा दूरदर्शन के अवकाश-प्राप्त महानिदेशक, इस वार्ता के संयोजक का कार्य कर रहे सी.एस. पंडित और

मेरे बीच दिल्ली रेडियो स्टेशन ने रेकॉर्ड की थी। हमने कहा क्या था? सिर्फ यही तो न कि किसी का भी, चाहे वह सरकार हो, अखबारों के मालिक हों या आम जनता हो, यह नैतिक अधिकार नहीं है कि वे प्रेस की आजादी में दखल दें। जो प्रतिष्ठित पत्रकार हैं, वे अपनी आचार-संहिता स्वयं बनाते हैं जिसमें सबसे अधिक महत्त्वपूर्ण तो यह है कि वे पैसे अथवा सत्ता के दबाव में न आएँ और दूसरे, किसी भी प्रकार की हिंसा की धमकियों के आगे घुटने न टेंके। तथाकथित पन्थिक कमेटी ने एक आदेश जारी किया था जिसमें अन्य अनेक बातों के अलावा पत्रकारों से कहा गया था कि वे भिंडराँवाले के नाम के पहले सम्मानसूचक उपसर्ग 'सन्त' लगाया करें और खाड़कुओं को खालिस्तान के लिए लड़नेवाले स्वतन्त्रता-सेनानी कहें। मुझे याद है कि जब मैं 'हिन्दुस्तान टाइम्स' का सम्पादक था तब मैंने अपने स्टाफ को निर्देश दिए हुए थे कि भिंडराँवाले के नाम के पहले सन्त हरगिज न लगाया जाए।

तब भिंडराँवाले जीवित था। मैंने कभी उसके नाम के साथ सन्त नहीं लगाया और न ही आगे कभी लगाऊँगा। बाकी रही पन्थिक कमेटी की स्वतन्त्रता-सेनानियों की बात, तो मैं उनके लिए एक ही शब्द का इस्तेमाल कर सकता हूँ—लुटेरे, क्योंकि निरपराध स्त्रियों, बच्चों और मर्दों को मारनेवालों को, अपहरणकर्ताओं और बलात्कारियों को, जबरदस्ती धन वसूली और नशीली चीजों की तस्करी पर जिन्दा रहनेवालों को और कहें तो क्या कहें? आप कहेंगे कि मैं यह सब इतनी निडरता से इसलिए कह रहा हूँ क्योंकि मैं राजधानी में रहता हूँ जहाँ मुझे ज्यादा सुरक्षा मिली हुई है, लेकिन पंजाब के वे पत्रकार क्या करें जिन्हें चौबीसों घंटे खाड़कुओं की चुनौतियों के आगे काम करना पड़ता है? वहाँ अब तक उनके 150 साथी हत्यारों की गोलियों का निशाना बन चुके हैं। मेरे-जैसे लोग उनके लिए सिवाय अपनी सहानुभूति और समर्थन के क्या कर सकते हैं? यह तो सरकार की जिम्मेदारी बनती है कि वह उन्हें समुचित सुरक्षा मुहैया करे ताकि वे अपने कर्तव्यों का वहन निडर होकर कर सकें। अभिव्यक्ति की स्वतन्त्रता की लड़ाई हमें आखिरी दम तक लड़नी है, भले ही हममें से कितने ही इन कातिलों की गोलियों के निशाने क्यों न बन जाएँ। अन्ततः जीत तो हम कलम के सिपाहियों की ही होनी है, न कि ए.के.-47 रायफलों से लैस इन ठगों की।

मेरा लहूलुहान पंजाब

अप्रैल, 1991

जब से नवीं लोकसभा भंग हुई है और नए चुनावों की घोषणा की गई है, मुझे विदेशी रेडियो और टी.वी. नेटवर्क के कितने ही फोन आ चुके हैं कि मैं इसके भावी परिणामों पर कुछ टिप्पणी दूँ। मैं अपने जवाब में जगह-जगह 'अगर' और 'मगर' का प्रयोग करता हूँ क्योंकि मैं भी नतीजों को लेकर उतना ही विभ्रम में हूँ जितने कि बाकी लोग। खैर, जब वे मुझसे पूछते हैं कि क्या मैं पंजाब तथा असम में चुनाव कराने के पक्ष में हूँ तो मैं अस्पष्ट जवाब देकर छूट नहीं सकता। जवाब 'हाँ' या 'नहीं' में ही देना होता है। असम की परिस्थितियों से मैं पूरी तरह परिचित नहीं हूँ, इसलिए ईमानदारी से साफ-साफ कह देता हूँ कि 'मैं नहीं जानता,' लेकिन पंजाब के बारे में अब तक मेरा जवाब 'नहीं' ही रहा है क्योंकि वहाँ कई जिलों में इतनी हिंसा जारी है कि इसकी कम ही सम्भावना दिखती है कि लोग बेखटके स्वतन्त्र रूप से अपना मत डाल सकेंगे। जिन्होंने मुझे ऐसा कहते सुना है, वे मुझ पर आरोप लगाते हैं कि अपने गृह राज्य के प्रति अनुचित कर रहा हूँ और उन शक्तियों का समर्थन कर रहा हूँ जो पंजाब को लोकतान्त्रिक सरकार पाने के अधिकार से वंचित रख रही हैं। चुनाव के पक्ष में तर्क दिए जाते हैं कि हमें मान-जैसे खालिस्तान के समर्थकों और आतंकवादी गुटों के साथ बातचीत करके गतिरोध को तोड़ना चाहिए; जब इन गर्मदिमाग लोगों पर जिम्मेदारी का बोझ पड़ेगा तो ये ठंडे हो जाएँगे और उत्तरदायित्व के साथ काम करेंगे; और यह कि अगर ये फिर भी अपनी अलगाववादी माँगों से बाज नहीं आते तो केन्द्र सरकार कभी भी दखल देकर इन्हें पदच्युत कर सकती है। मैं समझता हूँ कि चन्द्रशेखर और उनकी सरकार पंजाब-समस्या के हल का यही तरीका सोच रहे हैं। मेरी नजर में यह एक दुस्साहस है और बेईमानी भी। दुस्साहस इसलिए कि एक ओर तो चन्द्रशेखर यह कहते हैं कि वे केवल संविधान के ढाँचे के भीतर ही बातचीत करेंगे और दूसरी तरफ वे उन लोगों के साथ बातचीत को राजी हैं जो खुलेआम संविधान को चुनौती दे रहे हैं और भारत से अलग होने की धमकियाँ दे रहे हैं। यह बात चन्द्रशेखर को पूरी तरह स्पष्ट हो जानी चाहिए कि जब तक हजारों सशस्त्र नवयुवक देहातों में इधर-उधर घूम रहे हैं, चुनाव निष्पक्ष और स्वतन्त्र तो नहीं ही हो सकते। अगर ऐसे में चुनावों

के समय हिंसा नहीं भी होती है तो इसलिए कि कोई भी इन सशस्त्र लुटेरों की चतुर्दिक उपस्थिति को चुनौती देने की हिम्मत नहीं करेगा। पुलिस और अर्द्धसैनिक बल बेशक यह निगरानी रखें कि चुनावों के दौरान कोई हिंसक घटनाएँ न घटें, लेकिन चुनावों के बाद इन खाड़कुओं की बदले की कार्रवाइयों से लोगों की रक्षा करने कौन आएगा जब सुरक्षा बल हटा लिए जाएँगे? चन्द्रशेखर पर धोखेबाजी का आरोप इसलिए लगाऊँगा क्योंकि मैं जानता हूँ कि वे इस बात का ध्यान रखेंगे कि कोई कांग्रेस, कम्युनिस्ट या बी.जे.पी. उम्मीदवार किसी भी चुनाव क्षेत्र में न जीत पाए और इस प्रकार वे अपने उत्तराधिकारी प्रधानमन्त्री को लोकसभा में पंजाब का प्रतिनिधित्व करनेवाला एक भरा-पूरा अलगाववादी बल विरासत में दे जाएँ। और इससे भी बुरा तो यह होगा कि अगर राज्य विधान सभा के चुनाव भी करा दिए गए तो मान और उनके समर्थक निश्चित रूप से पहला काम यही करेंगे कि खालिस्तान की माँग का प्रस्ताव पास कर दें और इस माँग के वैध होने का आभास दें, तो क्या ऐसा जुआ खेलने का कोई औचित्य है?

दिसम्बर, 1991

पिछले हफ्ते मुझे पंजाब के कुछ बड़े पत्रकारों और राजनीतिकों की मेजबानी करने का मौका मिला। वे सब अलग-अलग विचारों का प्रतिनिधित्व करते थे—अकाली, कांग्रेस, बी.जे.पी. और कम्युनिस्ट। वे अपने नाम प्रकट करना नहीं चाहते थे, पर अगर कभी मुझे उन लोगों ने इजाजत दी, तो मैं उनके नाम बता दूँगा। उनमें से हर एक के साथ बहुत-से सुरक्षाकर्मी थे—ब्लैक कैट, सी.आर.पी.एफ., दिल्ली पुलिस। लग रहा था, जैसे मेरे छोटे-से फ्लैट की किलेबन्दी कर दी गई हो। बातें वे ही कर रहे थे, मैं सिर्फ सुन रहा था। हाँ, बीच-बीच में कुछ पूछ लेता, बस। उन दुराग्रही तत्त्वों को जिनका नेतृत्व सिमरनजीत सिंह मान करते थे और खाड़कुओं के विभिन्न संगठनों के डकैतों को छोड़कर बाकी सामान्य पंजाबियों की भावनाओं का प्रतिनिधित्व करनेवाले इन नेताओं और पत्रकारों ने जो कुछ कहा, वह आपको बताता हूँ।

उन्होंने एकसुर में कहा कि यह पंजाब में पाकिस्तान का परोक्ष रूप से भारत के खिलाफ जंग छेड़ना है। पाकिस्तान में चल रहे प्रशिक्षण-केन्द्रों की संख्या को लेकर कुछ मतभेद था, किन्तु इसका अकाट्य साक्ष्य था कि

पाकिस्तान में ऐसे प्रशिक्षण-केन्द्र हैं और वे युवा भारतीयों को अत्याधुनिक शस्त्रों का प्रशिक्षण देते हैं, उन्हें मुफ्त अथवा अत्यधिक कम दामों पर हथियार और गोला-बारूद देते हैं और फिर उनकी वापस भारत में घुसपैठ में मदद करते हैं। हथियारों में अब केवल स्वचालित बन्दूकें ही नहीं हैं, बल्कि टैंकों को भी निष्क्रिय कर देनेवाले ऐसे रॉकेट-लांचर, बम और स्ट्रिंगर मिसाइलें भी हैं। हमारे पंजाब में पाकिस्तान भितरघातियों की एक ऐसी फौज तैयार कर रहा है जो खुली लड़ाई छिड़ने की हालत में हमारे लिए बहुत खतरनाक मुसीबत बन सकती है।

केवल इसी एक बिन्दु पर मैं उनसे असहमत हुआ और कहा कि जब हम अपने मामलों को खुद सँभाल नहीं पाते तो दोष पाकिस्तान के सिर मढ़ देते हैं। लेकिन फिर भी वे अपनी बात पर अड़े रहे और कहते रहे कि पाकिस्तान निश्चित रूप से पंजाब की गड़बड़ी में शामिल है।

उनका दूसरा मुद्दा यह था कि पाकिस्तान की सीमा पर पड़नेवाले जिलों में वास्तव में कोई शासन या कानून नहीं है। लोगों को जब जी चाहे कत्ल कर दिया जाता है, लूट लिया जाता है, उनकी औरतों के अपहरण और बलात्कार होते रहते हैं, अंग-भंग कर दिए जाते हैं, व्यवसायियों, जमींदारों और दुकानदारों से जबरदस्ती पैसे वसूले जाते हैं। डाकुओं के पास अपने गिरोहों को बढ़ाते रहने के लिए रंगरूटों की कमी नहीं। पुलिसकर्मियों और जवानों की मौजूदा तनख्वाह से भी दुगुने पैसे देकर या अगर वे फौज या पुलिस में प्रशिक्षण पाए हों तो इससे भी ज्यादा पैसे देकर वे उन्हें अपने गिरोहों में मिला लेते हैं। अगर ये मुठभेड़ों में मारे जाते हैं तो इनके परिवारों को भारी मुआवजे भी दिए जाते हैं। इसके बावजूद माझा क्षेत्र के जिलों के आम किसान इन डकैतों की लूटपाट से तंग आ चुके हैं और चाहते हैं कि उनको एक मजबूत नेता मिले जो इन डकैतों का मुकाबला करने के लिए उन्हें एक सूत्र में बाँधे।

इन परिस्थितियों में पंजाब में चुनाव कराने की बातें करना बेहद गैर-जिम्मेदाराना और खतरनाक काम होगा। लोगों को मान की बातों में नहीं आना चाहिए कि पिछले लोकसभा चुनावों में लोगों ने 'रेकॉर्ड' संख्या में मत डाले। वे चुनाव तो किसी भी कोण से स्वतन्त्र और निष्पक्ष नहीं कहे जा सकते क्योंकि उन चुनावों में लोगों को सशस्त्र गिरोहों की उपस्थिति

में मान की पन्थिक पार्टी के प्रत्याशियों के हक में मत दिए जाने के लिए बाध्य किया गया था। पुलिस और सेना की उपस्थिति चाहे कितनी ही बड़ी तादाद में क्यों न हो, यह लोगों को अपनी इच्छानुसार स्वतन्त्र रूप से मतदान करने को आश्वस्त नहीं कर सकती क्योंकि उनकी उपस्थिति तो होगी कुछ दिनों के लिए ही। पंजाब में तब तक चुनाव नहीं कराए जाने चाहिए जब तक खाड़कुओं का पूरी तरह सफाया नहीं हो जाता, नहीं तो राज्य विधानसभा में ऐसे विध्वंसकारी तत्त्वों का भारी बहुमत होगा जो निश्चय ही राष्ट्रीय हितों के विरुद्ध काम करेंगे।

अकाली धड़ों ने सिखों में अपनी विश्वसनीयता पूरी तरह खो दी है। उनमें से अधिकतर का हौसला अब पूरी तरह टूट चुका है और वे हत्यारों के सामने नहीं पड़ना चाहते। ऐसे लोगों में हत्यारों की गोलियाँ खा चुके तोहड़ा और तलवंडी भी शामिल हैं। बादल ने अवश्य कुछ झूठमूठ के शहीद कहे जानेवाले हत्यारों की मृत्यु पर उनके भोग संस्कारों में उपस्थित होकर उनका अनुग्रह प्राप्त करने की कोशिश की। अकालियों का एक भी बड़ा नेता इतनी दिलेरी नहीं दिखा सका कि निरपराध स्त्रियों, पुरुषों और बच्चों के हत्यारों के खिलाफ एक शब्द भी कहकर उनकी भर्त्सना करता। वे सिर्फ पुलिस की ज्यादतियों और नकली मुठभेड़ों के बारे में बोल-बोलकर ही समझते रहे कि अपना फर्ज निभा रहे हैं। इन सबमें अपवाद हैं केवल पटियाला के अमरिन्दर सिंह जिन्होंने अन्ततः खालिस्तानियों के रूप में लूटपाट मचाते डकैतों के बारे में बोला और लिखा है।

आज की सबसे बड़ी जरूरत है पंजाब पुलिस के हाथ मजबूत करना जो सिख-बहुल होने के कारण हत्यारों के इन गिरोहों का मुकाबला करने की बेहतर स्थिति में है। इनको सिख किसानों का समर्थन और सहयोग मिलने की अधिक सम्भावना है बनिस्बत सीमा सुरक्षा बल या सी.आर.पी. एफ. के, क्योंकि इन्हें बाहरी समझा जाता है और इनमें से अधिकांश तो पंजाबी बोल भी नहीं पाते।

एक बड़ी गलती यह भी की जाती है कि पकड़े गए खाड़कुओं और उनके अप्रतिबद्ध समर्थकों को एक ही जेल में ठूँस दिया जाता है। हमें लोगों से यह मालूम हो चुका है कि निकट सम्पर्क से अपराधी नेताओं को (दादाओं को) अपने नौसिखिए समर्थकों को कट्टर समर्थक बनाने का

अवसर मिल जाता है। पंजाब के अनुभवों से यह बात अच्छी तरह साबित हो गई है कि युवा लड़के जेलों में पक्के अपराधियों के साथ कुछ ही महीने बिताकर बाहर निकलने के बाद पक्के अपराधी बन जाते हैं। इसलिए इनको राज्य के बाहर की अलग-अलग जेलों में भेजना चाहिए।

पंजाब की समस्या को सभी मोर्चों पर सुलझाने की जरूरत है—भावनात्मक, धार्मिक, आर्थिक और राजनीतिक। यह इतनी आसानी से सुलझनेवाली नहीं जितनी कि बाहरी लोगों को दिखाई देती है। पंजाब के परिदृश्य में राहत की एक किरण यह है कि गुंडागर्दी की घटनाओं ने सिखों से हिन्दुओं को जुदा करने के बजाय दोनों समुदायों को पहले से और ज्यादा करीब ला दिया है। अभी सबकुछ समाप्त नहीं हुआ है। आज पंजाब को जो चाहिए, वह है एक मजबूत और पक्षपातरहित प्रबुद्ध सरकार, जो कड़ाई के साथ मगर सहानुभूतिपूर्वक इसे सँभाल सके।

दिसम्बर, 1991

गृहमन्त्री ने एक सर्वदलीय सभा यह सलाह देने के लिए बुलाई कि पंजाब में आतंकवाद की समस्या से कैसे निबटा जाए। जो सचमुच कुछ काम की सलाह देने के काबिल लोग थे, उन्होंने तो आने से ही इनकार कर दिया और जो आए, उनकी राय के कुछ खासे मायने नहीं थे, लेकिन उन्होंने काफी भड़ास निकाली। पता नहीं मन्त्रीजी को इस प्रकार की बैठक बुलाकर क्या हासिल हुआ!

प्रश्न एकदम आसान रखे गए थे। आतंकवाद क्यों अभी तक जारी है? इसे रोकने के लिए हम क्या कर सकते हैं? लेकिन जवाब इतने आसान नहीं थे। अब खाड़कू धार्मिक अथवा राजनीतिक कारणों से उतने प्रेरित नहीं हैं। अब तो वे डाकुओं के गिरोह बन गए हैं जो लूटमार मचाते हैं, अपहरण करते हैं और फिरौतियाँ माँगते हैं, बलात्कार और हत्याएँ करते हैं और अपने कुत्सित कर्मों को अच्छे-अच्छे नामों तथा धार्मिक एवं राजनीतिक उद्देश्यों का जामा पहनाकर जायज ठहराते हैं। सिखों के मन में जो बात अभी तक खटक रही है, वह यह है कि ऑपरेशन ब्लूस्टार और श्रीमती गांधी की हत्या के बाद हुई हत्याओं के अपराधियों को अभी तक कोई सजा नहीं दी गई। यद्यपि अब इस बात को लेकर अधिक कुछ नहीं किया जा

सकता, फिर भी खाड़कुओं को लूटपाट मचाने का कोई बहाना न मिले, इसके लिए सरकार को चाहिए कि ब्लूस्टार के लिए औपचारिक रूप से खेद तो प्रकट कर ही दे और अपना नकली श्वेतपत्र वापस ले ले। एक बात और। सरकार उन सब लोगों से अपने-आपको अलग कर ले जिनके नामों के साथ अनेक गैर-सरकारी जाँच कमीशनों ने नवम्बर, 1984 की हत्याओं के लिए निन्दनीय भूमिका जोड़ी है। और सरकार को यह भी साफ-साफ और दृढ़तापूर्वक कहना होगा् कि खालिस्तान के समर्थकों और डाकुओं के गिरोहों के प्रतिनिधियों के साथ वह कोई बातचीत नहीं करेगी। एक के बाद एक आती-जाती सरकारों ने इनके साथ कभी सुसंगत ढंग से निबटने की कोशिश नहीं की। उसे यह महसूस करना चाहिए कि उन्हें बातचीत के लिए निमन्त्रित करके वह पुलिस बलों का मनोबल गिराती है।

विचारणीय प्रश्न तो यह है कि इतनी बड़ी तादाद में सेना, पुलिस और अर्द्धसैनिक बलों को नियुक्त करने के बावजूद क्यों खाड़कू फल-फूल रहे हैं और नए रंगरूट उनमें भर्ती हो रहे हैं? इसका उत्तर आसान है। सेना की उपस्थिति आम लोगों के जान-माल की रक्षा करने में असमर्थ रही और लोगों के पास खाड़कुओं की बातें मानने के सिवा और कोई चारा नहीं रहा। इसके लिए सरकार को केवल स्वयं को ही दोषी ठहराना चाहिए। साथ ही मानव-अधिकारों के हनन, जबरदस्ती धन वसूली और संदिग्ध लोगों को जेलों में यातनाएँ देने की भी कितनी ही घटनाएँ सुनने में आती हैं जिसके कारण बहुत-से कानून के पाबन्द नागरिक भी खाड़कू बन जाते हैं।

एक बार चुनाव हो जाएँ, तो नए नेता उभरेंगे। चंडीगढ़, सीमाओं के पुनर्गठन और नदी-पानी के बँटवारे आदि पर एक नया समझौता जरूर होना चाहिए। नए समझौते के बाद सरकार विदेशों में रहनेवाले पंजाबियों की मदद से, जिनकी बहुत इच्छा है कि अपने गृह-राज्य के लिए कुछ सकारात्मक कार्य करें, पंजाब का औद्योगीकरण करने की एक बड़ी योजना बनाए।

जनवरी, 1992

राष्ट्रीय एकता परिषद के विचार के लिए जारी की गई कार्यसूची को पढ़ने पर बड़ा मनहूस-सा लगा। इसमें स्वीकार किया गया था कि झेलम की घाटी में स्थिति 'राष्ट्रीय एकता और अखंडता के लिए बहुत बड़ा खतरा पैदा

करती है।' यह कि पिछले तीन सालों में हजारों खाड़कुओं ने पाकिस्तान में प्रशिक्षण प्राप्त किया; और अब पाकिस्तान ने रॉकेटों, कलाश्नीकोवों और ग्रेनेडों और आधुनिकतम अस्त्रों में प्रशिक्षित खाड़कुओं के जरिए भारत के खिलाफ युद्ध छेड़ रखा है और हमारे सुरक्षा बलों को उलझा रखा है; घाटी में अलगाववाद की भावना पहले से बहुत अधिक जोर पकड़ चुकी है; खाड़कुओं की हिंसा से हमारी अर्थव्यवस्था पंगु हो चुकी है और पाकिस्तान संयुक्त राष्ट्र संघ, गुटनिरपेक्ष आन्दोलन तथा इस्लामिक संगठनों-जैसे अन्तर्राष्ट्रीय मंचों से जोर-शोर से भारत-विरोधी प्रचार कर रहा है।

पंजाब में गड़बड़ी चलते काफी लम्बा अरसा हो चुका है। पिछले दस सालों में 10,000 से भी अधिक निरपराध लोगों का कत्ल हो चुका है। यह साल जो अभी-अभी समाप्त हुआ है, इसमें मरनेवालों की संख्या 3,000 रही जो पिछले सालों के औसत से काफी ज्यादा है। इससे यह दावा झूठा साबित होता है कि सेना की तैनाती के बाद से हत्याओं में तेजी से कमी आई है। वस्तुतः ये बढ़ी ही हैं और खाड़कुओं को अपने गिरोहों में भरती के लिए रंगरूटों की कमी नहीं रही। इस राज्य में खाड़कुओं ने अपनी बन्दूकें पुलिसवालों और उनके परिवारों पर खासतौर से तान रखी हैं। वे अपने हुक्मनामों में लोगों से कह रहे हैं कि उन्हें कैसे कपड़े पहनने चाहिए, क्या खाना चाहिए, क्या पीना चाहिए; वे बैंकों को बता रहे हैं कि कैसे उनको अपना व्यवसाय करना चाहिए; और न्यायाधीशों और मजिस्ट्रेटों को क्या फैसले करने चाहिए।

जो हाल कश्मीर का है, वही पंजाब का भी है। विध्वंसकारी कार्रवाइयों की योजनाएँ पाकिस्तान में किसी गुप्त बैठक में बनाई जाती हैं। वे इस बात पर दृढ़-प्रतिज्ञ हैं कि पंजाब में चुनाव न होने पाएँ।

अब तक विधानसभा के 24 और लोकसभा के 3 प्रत्याशी कत्ल कर दिए गए हैं। फिर भी अगले महीने नए चुनाव तो होने ही हैं।

140 सदस्यों की राष्ट्रीय एकता परिषद कुछेक घंटों की मीटिंग करके भला कौन-सा रचनात्मक सुझाव दे सकती है? हमारे लिए कौन-से विकल्प खुले हैं? केवल तीन। एक तो यह कि पहले से ज्यादा तादाद में विभिन्न बलों को तैनात कर आतंकवाद को नियन्त्रण में रखें; दूसरा यह कि पाकिस्तान के खिलाफ जंग छेड़ दें और हमेशा के लिए मामले को निपटा

लें—यह रास्ता तो कोई पागल ही सुझा सकता है; तीसरा और अन्तिम विकल्प यह है कि कश्मीर घाटी (जम्मू और लद्दाख को छोड़कर) के भविष्य को लेकर पाकिस्तान के साथ बातचीत करके किसी ऐसे समाधान पर पहुँचा जाए जो घाटी के लोगों को मान्य हो और जिसका भारत तथा पाकिस्तान दोनों अनुमोदन करें। एक बार यह समाधान हासिल कर लिया जाए तो पाकिस्तान को हमारे पंजाब में रुचि नहीं रहेगी और खालिस्तानी खाड़कू अपना आधार और पोषण-स्थल खो बैठेंगे।

फरवरी, 1992

पंजाब में एक ही समय में इतना कुछ घटित होता रहा है कि यह एक 'मॉडर्न इम्प्रैशनिस्टिक (प्रभावात्मक) पेंटिंग'-सा लगने लगा है। कोई नहीं बता सकता कि इसका मतलब क्या है। एक बात तय है कि यहाँ कुछ ही दिनों में चुनाव होंगे। कितने लोग मत देंगे (या कितनों को बेखटके मत देने दिया जाएगा) और कितनी पार्टियाँ खुलेआम और कितनी पार्टियाँ प्रच्छन्न रूप से अपने प्रत्याशियों को खड़ा करेंगी, यह वास्तव में कोई नहीं जानता। निर्णय अन्ततः खाड़कुओं पर ही निर्भर करता है जो वहाँ अपना दबदबा बनाए हुए हैं। उनका असली निशाना तो अकाली होंगे जिन्होंने अपनी गर्जना और डींगों के बावजूद अपने-आपको न केवल मूढ़ सिद्ध किया है बल्कि डरपोक भी। तो क्या वे कांग्रेस और बी.जे.पी. के लिए मैदान खुला छोड़ देंगे? यह तो बहुत बुरा होगा। मेरा पक्का विश्वास है कि पंजाब में अमरिन्दर, बरनाला, बादल या सुखजिन्दर के नेतृत्व में संविधान के प्रति वचनबद्ध अकाली सरकार की ही जरूरत है। आतंकवाद को नियन्त्रित रखने में यही सरकार सबसे अच्छी स्थिति में होगी।

खाड़कुओं के बारे में क्या कहें? अब तक क्या वे पर्याप्त हत्याएँ नहीं कर चुके? और खुद भी क्या पर्याप्त संख्या में नहीं मारे जा चुके? मुझे जो सूचना मिली है और इसका जो भी मूल्य हो, वह यह है कि वे अब एक सम्माननीय समझौता करने को राजी हो जाएँगे। राजेश पायलट एकमात्र केन्द्रीय मन्त्री हैं जो खाड़कुओं से भरे तरनतारन के इलाकों में गए। वहाँ उनका भरपूर स्वागत हुआ। उन्होंने अपनी सुरक्षा को भी हटा दिया और खाड़कू नेताओं के साथ खुलकर बात की। पता चला कि वे जो चाहते हैं,

वह यह है कि हिरासत में लिए गए उनके उन साथियों को छोड़ दिया जाए जिन पर कोई मुकदमा नहीं चलाया गया हो, उनके खिलाफ पुलिस और फौजी कार्रवाई बन्द की जाए, राजीव-लोंगोवाल समझौते को लागू किया जाए और हर जिले में भारी उद्योग लगाए जाएँ। उनमें से किसी ने भी खालिस्तान की बात नहीं छेड़ी। इसमें से कोई भी तो अनुचित या अव्यावहारिक नहीं लगता। आगे बढ़ने के लिए सिर्फ हिम्मत की जरूरत है। मुख्यमन्त्रियों और राजनीतिक दलों से और अधिक परामर्श की जरूरत नहीं है। इस या उस मामले के लिए और कमीशन बैठाने की भी जरूरत नहीं है। चंडीगढ़, सीमाओं के पुनर्गठन और नदियों के पानी के बँटवारे वगैरह पर जो भी सही लगता हो, निर्णय सरकार खुद ले ले और उसे सम्बद्ध राज्यों—पंजाब, हरियाणा, हिमाचल और राजस्थान की सरकारों को बता दे कि यही आखिरी निर्णय है। एक मन्त्री को सिर्फ इसी काम में लगा दिया जाए कि वह देखे कि ये निर्णय कुछ ही महीनों के भीतर कार्यान्वित कर दिए जाएँ।

इस वक्त तो जो व्यक्ति केन्द्रीय सरकार और सम्बद्ध पक्षों के लिए सबसे अधिक स्वीकार्य लगता है, वह हैं राजेश पायलट। वही इस एकमुश्त समझौते को आगे बढ़ाएँ और इसे सुखद निष्कर्ष तक पहुँचाएँ। इसमें कोई शक नहीं कि बहुत-से शरारती लोग उन्हें लेकर तरह-तरह की आपत्तियाँ उठाएँगे : मन्त्रिमंडल में भी काफी आलोचना और नुक्ताचीनी होगी। लेकिन उन सबकी उपेक्षा की जानी चाहिए। कुत्ते भौंकते रहें और शान्ति का काफिला अपने पथ पर अग्रसर होता रहे।

फरवरी, 1992

जब पंजाबी किसी भारी काम के सम्पूर्ण होने का जश्न मनाते हैं तो वे भाँगड़ा करते हैं और चिल्लाते हैं, 'ओ बल्ले, बल्ले'! पिछले चुनावों को लेकर जश्न मनाने जैसी कोई बात नहीं थी। चौथाई से भी कम लोग मतदान करने गए। मतदान और सहज विवेक पर गोलियों का भय और चुनावों का बहिष्कार हावी हुए बैठे थे। इस चुनाव के लाभों को दो उँगलियों पर गिना जा सकता था, नुकसानों को दोनों हाथों की उँगलियों पर। पहले लाभों को लें। राष्ट्रपति शासन समाप्त हो गया और निर्वाचित मुख्यमन्त्री तथा उनके मन्त्रिमंडल ने शासन-भार सँभाला। कांग्रेस पार्टी को लोकसभा

में दस और सीटें मिल गईं। और वह लोकसभा में लगभग आधा बहुमत प्राप्त करने के और करीब पहुँच गई। कुछेक सीटें और मिल जाएँ तो बी.जे.पी., उतावले समाजवादियों और अन्य क्षेत्रीय दलों पर निर्भरता से उसे मुक्ति मिल जाए। लाभ तो बस इतने ही हैं। अब आइए नुकसानों की लम्बी सूची पर। सबसे बड़ा नुकसान तो यह हुआ कि चुनाव में किसी भी दल को जनता का शासनादेश नहीं मिला। बेअन्त सिंह और कांग्रेस पार्टी पंजाब की बहुसंख्यक जनता की इच्छाओं का प्रतिनिधित्व नहीं करते। वे केवल 20 प्रतिशत से भी कम जनसंख्या का प्रतिनिधित्व करते हैं। दोष उनका नहीं है। दोष तो अकालियों का है जो अपनी अधिसंख्या के दावे का सुनहरा मौका चूक गए। उन्होंने खाड़कुओं द्वारा दी गई हिंसा की धमकियों के सामने घुटने टेक दिए और अब तो उन्हें हमेशा इन बन्दूक ताने गुंडों के गिरोहों का प्रवक्ता बना रहना पड़ेगा। अब तो अगर ये लोग संन्यास लेकर गाँवों में जिन्दगी बसर करना चाहें, जैसाकि इनमें से अधिकांश चाहते भी हैं, तो भी वे ऐसा नहीं कर सकते क्योंकि खाड़कू इन्हें हमेशा आन्दोलन छेड़ते रहने को धमकाते रहेंगे और इस तरह पंजाब का घड़ा हमेशा उबलता रहेगा।

अकाली इसमें से कुछ दोष केन्द्रीय सरकार पर डाल सकते हैं और इसका कारण है क्योंकि सरकार ने इनके पास अपने चुनाव अभियान में बोलने के लिए कोई मुद्‌दा ही नहीं छोड़ा था। केन्द्रीय सरकार अब तो निश्चित रूप से बेअन्त और उनके साथियों के हाथ मजबूत करने के लिए और भी ऐसा करेगी। बेअन्त सिंह जब अपने पैर जमा चुके होंगे तो वे अकाली नेताओं को रिहा कर कुछ और मुनाफा कमा लेंगे।

जो प्रश्न अनुत्तरित ही रह जाएगा, वह यह है कि नई व्यवस्था क्या आतंकवाद का मुकाबला करने और पंजाब में शान्ति स्थापित करने में अधिक सक्षम है? मेरे खयाल से तो नहीं। जनता के पूरे दिल से सहयोग के बिना खाड़कुओं को पकड़ना मुश्किल है। इतने कम लोगों के मतदान करने से यह स्पष्ट रूप से प्रमाणित हो गया है कि किसान इस सरकार का साथ नहीं देंगे और आतंकवाद बजाय समाप्त होने के जारी रहेगा। भाँगड़ा करने का अवसर अभी नहीं आया है और न ही 'बल्ले, बल्ले' चिल्लाकर हर्षोल्लास मनाने का।

उपसंहार

जिस दिन से 'खालिस्तान' शब्द का आविष्कार हुआ है, उसी दिन से मैं भरसक कोशिश करता रहा कि इसके समर्थकों के साथ संवाद स्थापित कर सकूँ ताकि मुझे पता तो चले कि आखिर इनके दिमाग में है क्या! लेकिन मुझे एक भी ऐसा शख्स नहीं मिला जो इसकी (खालिस्तान की) संकल्पना, इसकी भौगोलिक सीमाओं, इसकी धार्मिक संरचना तथा इसके प्रस्तावित राजनीतिक एवं आर्थिक ढाँचे की विवेकपूर्ण व्याख्या कर सके। मैंने गंगा सिंह ढिल्लों से दो लम्बी मुलाकातें कीं। मैंने पाया कि सिख धर्म और इतिहास की उसकी समझ अत्यन्त त्रुटिपूर्ण थी और वह सीधे प्रश्नों के उत्तर देने से कतराता था। खैर, अपनी एक इंग्लैंड-यात्रा के दौरान मुझे खालिस्तान से सम्बन्धित कुछ प्रलेख हाथ लगे जिससे इसके समर्थकों के मन की निपट सम्भ्रान्ति का पता चला। एक तो था खालिस्तान का ब्यौरेवार नक्शा जिसे मैं पहली बार देख रहा था। यह इंग्लैंड में छापा गया है और इसका मूल्य है 2 पौंड। प्रकाशन की तिथि कहीं भी अंकित नहीं है। इस नक्शे के मुताबिक खालिस्तान में जम्मू, पूरा हिमाचल प्रदेश, हरियाणा, दिल्ली एवं उत्तर प्रदेश, राजस्थान तथा सौराष्ट्र के कुछ हिस्से आते हैं; सौराष्ट्र का कुछ हिस्सा इसलिए कि राज्य को समुद्र तक पहुँचने का रास्ता मिल जाए। अन्दाजन इस राज्य में सिखों की जनसंख्या इसकी सम्पूर्ण जनसंख्या के 13 प्रतिशत से अधिक नहीं होगी। यह किस प्रकार का सिख-राज्य होगा?

जाहिर है कि यह लोकतान्त्रिक राज्य नहीं होगा। फिर भी, इसकी अवधारणा को परिभाषित करनेवाली बॉक्स में दी गई सामग्री में कहा गया है कि 'यह धरती पर स्वर्ग के समान होगा।' इसके दस हस्ताक्षरकर्ताओं में प्रमुख नाम है जसवन्त सिंह ठेकेदार का, जो अपने-आपको खालिस्तान सरकार का रक्षामन्त्री बताता है। क्या सिमरनजीत सिंह मान और उनके समर्थकों को खालिस्तान की भौगोलिक संकल्पना के बतौर यह नक्शा मान्य है?

जो दूसरी चीज मेरे हाथ लगी, वह है एक पैम्फलेट—निश्चित रूप से पाकिस्तान में छपी, क्योंकि उसके मुखावरण पर पाकिस्तान के धार्मिक मामलों के मन्त्री का ननकाना साहिब में लिया गया चित्र है। भीतर के एक पृष्ठ का शीर्षक है—'इन्तजार करिए और देखिए।' उसके नीचे गुरुमुखी में कुछ लिखा है जिसे 'सौ साखी' से उद्धृत बताया गया है लेकिन यह एक नकली दस्तावेज है जिसे गुरु गोविन्द सिंह के मत्थे मढ़ दिया गया है। समय-समय पर सत्ता के आकांक्षी अपनी-अपनी सहूलियत के हिसाब से इन तथाकथित भविष्यवाणियों की व्याख्याएँ छपवाते रहते हैं। मेरे पास ऐसी दो भविष्यवाणियाँ हैं। एक में लिखा है कि महाराजा दलीप सिंह की पंजाब के शासक के रूप में वापसी होगी। दूसरी 1946 में प्रकाशित भविष्यवाणी है जिसमें लिखा है कि साम्राज्य महाराजा यादवेन्द्र सिंह को जाएगा। इसके अनुसार बड़े पैमाने पर खून-खराबा होगा, भारत पर चीन और रूस का आक्रमण होगा और दिल्ली की गद्दी खालसों के हाथ जाएगी। इस दस्तावेज के रचनाकारों को इतना भी खयाल नहीं आया कि अम्बाला शहर गुरु गोविन्द सिंह के जमाने में था ही नहीं। तब यह एक छोटा-सा गाँव था—अम्बवाली, जहाँ अंग्रेजों ने केन्टोनमेंट बनाकर इसे अम्बाला नाम दे दिया था। मुझे कोई आश्चर्य नहीं होगा अगर अगली बार इसे फिर छापा जाए तो इसमें खालिस्तान के राजा के बतौर सिमरनजीत सिंह मान का नाम डाल दिया जाए।

मेरी तीसरी प्राप्ति एक छोटी-सी पुस्तिका है जिसका शीर्षक है 'राज करेगा खालसा?' इसे लाहौर में सन् 1984 में इकबाल कैसर ने छापा। यह पंजाबी में लिखी है, लेकिन लिपि उर्दू की है। मुझे यह देखकर बड़ी कोफ्त हुई कि यह अजीत कौर के एक लेख से शुरू होती है जो ऑपरेशन ब्लूस्टार के तुरन्त बाद मेरी अमृतसर यात्रा के अनुभवों पर आधारित था। इसमें

भिंडराँवाले के उदय का, उसकी निरंकारियों से हुई मुठभेड़ों का और उन कारणों का संक्षिप्त उल्लेख है कि क्यों सरकार ने जानबूझकर ऐसी स्थितियाँ पैदा कीं ताकि स्वर्ण मन्दिर पर आक्रमण को जायज ठहराया जा सके। खालिस्तान के बनने की सम्भावना को उस पर प्रश्नचिह्न लगाकर छोड़ दिया गया है। मुझे जिस चीज को देखकर मजा आ गया, वह यह थी कि लेखक ने इसको खालिस्तान के श्रद्धेय प्रवर्तक डॉ. जगजीत सिंह चौहान को समर्पित करते हुए गुरुमुखी में उनका नाम चौहान की जगह 'चूहान' लिखा था। शायद यह गलती ही डॉक्टर के विस्मृति के गर्त में लौट जाने का संकेत देती है। अब आप ही सोचिए कि कोई इस खालिस्तान की धमकी को कितनी गम्भीरता से ले सकता है?

लेकिन जिस चीज पर गम्भीरता से विचार करने और कार्रवाई करने की जरूरत है, वे हैं पंजाब की जमीनी वास्तविकताएँ। एक चीज जो वहाँ अभी तक नहीं बदली है, वह है हिंसा का जारी रहना। यह तब से हो रही है जब से पंजाब के क्षितिज पर भिंडराँवाले का उदय हुआ। खाड़कुओं की संख्या और पंजाब के कृषक वर्ग पर उनके प्रभाव के बारे में हमारा अन्दाजा बहुत गलत था। मारे गए अथवा पकड़े गए खाड़कुओं के पुलिस द्वारा प्रेस के लिए जारी किए गए कल्पित आँकड़े ही हमें दिए जाते रहे। खाड़कू औसतन पाँच से लेकर एक दर्जन मर्दों, औरतों और बच्चों को रोज मारते रहे हैं और बैंकों में डकैतियाँ डालकर बड़ी-बड़ी रकमें लूटते रहे हैं। एक ऐसी ही डकैती में उन्होंने 6 करोड़ रुपए लूटे थे। आनेवाला हर नया पुलिस कमिश्नर चाहे जितने खाड़कुओं को पकड़ने का दावा कर ले, पर उनकी जघन्य गतिविधियों में कोई खास गिरावट नजर नहीं आती। जो बात और भी अधिक हताश करनेवाली है, वह यह है कि आतंकवाद के खिलाफ किसी जनआन्दोलन के छिड़ने के ठोस प्रमाण नहीं हैं। बल्कि इसके विपरीत, जिस तरह ज्यादातर खाड़कू अपराध करने के बाद भाग निकलने में सफल हो जाते हैं, उससे तो यही धारणा बन सकती है कि या तो इसमें लोगों की मौन स्वीकृति है या फिर वे उनसे डरते हैं अथवा उनके प्रति निरपेक्ष हो गए हैं। कोई भी उनका पीछा करने की जहमत उठाकर पुलिस

को मदद करने का इच्छुक नहीं है। जब खाड़कुओं और पुलिस दोनों में से किसी एक के चयन की स्थिति आती है तो ज्यादातर लोग कहते हैं कि वे खाड़कुओं की अपेक्षा पुलिस से ज्यादा डरते हैं।

यह बहुत दुखद स्थिति है क्योंकि सक्रिय जनसहयोग के बिना आतंकवाद पर विजय पाना असम्भव है। और पंजाब की समस्याओं का कोई स्थायी हल तब तक नहीं ढूँढ़ा जा सकता जब तक आतंकवाद का अन्त न कर दिया जाए। अनिवार्यतः आतंकवाद से निबटने को सर्वोपरि प्राथमिकता दी जानी चाहिए।

सौभाग्यवश उस दिशा में कुछ कदम उठाए गए हैं। पाकिस्तान के साथ तनाव के बहाने से कुछ समय पहले केन्द्रीय सरकार ने आतंकवाद से सर्वाधिक प्रभावित जिलों में भारी तादाद में फौजें तैनात कर दीं। इन्हीं जिलों से पाकिस्तान से हथियार चोरी-छिपे भारत में लाए जाते थे। उम्मीद तो यही की जाती है कि पाकिस्तान के साथ लगनेवाली सीमाएँ प्रभावी ढंग से सील कर दी गई हैं। खाड़कू गिरोहों के गठन में भी आमूल-चूल परिवर्तन आए हैं। भिंडराँवाले के दिनों के और ऑपरेशन ब्लूस्टार के तुरत बाद के समय के धर्मान्ध खाड़कुओं का लगभग सफाया हो चुका है। अब जो बचे हैं, उनमें खालिस्तान के समर्थक, नक्सलवादी, तस्कर, डकैत और आम अपराधी हैं। आम लोग उनका पीछा करने में पुलिस की मदद भले ही न करते हों, लेकिन वे अब उनको भाग निकलने में मदद करने में भी हिचकिचाने लगे हैं। यह भी उल्लेखनीय है कि खाड़कुओं के निशाने अब बदल गए लगते हैं। जाहिर है कि इन लोगों ने अब केवल पंजाबी हिन्दुओं को ही आतंकित करने और उन्हें पंजाब छोड़कर भागने को मजबूर करने तथा बदले में भारत के अन्य हिस्सों में जवाबी हिन्दू कार्रवाइयाँ भड़काने और वहाँ रहनेवाले सिखों को पंजाब लौट आने को बाध्य करने की अपनी योजना छोड़ दी है। खालिस्तान को असलियत में बदलने की उनकी कोशिशें नाकामयाब हो गई हैं क्योंकि आम सिख जनता ने अलग सिख राज्य की अवधारणा को नकार दिया है।

दरअसल आतंकवाद को मिटाने के लिए अभी बहुत कुछ करना बाकी है। सबसे महत्त्वपूर्ण तो यह है कि सिख गुरुद्वारों की पवित्रता बहाल की जाए और उन्हें फिर से कानून के भगोड़ों की शरणगाह तथा राजनीतिकों

की चौपाल बनने से बचाया जाए। यह सुविदित है कि हरिमन्दिर साहिब (स्वर्ण मन्दिर) का नियन्त्रण जिसके हाथ होगा, वही सिखों के मन को भी नियन्त्रित कर सकेगा। दुर्भाग्यवश हरिमन्दिर साहिब और इससे जुड़ा अकाल तख्त इस समय शिरोमणि गुरुद्वारा प्रबन्धक कमेटी और इस कमेटी द्वारा नियुक्त मुख्य ग्रन्थियों के नियन्त्रण में है जो अलग सिख राज्य की अवधारणा का समर्थन करते हैं और खाड़कुओं की भर्त्सना करने से हिचकिचाते हैं। यही बात कई दूसरे गुरुद्वारों पर भी लागू होती है। गुरुद्वारों की खाड़कू तत्त्वों से सफाई एकमात्र सिख संगत का काम है। ज्यादातर स्थानों पर तो संगत यह अफसोस जताती है कि अब गुरुद्वारों में वह धार्मिक परिवेश नहीं रहा जो इनके राजनीति से जुड़ने के पहले हुआ करता था। यह उम्मीद की जाती है—और इसका कारण है—कि संगतें अपने दावे रखते हुए इन ग्रन्थी-राजनीतिकों को निकाल बाहर करेंगी, जैसे कभी उनके पूर्वजों ने गुरुद्वारों को महन्तों के चंगुल से छुड़ाया था; अन्यथा उन्हें यह बर्दाश्त करना होगा कि आए दिन पुलिस कानून तोड़नेवाले अपराधियों को पकड़ने यहाँ घुसती रहे। इस सिद्धान्त के साथ तो कोई समझौता नहीं किया जा सकता कि अपराधी जहाँ कहीं भी हो, पुलिस उसे पकड़ने आ सकती है।

आतंकवाद की समस्या के दो और पहलू दिमाग में रखने होंगे। एक तो है नए रंगरूटों का इन गिरोहों में शामिल होते रहना। यह मानना पड़ेगा कि पुलिस की नकली मुठभेड़ों में निरपराध लोगों के मारे जाने के बाद अनेक नवयुवक इन गिरोहों में सम्मिलित हो गए। श्री रिबेरो ने पुलिस-क्रूरता की बात को स्वीकार किया और माना कि कई अनजान लोग भी पुलिस के हाथों मारे गए। इस तरह की वारदातों को तुरन्त बन्द होना अनिवार्य है। दस खूनियों को भाग जाने देना उतना गलत नहीं है जितना कि एक निरपराध को मार डालना। उतना ही महत्त्वपूर्ण यह है कि श्रीमती गांधी की हत्या के बाद हुई सिखों की हत्याओं के जिम्मेदार लोगों को बेनकाब किया जाए। स्वतन्त्रता-प्राप्ति के बाद घटे इस बीभत्सतम जनसंहार के लिए एक भी अपराधी पर मुकदमा नहीं चलाया गया। इसके विपरीत, कई स्वतन्त्र जाँच आयोगों द्वारा दोषी ठहराए गए लोगों को मन्त्रि-पदों से पुरस्कृत किया गया और मिश्रा आयोग के जरिए उनके काले कारनामों पर रहस्यमय ढंग से पर्दा डालने की कोशिश की गई। सिखों से यह अपेक्षा करना उनके साथ

ज्यादती है कि वे अपनी बिरादरी के 5,000 से भी अधिक लोगों की हत्या, लूटमार और बलात्कार को भूल जाएँ और अपराधियों को माफ कर दें। यह राष्ट्र के चेहरे पर भी कलंक का धब्बा है। और इससे भी बुरी बात तो यह है कि इससे खाड़कुओं को अपने कुकृत्यों को जायज ठहराने का बहाना मिलता है। वे दूसरों से उचित ही व्यंग्य करते हुए पूछ सकते हैं कि 'उस सरकार से न्याय की क्या अपेक्षा, जो सिखों के हत्यारों को दंडित करने से इनकार करती है?' हमें मालूम होना चाहिए कि अपराध की सजा न देने से अपराधियों का पोषण होता है।

आतंकवाद से निबटने के बाद दूसरी प्राथमिकता होनी चाहिए हिन्दू-सिख सम्बन्धों को उस स्थिति में ले जाना जिस स्थिति में वे उससे पहले थे जब भिंडराँवाले ने हिन्दुओं के खिलाफ अपने नफरत-भरे वक्तव्य देना, उसके गुंडों ने हिन्दू मन्दिरों को अपवित्र तथा निरपराध लोगों की हत्याएँ करना शुरू किया था। सौभाग्यवश, पिछले पाँच सालों से लगातार जारी हिंसा के बावजूद दोनों समुदायों के बहुसंख्यक लोग मेल-मिलाप से रहते हैं। यह उल्लेखनीय है कि इस सारी अवधि में एक भी ऐसी घटना नहीं हुई कि सिखों की भीड़ ने हिन्दुओं पर हमला किया हो। श्रीमती गांधी की मृत्यु के बाद जिस तरह हिन्दुओं ने सिखों पर आक्रमण किए, उस परिप्रेक्ष्य में देखा जाए तो पंजाब में केवल गुंडों के गिरोह ही अलग-अलग हिन्दुओं को मारते रहे हैं। पहले की तरह आज भी वहाँ सिखों और हिन्दुओं के बीच विवाह-सम्बन्ध होते हैं। यद्यपि गुरुद्वारों में अब हिन्दू श्रद्धालुओं की संख्या घट गई है (खुद सिख श्रद्धालुओं की भी घट गई है), फिर भी वे काफी तादाद में वहाँ देखे जा सकते हैं। सिख तीर्थयात्री हिन्दू तीर्थस्थानों में और गंगा में पवित्र स्नान करते अब भी देखे जा सकते हैं।

सामुदायिक सामंजस्य की बहाली की प्रक्रिया को आगे बढ़ाने में कोई खास समय नहीं लगेगा। सिख धर्म में आस्था रखनेवाले हिन्दुओं (ऐसे लाखों हैं) को गुरुद्वारों में दर्शनार्थ जाना चाहिए। यहाँ तक कि रूढ़िवादी हिन्दुओं को भी गुरुद्वारों में जाना चाहिए ताकि सिखों को यह आश्वासन मिले कि वे अब भी उन्हें अपने ही समाज का अंग समझते हैं।

मेरा लहूलुहान पंजाब

22 मई, 1989 के 'स्टेट्समैन' के अनुसार जिन हत्यारों ने पटियाला के लेखक प्रोफेसर डॉ. रविन्दर रवि की हत्या की, उनकी 'हिट लिस्ट' में चार और लोगों के भी नाम थे—'नवाँ जमाना' के सम्पादक, नाटककार गुरुचरन सिंह आरसी, भारतीय कम्युनिस्ट पार्टी के नेता जगजीत सिंह आनन्द, उपन्यासकार कुलबीर कंग और खुद मैं। यद्यपि मैंने अपना नाम अन्त में रखा है, लेकिन जाहिर है कि इस 'मिनी हिट लिस्ट' में मेरा नाम सबसे ऊपर था। ऑल इंडिया सिख स्टूडेंट्स फेडरेशन, खालिस्तान कमांडो फोर्स तथा खालिस्तान लिबरेशन फोर्स के नेताओं के मुताबिक हमारे सिर लुढ़का दिए जाएँगे क्योंकि हम लोग 'सिख-विरोधी लेखन' करते हैं।

मैं सोचता हूँ कि अब वक्त आ गया है कि इन हत्यारों को साफ-साफ शब्दों में बता दिया जाए कि क्या सिख-विरोधी है और क्या सिख-विरोधी नहीं है। अपने मुँह मियाँ-मिट्ठू बनने का खतरा उठाते हुए मैं शुरुआत अपने आपसे ही करता हूँ। अंग्रेजी बोलनेवाले लोग सिखों के बारे में, उनके धर्म, उनके इतिहास और उनकी उपलब्धियों के बारे में जो कुछ भी जानते हैं, वह ज्यादातर इंग्लैंड और अमेरिका में छपी मेरी किताबों के जरिए ही जानते हैं। 'एन्साइक्लोपीडिया ब्रिटानिका' में सिख धर्म से सम्बन्धित सारी प्रविष्टियाँ मेरी ही लिखी हैं। विदेशी रेडियो और टेलीविजन नेटवर्क पंजाब की घटनाओं पर, खासकर सिखों से सम्बन्धित मामलों पर, अन्य किसी भी व्यक्ति की तुलना में सबसे अधिक मेरी ही टिप्पणियाँ माँगते हैं। मैंने कभी धार्मिकता का बाना नहीं पहना, लेकिन फिर भी मैंने अपनी सिख पहचान को बड़ी मुस्तैदी से बचाए रखा है और मैं सिखों के भविष्य को लेकर भावनात्मक रूप से जुड़ा महसूस करता हूँ। मैंने भिंडराँवाले की भर्त्सना इसलिए की क्योंकि मैं उसे सिख-विरोधी समझता था। मैंने ऑपरेशन ब्लूस्टार की भर्त्सना इसलिए की क्योंकि मैं इसे सिख-विरोधी और राष्ट्र-विरोधी समझता था। मैं आतंकवाद की भर्त्सना इसलिए करता हूँ क्योंकि हमारे गुरुओं ने निरपराध लोगों की हत्या की पाप कहकर निन्दा की है। मैं हिंसा के शिकार हुए हिन्दुओं और सिखों में फर्क नहीं करता। मुझे उन विधवाओं और बच्चों के बारे में सोचकर दुख महसूस होता है जिनके सिर से उनकी रोटी कमानेवालों के साये उठ गए; उनके लिए जो थोड़ा-बहुत मुझसे बन पड़ता है, मैं करता हूँ। मुझे विश्वास है कि हमारे गुरुओं की इसमें सहमति

होगी। मैं खालिस्तान का विरोध करता हूँ क्योंकि मैं जानता हूँ कि यह सिख समुदाय के लिए और हमारे पूरे देश के लिए अनिष्टकारी साबित होगा। इन सबमें सिख-विरोधी कुछ भी नहीं है।

हत्यारों की 'हिट लिस्ट' के बाकी तीन लेखक इन दोनों बन्धु-समुदायों के बीच सौहार्द के सन्देश फैलाने में मुझसे कहीं अधिक काम कर रहे हैं। वे अपनी जान पर खेलकर यह सब कर रहे हैं क्योंकि वे भी यही सोचते हैं कि गुरुओं की उनसे यही करने की अपेक्षा होगी और क्योंकि वे समझते हैं कि यही करना देश और उनके समुदाय के हित में है।

और अब मैं अपने भावी कातिलों को बता दूँ कि सिख-विरोधी क्या है! अकाल तख्त के बूढ़े जत्थेदार की हत्या एक सिख-विरोधी कृत्य था। सन्त लोंगोवाल की हत्या सिख-विरोधी काम था। मास्टर ताराचन्द की पुत्री बीबी राजिन्दर कौर की हत्या करना सिख-विरोधी था। निर्दोष हिन्दुओं को फाँसी लगाना सिख-विरोधी था। उनके सिख-विरोधी कारनामों से मैं सैकड़ों पन्ने भर सकता हूँ। जिन्होंने ये कुकृत्य किए, उन्होंने अपने गुरुओं और अपने धर्म को बदनाम किया है।

मैं जहाँ जाता हूँ मुझे बड़ी संख्या में सुरक्षाकर्मी घेरे रहते हैं। बावजूद इसके वे तकरीबन मुझ तक पहुँच ही गए थे। किस्सा यों है कि दो साल हुए, मैं गोवा में छुट्टियाँ बिता रहा था। मेरे होटल के कमरे के सामने और पिछवाड़े सशस्त्र पुलिस का पहरा था। जब मैं समुद्र-तट पर सैर को जाता, तो भी चार आदमी मेरे साथ होते। मैंने गोवा के पुलिस डी.आई.जी. से अपने एकान्त में इस अवांछित हस्तक्षेप का विरोध किया। उन्होंने मुझे बड़ी विनम्रता से समझाया कि क्यों मेरे लिए इतनी सुरक्षा जरूरी थी। संयोगवश यह वही पुलिस अफसर थे जिन्होंने जिन्दा से पूछताछ की थी जो पुणे में जनरल वैद्य की हत्या करके फरार हो गया था। एक साल बाद जिन्दा दिल्ली में पकड़ा गया। उसके पास से मेरे घर का एक नक्शा बरामद हुआ जिसमें खिड़की के पासवाली वह कुर्सी थी, जिस पर सामान्यतः बैठकर मैं लिखता-पढ़ता हूँ। जिन्दा ने कबूल किया कि वह मेरे घर गया था और पानी माँगने के बहाने रसोई तक गया था और उसने भागने का रास्ता तय करने के लिए घर को अच्छी तरह जाँच-परख लिया था। उसने यह भी कबूल किया कि उसने कसौली तक मेरा पीछा किया, लेकिन कसौली से

दो मील पहले गड़खल गाँव से वह दिल्ली लौट आया क्योंकि उसे लगा कि उस पर नजर रखी जा रही थी। दिल्ली में वह पकड़ा गया। उससे पूछा गया कि वह मुझे क्यों मारना चाहता था? उसने स्वीकार किया कि वह मेरे बारे में बहुत कम जानता था और उसने मेरा लिखा कुछ भी नहीं पढ़ा था। लेकिन उसके नेता, जिनके निर्देशों पर वह चलता था, चाहते थे कि मेरा खात्मा कर दिया जाए क्योंकि मैं खालिस्तान का दुश्मन था। जिन्दा को बताया गया था कि मुझे आसानी से मारा जा सकता था और इससे उनका खासा प्रचार हो जाएगा।

मैं कोई बहादुर इनसान नहीं हूँ, लेकिन किसी खाड़कू की गोली से मारे जाने का खयाल मेरी रातों की नींद हराम नहीं करता। पिछले दिनों 'दि टेलीग्रॉफ' और 'संडे' की मानिनी चटर्जी अपने सम्पादक की बनाई प्रश्नावली लेकर मेरा साक्षात्कार लेने आईं। उनका अन्तिम प्रश्न था, ''आप कैसी मृत्यु चाहेंगे?'' मैंने बिना किसी शेखी के साफ-साफ कहा, ''मैं चाहूँगा कि मैं किसी खालिस्तानी खाड़कू की गोली से मरूँ। अपनी इस उम्र (77 साल) में एक झटके में मरना उससे तो बेहतर होगा कि अस्पताल में किसी जरा-रोग से सत-सत कर मरूँ। इससे मुझे शहादत का गौरव भी मिलेगा और यह सन्तुष्टि भी कि मैंने अपना जीवन अपनी मातृभूमि की अखंडता की रक्षा में उत्सर्ग किया। खाड़कुओं की धमकियाँ मुझे और मेरे-जैसे अनेक लोगों को वह सबकुछ लिखने और करने से नहीं रोक सकतीं जो हम लिखते और करते हैं। अगर वे हमें मारने में सफल हो जाते हैं तो मुझे विश्वास है कि कितने ही और लोग पैदा हो जाएँगे, जो इन कुत्सित लोगों के विरुद्ध धर्मयुद्ध जारी रखेंगे।

□□□